CLÁSSICOS DA LITERATURA UNIVERSAL

PERSUASÃO

O livro é a porta que se abre para a realização do homem.

JAIR LOT VIEIRA

JANE AUSTEN

Persuasão

Tradução e notas
Carla Bitelli

VIA LEITURA

Copyright da tradução e desta edição © 2019 by Edipro Edições Profissionais Ltda.

Título original: *Persuasion*. Publicado originalmente em Londres em 1818. Traduzido a partir da 1ª edição.

Todos os direitos reservados. Nenhuma parte deste livro poderá ser reproduzida ou transmitida de qualquer forma ou por quaisquer meios, eletrônicos ou mecânicos, incluindo fotocópia, gravação ou qualquer sistema de armazenamento e recuperação de informações, sem permissão por escrito do editor.

Grafia conforme o novo Acordo Ortográfico da Língua Portuguesa.

1ª edição, 2019.

Editores: Jair Lot Vieira e Maíra Lot Vieira Micales
Edição de texto: Marta Almeida de Sá
Produção editorial: Carla Bitelli
Assistente editorial: Thiago Santos
Capa: Marcela Badolatto
Preparação: Marta Almeida de Sá
Revisão: Lygia Roncel, Gabriela Ventura e Tatiana Tanaka Dohe
Editoração eletrônica: Balão Editorial
Crédito das imagens: mulher (capa e quarta capa) e homem de casaco azul (capa): Costumes Parisiens, Journal des Dames et des Modes 1816/Wikimedia Commons; almirante (capa) e chapéu da marinha (lombada): National Maritime Museum, Greenwich, London; navios (guardas): Marcela Badolatto.

Dados Internacionais de Catalogação na Publicação (CIP)
(Câmara Brasileira do Livro, SP, Brasil)

Austen, Jane, 1775-1817.
  Persuasão / Jane Austen; tradução e notas de Carla Bitelli.
– São Paulo: Via Leitura, 2019.

  Título original: *Persuasion*.
  ISBN 978-85-67097-64-0 (impresso)
  ISBN 978-85-67097-70-1 (e-pub)

  1. Romance inglês I. Bitelli, Carla. II. Título.

18-21166   CDD-823

Índice para catálogo sistemático:
1. Romances : Literatura inglesa 823
Cibele Maria Dias – Bibliotecária – CRB-8/9427

VIA LEITURA

São Paulo: (11) 3107-4788 • Bauru: (14) 3234-4121
www.vialeitura.com.br • edipro@edipro.com.br
@editoraedipro   @editoraedipro

Nota biográfica sobre a autora[1]

As páginas a seguir são produto da pena que muito já contribuiu para o entretenimento do público. E o público, que não tem sido insensível aos méritos de *Razão e sensibilidade*, *Orgulho e preconceito*, *Mansfield Park* e *Emma*, ao ser informado que a mão que guiou tal pena jaz a sete palmos abaixo da terra, talvez possa receber um breve relato acerca de Jane Austen com um sentimento mais amável que a simples curiosidade. Rápida e fácil será a tarefa do biógrafo. Uma vida de utilidade, literatura e religião não será, de forma alguma, uma vida cheia de eventos. A quem lamente a perda irreparável, consola saber que, se Jane nunca mereceu desaprovação, entre sua família e seus amigos ela jamais foi censurada; que seus desejos não somente eram razoáveis como eram satisfeitos; e que às pequenas decepções fortuitas da vida humana nunca se somou, nem por um momento, um abatimento de boa vontade a qualquer um que a conhecesse.

Jane Austen nasceu em 16 de dezembro de 1775 em Steventon, no condado de Hants. Seu pai foi o pároco local por mais de quarenta anos. Ali ele residiu, na entrega ciosa e solitária de seus deveres ministeriais, até completar 70 anos. Então se mudou com a esposa, com nossa autora e com a outra filha para Bath, onde ficou durante o que restou de sua vida, um período de cerca de quatro anos. Por ser um homem bastante letrado e ter um gosto peculiar por todo tipo de literatura, não é de admirar que sua filha Jane se tornasse, numa idade tão tenra, sensível aos charmes do estilo e entusiasta no cultivo de sua própria linguagem. Na ocasião da morte do pai, ela mudou-se para Southampton com a mãe e a irmã, onde permaneceu por um breve período, até por fim, em 1809, seguir para a agradável vila de Chawton, no mesmo condado. Dali ela enviou ao mundo seus romances, os quais muitos colocam ao lado de trabalhos de uma D'Arblay[2] e de uma Edgeworth.[3] Alguns desses

---

1. *Persuasão* foi publicado postumamente, em 1818, após *A abadia de Northanger*, outra obra até então inédita de Jane Austen, numa edição conjunta — na qual esta tradução se baseia. Todos os livros publicados durante a vida dela saíram sem seu nome, identificando somente que a autoria era de uma mulher (*by a lady*). Esta nota biográfica, escrita por Henry Austen, irmão da autora, é importante por revelar publicamente o nome da autora que já na época encantava tantos leitores e leitoras.
2. Madame d'Arblay (1752-1840), mais conhecida como Frances Burney, era inglesa e foi autora de romances satíricos, diários e peças.
3. Maria Edgeworth (1767-1849) foi autora de livros para adultos e crianças.

romances foram resultado de modificações graduais de sua vida pregressa. Pois, embora na escrita ela fosse igualmente veloz e correta, uma desconfiança invencível de seu próprio julgamento a induzia a ocultar seus trabalhos do público, até que o tempo e as diversas revisões a convenceram de que tinha acabado o encantamento com a escrita mais atual. A constituição natural, os hábitos regulares, as ocupações tranquilas e felizes de nossa autora pareciam prometer uma longa sucessão de divertimentos ao público e, a ela, um aumento gradual de sua reputação. Porém os sintomas de um enfraquecimento profundo e incurável começaram a se revelar no início de 1816. A princípio seu declínio foi enganosamente lento; e, até a primavera desse mesmo ano, aqueles que compartilhavam da felicidade de uma vida na presença dela não suportavam mais o desespero. Contudo, no mês de maio de 1817, foi aconselhado que ela se mudasse para Winchester, onde haveria apoio médico constante, o qual ninguém, àquela altura, ousava esperar que fosse algo duradouro. Ela suportou, durante dois meses, toda a variedade de dor, irritação e tédio que acompanha a natureza em decadência, e o fez mais que resignada: com uma alegria verdadeiramente resiliente. Até o fim, manteve cálidos, límpidos e intactos suas aptidões, sua memória, seus gostos, seu temperamento e suas afeições. Sequer seu amor por Deus ou pelas outras criaturas vacilou, nem por um momento. Ela fez questão de receber o sacramento antes que a debilidade física excessiva fizesse sua percepção desencontrar seus desejos. Escreveu enquanto conseguiu segurar uma pena, e a trocou por um lápis quando esta se tornou laboriosa demais. No dia anterior à sua morte, ela compôs algumas estrofes repletas de elegância e vigor. Em seu último discurso voluntário, ofereceu agradecimentos ao seu atendente médico; e à última pergunta que lhe foi feita, a respeito de seus desejos, ela respondeu: "Não desejo nada além da morte".

Ela expirou pouco depois, numa sexta-feira, dia 18 de julho de 1817, nos braços da irmã, que, assim como o relator desses eventos, tem a certeza de que jamais voltará a segurá-la.

Jane Austen foi enterrada em 24 de julho de 1817 na catedral de Winchester, que, mesmo com todo o seu catálogo de poderosos mortos, não guarda as cinzas de um gênio mais brilhante nem de um cristão mais sincero.

De atrativos pessoais ela possuía uma parcela considerável. Sua estatura era de verdadeira elegância. Não poderia ser aumentada sem que se excedesse a altura média. Sua conduta e seu comportamento eram discretos, porém graciosos. Suas características eram boas isoladamente; juntas, produziam uma expressão incomparável de alegria, sensibilidade e benevolência, as quais eram suas reais qualidades. Sua aparência era de uma textura belíssima. Seria correto dizer que seu sangue eloquente falava por meio de suas bochechas modestas. Sua voz era extremamente doce. Ela se entregava com fluência e precisão. De fato, foi criada para a sociedade elegante e racional, notabilizando-se no diálogo tanto quanto na escrita. Nos dias de hoje é arriscado citar conquistas. Nossa autora provavelmente teria sido inferior a poucas em tais aquisições se não tivesse sido tão superior à maioria em assuntos mais elevados. Ela não apenas tinha um excelente gosto para o desenho como, mais no início de sua vida, evidenciou grande poder no manuseio do lápis. Considerava suas conquistas musicais ordinárias. Vinte anos atrás, teriam sido ouvidas com mais atenção, e daqui a vinte anos muitos pais esperarão que suas filhas sejam aplaudidas por apresentações inferiores. Ela gostava de dançar e o fazia com excelência. Resta agora incluir algumas poucas observações referentes àquilo que os amigos dela entendiam ser o mais importante, àqueles talentos que adoçavam cada hora de suas vidas.

Se houver uma opinião corrente no mundo de que um temperamento perfeitamente plácido não pode se conciliar com a mais viva imaginação e com o mais aguçado gosto pela sagacidade, tal opinião será rejeitada para sempre por aqueles que tiveram a felicidade de conhecer a autora dos textos que se seguem. Embora as fragilidades, as fraquezas e as tolices dos outros não escapassem de sua detecção imediata, nem mesmo sobre os vícios alheios ela se permitia comentar com maldade. A afetação da franqueza não é incomum; ela, porém, não a possuía. Tão livre de defeitos quanto permite a natureza humana, ela sempre buscou, nos defeitos dos outros, algo a desculpar, a perdoar ou a esquecer. Quando atenuar era impossível, encontrava um refúgio seguro no silêncio. Nunca proferiu uma expressão precipitada, tola ou severa. Em resumo, seu temperamento era tão polido quanto o era sua sagacidade. Nem seus modos eram inferiores ao seu temperamento — eram do tipo mais alegre. Ninguém que tivesse um contato frequente com Jane deixaria de almejar intensamente sua amizade nem de acalentar a esperança de tê-la obtido. Ela era tranquila sem ser reservada ou rígida; e comunicativa sem ser intrusa ou autossuficiente. Tornou-se autora puramente por vontade e inclinação. A esperança da fama ou do lucro nunca se misturou às suas razões primordiais. A maioria de seus escritos, como já observado, foi composta vários anos antes da publicação. Foi com extrema dificuldade que seus amigos, de cuja parcialidade ela suspeitava embora confiasse no julgamento deles, conseguiram convencê-la a publicar o primeiro texto. E mais: tão confiante estava de que as vendas não excederiam os custos da publicação que ela reservou parte de sua moderada renda para cobrir o prejuízo esperado. Mal pôde acreditar no que chamava de sorte grande quando *Razão e sensibilidade* obteve um lucro de cerca de 150 libras. Poucos tão talentosos eram tão verdadeiramente despretensiosos. Ela interpretava o valor como uma recompensa prodigiosa pelo que nada lhe custara. Talvez seus leitores questionem como tal trabalho faturou tão pouco em uma época em que autores receberam mais guinéus que linhas escritas. Os textos de nossa autora, contudo, viverão por tanto tempo quanto aqueles que se espalharam pelo mundo com mais esplendor. Não obstante, o público não tem sido injusto, e nossa autora estava longe de pensar isso. Mais gratificante para ela era o aplauso, que de tempos em tempos alcançava seus ouvidos, daqueles que eram competentes para distinguir. Ainda assim, apesar dos aplausos, a notoriedade lhe fazia encolher tanto que nenhuma fama a teria induzido, tivesse ela vivido mais, a afixar seu nome em qualquer produção de sua pena. No seio de sua própria família ela discutia seus escritos livremente, agradecia elogios, abria-se a observações e submetia-se a críticas. Em público, porém, ela dava as costas a qualquer alusão à personagem de uma autora. Fazia leitura em voz alta com muito bom gosto e propriedade. Seus próprios textos provavelmente nunca foram proferidos tão bem quanto pela sua boca, pois ela compartilhava de todos os melhores dons da musa cômica. Era uma admiradora calorosa e judiciosa de paisagens, tanto na natureza como em telas. Em bem tenra idade, apaixonou-se pelo pitoresco apresentado por Gilpin,[4] e raramente mudava de opinião a respeito de livros ou de homens.

Suas leituras se aprofundavam bastante em história e nas belas-letras, e sua memória era extremamente tenaz. Seus escritores sobre

---

4. William Gilpin (1724-1804) foi um clérigo, artista e escritor inglês. Seu livro *Observations on the River Wye and several parts of South Wales, etc. relative chiefly to Picturesque Beauty; made in the summer of the year 1770* [Observações do rio Wye e diversas partes do sul de Gales, etc., relativas principalmente à Beleza Pitoresca; feitos no verão do ano de 1770], de 1782, é uma espécie de guia ilustrado do pitoresco e influenciou a Europa na apreciação de pinturas de paisagens.

moral favoritos eram Johnson[5] na prosa e Cowper[6] nos versos. É difícil dizer em que idade ela já não estava intimamente familiarizada com os méritos e defeitos dos maiores ensaios e romances da língua inglesa. O poder de Richardson[7] em criar e preservar a consistência de seus personagens, como particularmente exemplificado em *Sir Charles Grandison*, garantiu a distinção natural da mente dela, ainda que seu gosto lhe salvasse de replicar os erros do estilo prolixo e da narrativa tediosa desse autor. Ela não classificava tão bem assim nenhum trabalho de Fielding.[8] Sem a menor afetação, afastava-se de tudo que fosse grosseiro. Nem a natureza, a inteligência ou o humor poderiam fazê-la compensar uma escala moral tão baixa.

Seu poder de inventar personagens parece ter sido intuitivo e quase ilimitado. Eles foram tirados da natureza; jamais, apesar de suposto o contrário, de indivíduos.

O estilo de sua correspondência familiar era, em todos os aspectos, igual ao de seus romances. Tudo saía finalizado de sua pena, pois de todos os assuntos ela tinha ideias tão claras quanto suas expressões eram bem escolhidas. Não é nem um pouco arriscado dizer que ela jamais emitiu um recado ou uma carta que não fosse digno de publicação.

Resta somente um aspecto a ser citado, que faz todos os outros perderem a importância. Ela era completamente religiosa e devota; temia ofender a Deus e era incapaz de ofender qualquer outra criatura. Em relação a assuntos sérios, era bem instruída, tanto por meio de leituras quanto por meditação, e suas opiniões estavam estritamente de acordo com as da nossa Igreja Estabelecida.

Londres, 13 de dezembro de 1817

---

5. Samuel Johnson (1709-1784) foi um crítico, biógrafo, ensaísta, moralista, poeta e lexicógrafo inglês.

6. William Cowper (1731-1800) foi um dos maiores poetas ingleses de seu tempo.

7. Samuel Richardson (c. 1689-1761), editor e escritor inglês, muito conhecido por seus romances epistolares.

8. Henry Fielding (1707-1754) foi um romancista e dramaturgo inglês.

PÓS-ESCRITO

Desde a conclusão dos comentários anteriores, o autor deles recebeu alguns excertos da correspondência particular da autora. São poucos e curtos, porém foram levados a público sem pesar, como uma descrição verdadeira do temperamento, do gosto, dos sentimentos e dos princípios de Jane, mais do que qualquer resultado advindo da pena de um biógrafo. O primeiro excerto é uma autodefesa divertida de uma acusação zombeteira de ter roubado os manuscritos de um jovem conhecido.

> *O que eu deveria fazer, meu querido E., com seus esboços masculinos e vigorosos, tão cheios de vida e alma? Como eu poderia uni-los a um pedacinho de marfim, de duas polegadas de largura, sobre o qual trabalho com um pincel tão fino que quase não produz efeito depois de tanto trabalho?*

Os excertos remanescentes são de várias partes de uma carta escrita poucas semanas antes da morte da autora.

> *Meu atendente é encorajador e diz que vou ficar bem. Vivo principalmente no sofá, mas tenho permissão para andar de um quarto a outro. Saí uma vez numa liteira, e devo fazer isso de novo e ser promovida a uma cadeira de rodas se o tempo colaborar. Sobre esse assunto, direi mais apenas que minha querida irmã, minha enfermeira afetuosa, vigilante e incansável, não ficou doente com os esforços. Em relação à minha dívida com ela, e com a afeição ansiosa de toda a minha amada família nessa ocasião, posso somente lamentar e pedir a Deus que abençoe a todos mais e mais.*

O que se segue é uma reprimenda simples e gentil em relação a um contratempo doméstico. Nesse assunto, os detalhes não dizem respeito ao público. No entanto, em justiça à sua doçura e resignação características, a observação final de nossa autora sobre o assunto não deve ser suprimida.

> *Mas estou muito próxima da queixa. Foi a decisão de Deus, não importa como causas secundárias possam ter operado.*

O último excerto vai provar a facilidade com que ela era capaz de corrigir todo pensamento impaciente, transformando queixa em alegria.

Você perceberá que o capitão **** é um homem bastante respeitável e bem-intencionado, sem muitos modos; sua esposa e sua irmã são muito bem-humoradas e complacentes e, espero (já que a moda permite), com anáguas mais compridas que as do ano passado.

Londres, 20 de dezembro de 1817

Capítulo I

Sir Walter Elliot, de Kellynch Hall, em Somersetshire, era um homem que, para seu próprio entretenimento, jamais tomara em mãos um livro exceto o *Baronetage*.[9] Ali, ele encontrava ocupação em tempos ociosos e consolo em tempos aflitivos; ali, suas capacidades foram despertadas para a admiração e o respeito na contemplação do restante limitado dos privilégios iniciais; ali, quaisquer sensações indesejáveis advindas de acontecimentos domésticos se transformavam naturalmente em piedade e desprezo. Conforme ele passava pelas quase infinitas titulações do século anterior — e, se uma folha ou outra não lhe instigassem poder, ele poderia ler sua própria história com um interesse que nunca cessava —, esta era a página na qual o volume favorito sempre se abria:

ELLIOT DE KELLYNCH HALL

Walter Elliot, nascido em 1º de março de 1760, casado em 15 de julho de 1784 com Elizabeth, filha de James Stevenson, ilustre senhor de South Park, no condado de Gloucester (falecida em 1800), com a qual teve Elizabeth, nascida em 1º de junho de 1785; Anne, nascida em 9 de agosto de 1787; um filho natimorto em 5 de novembro de 1789; e Mary, nascida em 20 de novembro de 1791.

Precisamente dessa forma o parágrafo se fez originalmente pelas mãos do impressor. Sir Walter, entretanto, o incrementou ao incluir, para sua informação e de sua família, as seguintes palavras depois da data de nascimento de Mary: "casada em 16 de dezembro de 1810 com Charles, filho e herdeiro de Charles Musgrove, senhor de Uppercross, no condado de Somerset"; e inseriu com mais precisão o dia do mês em que perdera a esposa.

Então se seguiam a história e a ascensão da família, antiga e respeitável, nos termos usuais: como ela havia se assentado inicialmente em

---

9. Livro de registro de todos os baronetes do país, em que se descrevia a história do título, desde a concessão até o momento então presente. Havia diversos desses na época; acredita--se que o volume aqui referido seja *A Baronetage of England*, publicado em 1808. Baronete é o título de nobreza mais baixo. Assim como para os cavaleiros, os baronetes recebem o tratamento Sir com o primeiro nome; contudo, o título de baronete é passado para o primeiro herdeiro homem, enquanto o título de cavaleiro não pode ser herdado.

Cheshire; como fora mencionada em Dugdale[10] — serviu como xerife do condado,[11] representou um burgo em três parlamentos sucessivos, empenhou-se na lealdade e na dignidade do baronato no primeiro ano de Carlos II,[12] e todas as Mary e as Elizabeth com que os homens haviam se casado, compondo dois belos livretos de 24 páginas e encerrando com o brasão de armas e a divisa "Sede principal: Kellynch Hall, no condado de Somerset", e a caligrafia de Sir Walter mais uma vez nesse final:

Herdeiro presumível,[13] William Walter Elliot, ilustre senhor, bisneto do segundo Sir Walter.

Vaidade era o começo e o fim da personalidade de Sir Walter Elliot — vaidade pessoal e de situação. Ele havia sido notavelmente bonito quando jovem e, aos 54, ainda era um homem belo. Poucas mulheres seriam capazes de pensar mais na própria aparência do que ele, nem o valete de qualquer lorde recém-condecorado ficaria mais encantado com a posição que ocupava na sociedade. Ele considerava a bênção da beleza inferior somente à bênção do baronato, e Sir Walter Elliot, que conjugava essas duas dádivas, era objeto constante de seu respeito e devoção mais calorosos.

Sua boa aparência e sua posição social tinham uma reivindicação justa sobre sua afeição, já que devia a elas a conquista de uma esposa de caráter muito superior ao que seu próprio caráter merecia. Lady Elliot fora uma mulher excelente, sensível e amável, cujo julgamento e conduta, apesar de talvez terem de ser perdoados em virtude da paixão juvenil que a tornou Lady Elliot, nunca exigiram indulgência depois. Ela se adaptou, ou apaziguou, ou disfarçou as falhas dele, e por dezessete anos promoveu sua verdadeira respeitabilidade. Apesar de não ter sido a criatura mais feliz do mundo, encontrara o suficiente em seus deveres, em seus amigos

---

10. Sir William Dugdale (1605-1686), historiador inglês, estudioso de genealogias e autor de diversos livros de cunho histórico.
11. Cargo concedido pelo monarca. Havia um xerife por condado, que atuava como representante da Coroa na manutenção das leis e da ordem locais. Se necessário, poderia inclusive organizar um exército. Atualmente, trata-se de um título mais honorífico.
12. Filho de Carlos I, que foi executado por parlamentaristas em 1649, Carlos II foi restituído ao trono da Inglaterra em 1660, após um breve período republicano. Ao assumir o poder, concedeu terras e títulos àqueles que lhe foram leais — dentre os quais, Sir Walter.
13. Títulos só podiam ser herdados entre homens. O filho mais velho do homem que leva o título de nobreza é *heir apparent* (herdeiro natural); quando o nobre não tem um filho homem, como é o caso de Sir Walter, fala-se de *heir presumptive* (herdeiro presumível).

e em suas filhas para afeiçoar-se à vida e para não se sentir indiferente quando foi chamada a deixá-las. Três garotas, as duas mais velhas com 16 e 14 anos, eram uma herança terrível para uma mãe legar; na verdade, uma responsabilidade terrível para confiar à autoridade e à orientação de um pai presunçoso e tolo. Porém ela tinha uma amiga muito íntima, uma mulher sensível e digna, que, pela força da ligação entre as duas, veio morar perto dela, na vila de Kellynch; e foi principalmente com a gentileza e o conselho dela que Lady Elliot contou para o melhor apoio e a manutenção dos bons princípios e das orientações que ela ansiosamente vinha dando às filhas.

Essa amiga e Sir Walter *não* se casaram, não importava o que tivesse sido antecipado a esse respeito pelos conhecidos deles. Treze anos haviam se passado desde a morte de Lady Elliot, e eles continuaram apenas como vizinhos próximos e amigos íntimos; ele seguiu viúvo, assim como ela.

Que Lady Russell, de idade e caráter estáveis e em excelente situação financeira, sequer pensasse em um segundo casamento não precisa ser justificado ao público, pois é mais comum que ocorra um descontentamento irracional quando a mulher *se casa* novamente do que quando *ela não se casa*; mas o fato de Sir Walter continuar solteiro exige explicação. Sabe-se que Sir Walter, como um bom pai (tendo vivido uma ou duas decepções particulares em pedidos nada razoáveis), orgulhava-se de permanecer solteiro para benefício de sua querida filha. Por uma delas, a mais velha, ele teria mesmo desistido de qualquer coisa — algo que não foi muito tentado a fazer. Aos 16 anos, Elizabeth havia herdado, dentro de todas as possibilidades, os direitos e a importância de sua mãe; e, por ser bem bonita e por lembrar bastante o pai, sua influência foi sempre muito grande, e assim eles seguiram juntos muito felizes. As duas outras filhas eram para ele de valor bem inferior. Mary adquiriu uma importância pequena e superficial ao se tornar a senhora Charles Musgrove. Anne, porém, com uma mente elegante e caráter doce, o que faria qualquer pessoa com real discernimento tê-la em alta estima, não era ninguém para o pai nem para a irmã: sua palavra não tinha o menor valor; sua conveniência jamais era considerada… ela era apenas Anne.

De fato, para Lady Russell ela era a mais querida e mais valorizada afilhada, favorita e amiga. Lady Russell amava a todas, mas era somente em Anne que era capaz de ver a amiga revivida.

Poucos anos antes, Anne Elliot tinha sido uma garota bem bonita, mas seu florescer se dissipara cedo. Mesmo no auge de sua beleza, seu pai encontrara pouco com que se admirar (os traços delicados e os olhos de um tom preto suave dela diferiam demais dos dele); agora, quando ela se encontrava desbotada e franzina, não havia nada na filha que instigasse a estima dele. Ele nunca se permitira ter muitas esperanças — agora não tinha nenhuma — de ler o nome de Anne em alguma página de seu livro favorito. Uma aliança igualitária repousava somente em Elizabeth, posto que Mary se unira a uma antiga família rural de respeito e grande fortuna, e assim passara a proporcionar muita honra sem receber nenhuma. Cedo ou tarde, Elizabeth se casaria adequadamente.

Às vezes acontece de uma mulher ser mais bonita aos 29 anos do que quando tinha dez anos a menos, e, em geral, se não houve doença nem ansiedade, é um período da vida em que raramente se perdem charmes. Assim o foi com Elizabeth: era a mesma bela senhorita Elliot de treze anos antes, quando passara a ser chamada dessa maneira; e, portanto, Sir Walter deve ser perdoado de esquecer a idade dela, ou ao menos deve ser considerado somente meio tolo por pensar que tanto ele como Elizabeth estavam na flor da idade em meio ao naufrágio da boa aparência de todas as outras pessoas, visto que ele percebia claramente quanto a idade avançava para o restante de sua família e para seus conhecidos. Anne encontrava-se abatida, Mary estava com uma aparência grosseira, cada semblante na vizinhança piorava, e o aumento rápido dos pés de galinha nas têmporas de Lady Russell havia tempo era motivo de angústia para ele.

O contentamento pessoal de Elizabeth não se equiparava exatamente ao do pai. Treze anos a viram ser senhora de Kellynch Hall, presidindo e dirigindo com uma serenidade e firmeza que jamais davam indícios de quão nova ela era. Durante treze anos ela vinha fazendo as honras e determinando as regras da casa, indo na frente de todos até a carruagem puxada por quatro cavalos[14] e seguindo logo depois de Lady Russell nas idas e vindas das salas de estar e salas de jantar do país.[15] Treze invernos com geadas a haviam testemunhado abrir todos os bailes de boa reputação que uma vizinhança diminuta conseguia produzir; e treze primaveras apresentaram seu desabrochar enquanto ela viajava para Londres com o pai

---

14. Somente os ricos possuíam carruagens assim.
15. Era o que chamava de "precedência". A precedência é uma hierarquia pela qual se organiza a sociedade inglesa. Ela dita a ordem em que as pessoas, homens e mulheres, seguem para carruagens ou salas de jantar, como se organizam à mesa, etc. Neste trecho, por exemplo, fica claro que, dentre as mulheres da família, por ser mais velha, Elizabeth tem precedência à irmã Anne; quando na presença de Lady Russell, entretanto, a senhorita Elliot não pode tomar a dianteira.

por algumas poucas semanas em seu divertimento anual pelo grandioso mundo. Ela tinha lembrança de tudo isso, e tinha consciência de ter 29 anos, o que lhe causava alguns arrependimentos e algumas apreensões. Estava plenamente satisfeita de ainda ser quase tão bela quanto sempre fora, mas sentia se aproximar dos anos perigosos e se alegraria diante da certeza de ter sua mão pedida por um homem de sangue de baronete em um ou dois anos. Então ela talvez pegasse o melhor dos livros com tanto apreço quanto no início de sua juventude; agora, porém, não o apreciava mais. Era sempre apresentada à sua própria data de nascimento, e não ver um casamento na sequência exceto do nome de sua irmã mais nova tornou o livro uma maldição. Mais de uma vez, quando o pai o esquecera aberto numa mesa próxima, ela o fechara, desviando o olhar, e o afastara.

Além disso, ela havia sofrido uma decepção, cuja lembrança era apresentada por aquele livro, especialmente pela história de sua própria família. O herdeiro presumível, o cavalheiro de grande distinção William Walter Elliot, cujos direitos foram apoiados tão generosamente pelo pai dela, a havia decepcionado.

Quando ainda era bem nova, tão logo descobriu que seria ele o futuro baronete caso ela não tivesse nenhum irmão, Elizabeth tinha desejado se casar com ele; decisão que o pai sempre apoiara. A família não o conheceu criança, porém, logo depois da morte de Lady Elliot, Sir Walter entrou em contato e, embora suas tentativas tenham sido recebidas sem qualquer entusiasmo, ele insistiu, condescendendo tratar-se de uma recusa modesta da juventude. Durante uma das excursões de primavera a Londres, quando Elizabeth vivia seu primeiro florescer, o senhor Elliot foi obrigado à apresentação.

Ele era à época um rapaz que tinha acabado de iniciar os estudos em Direito, e, como Elizabeth o achou extremamente agradável, todos os planos relativos a ele foram confirmados. Ele foi convidado a visitá-los em Kellynch Hall, tornou-se assunto de conversas e foi aguardado o ano inteiro, mas nunca apareceu. Na primavera seguinte, foi novamente visto na cidade, o consideraram igualmente agradável, mais uma vez foi incentivado, convidado e aguardado, e novamente não apareceu; e as notícias que se seguiram foram de que ele havia se casado. Em vez de aumentar sua fortuna na linha que lhe fora traçada como herdeiro da casa Elliot, ele comprara sua independência ao se unir a uma mulher rica de berço inferior.

Sir Walter ficou ressentido. Como chefe da casa, achava que deveria ter sido consultado a esse respeito, em especial depois de ter conduzido o rapaz pela mão tão publicamente: "Pois eles devem ter estado juntos", observou, "uma vez em Tattersalls[16] e duas vezes no saguão da Câmara dos Comuns". Sua desaprovação foi manifestada e aparentemente recebida com bem pouca consideração. O senhor Elliot não buscara se desculpar e mostrou-se tão indisponível para novas aproximações da família quanto Sir Walter o considerava indigno disso: todo contato havia cessado.

Mesmo com o intervalo de vários anos, essa história embaraçosa com o senhor Elliot continuava a enfurecer Elizabeth, que havia gostado do homem por quem ele era, e ainda mais por ser o herdeiro de seu pai; além disso, o forte orgulho da família podia ver somente nele uma união apropriada para a filha mais velha de Sir Walter Elliot. Não havia sequer um baronete, de A a Z, que os sentimentos dela reconheceriam com tanta boa vontade como um igual. Contudo, ele havia se comportado tão mal que, embora neste presente momento (era verão de 1814) ela estivesse usando fitas pretas em homenagem à esposa dele,[17] não admitia pensar que ele fosse novamente digno de consideração. A desgraça do primeiro casamento dele talvez pudesse, já que não havia razão para supor que fosse perpetuado por descendentes, ser superada se ele não tivesse feito algo pior; mas, como haviam sido informados pela intervenção habitual de amigos gentis, ele falara deles todos de maneira bastante desrespeitosa, com grande despreocupação e desprezo pelo sangue ao qual pertencia e pelas honras que posteriormente seriam dele. Isso não podia ser perdoado.

Tais eram as emoções e as sensibilidades de Elizabeth Elliot, tais eram as preocupações para temperar e as agitações para fugir à mesmice e à elegância, à prosperidade e à trivialidade de sua cena de vida — tais eram os sentimentos que geravam interesse na ampla e tediosa residência em uma comunidade rural e que preenchiam os espaços deixados vazios pela existência de hábitos úteis fora de casa, talentos ou atividades domésticas.

Agora, porém, outra preocupação e a ansiedade começavam a se somar a isso. O pai dela estava ficando aflito com dinheiro. Ela sabia que, quando ele abria o *Baronetage*, era para tirar da cabeça as altas contas de seus fornecedores e as sugestões indesejadas do senhor Shepherd, seu

---

16. Fundada em 1766 por Richard Tattersall, é a casa de leilões de cavalos de corrida mais antiga do mundo e a maior da Europa.

17. Em sinal de luto.

administrador. A propriedade Kellynch era boa, mas não condizente com o que Sir Walter esperava ser o estilo de vida do seu proprietário. Enquanto Lady Elliot era viva, houvera método, moderação e economia, o que restringira os custos deles aos seus ganhos; mas morrera com ela qualquer consciência, e desde então ele vinha constantemente excedendo os gastos. Não lhe havia sido possível gastar menos, pois ele não fizera nada que Sir Walter Elliot não fora obrigado a fazer. Entretanto, por mais inocente que fosse, ele estava não só aumentando drasticamente suas dívidas como também recebendo as notícias sobre isso com tanta frequência que se tornou inútil tentar ocultar da filha a situação, mesmo que parcialmente. Ele dera algumas pistas na última primavera, quando estiveram na cidade; foi tão longe a ponto de comentar: "Podemos economizar? Você consegue pensar em algo, nem que seja apenas um artigo, no qual podemos economizar?". E Elizabeth, para fazer-lhe justiça, havia, no ardor inicial do alarme feminino, parado para pensar seriamente no que poderia ser feito e, enfim, propusera duas possibilidades de economia: o corte de algumas caridades desnecessárias e a contenção da nova decoração da sala de estar; e a esses expedientes ela adicionou a feliz ideia de não levarem um presente a Anne, como era o costume anual. Essas medidas, conquanto fossem boas, não bastavam para cobrir a verdadeira extensão do mal, cujo valor total Sir Walter se viu obrigado a confessar à filha pouco depois. Elizabeth não tinha nenhuma proposta de maior eficiência. Ela se sentiu inútil e desafortunada, assim como o pai; e nenhum dos dois foi capaz de imaginar um meio de reduzir as despesas sem comprometer sua dignidade ou renunciar a confortos de uma maneira que pudessem suportar.

Havia somente uma pequena parte da propriedade da qual Sir Walter podia dispor; porém, estivessem todos os acres alienáveis, não teria feito a menor diferença. Ele havia cedido à hipoteca tudo o que estava em seu poder, mas jamais aceitaria a venda. Não, ele nunca traria tamanha desgraça ao seu nome. A propriedade Kellynch seria perpetuada inteira, tal como ele a havia recebido.

Os dois amigos em quem confiava — o senhor Shepherd, que morava na vila comercial vizinha, e Lady Russell — foram chamados a aconselhá-los, e tanto o pai quanto a filha pareciam esperar que um dos dois encontrasse uma solução que os retirasse do constrangimento e reduzisse suas despesas sem que isso acarretasse a perda de qualquer prazer advindo do bom gosto ou do orgulho.

Capítulo II

O senhor Shepherd, um advogado educado e precavido que, independentemente de sua influência e sua visão a respeito de Sir Walter, preferia que *assuntos desagradáveis* fossem trazidos à tona por alguma outra pessoa, escusou-se de oferecer qualquer sugestão e só pediu licença para recomendar uma referência implícita ao excelente julgamento de Lady Russell — em cujo conhecido bom senso ele tinha plena confiança de que saísse o conselho de medidas tão resolutas quanto as que ele mesmo desejava ver adotadas.

Lady Russell foi muito zelosa quanto ao assunto, sobre o qual fez séria consideração. Era uma mulher de habilidades mais lúcidas que rápidas, e sua dificuldade em tomar uma decisão sobre essa questão era enorme devido à contraposição de dois princípios fundamentais. Ela continha uma integridade rigorosa, com um senso de honra delicado; ao mesmo tempo, e tanto quanto qualquer pessoa com bom senso e honestidade, desejava muito resguardar os sentimentos de Sir Walter, preocupava-se com o crédito da família e tinha ideias bem aristocráticas a respeito do que era dela por direito. Era uma mulher benevolente, caridosa e boa, capaz de ligar-se fortemente às pessoas, muito correta em sua conduta, rigorosa em sua noção de decoro, e tinha modos que eram um exemplo de boa educação. Possuía uma mente refinada e era, em termos gerais, racional e consistente; contudo, era partidária da ancestralidade: dava valor à posição e à importância, o que a cegava um pouco em relação aos defeitos daqueles que as possuíam. Como viúva de um homem que fora apenas cavaleiro, ela dava à dignidade de um baronete tudo o que lhe era devido; assim, no seu entendimento, Sir Walter — independentemente do apelo de ser um velho conhecido, um vizinho atencioso, um senhorio cortês, o marido de sua amiga mais querida, o pai de Anne e suas irmãs —, por ser Sir Walter, era digno de grande compaixão e consideração por suas dificuldades presentes.

Eles precisavam economizar, não havia dúvida disso. Contudo ela estava muito ansiosa para que isso fosse feito do modo menos incômodo para ele e Elizabeth. Criou planos de economia, fez cálculos exatos e o que mais ninguém pensou em fazer: consultou Anne, a quem os outros nunca pareciam considerar como alguém que tivesse interesse no assunto. Ela a consultou e, de certa forma, foi induzida a desenvolver um esquema de economia que só então foi submetido a Sir Walter. Todas as emendas de Anne foram feitas priorizando a honestidade em vez da importância. Ela desejava tomar medidas mais vigorosas, executar uma reforma mais completa, uma quitação mais rápida da dívida, adotar um tom bem mais indiferente para tudo o que não fosse justiça e equidade.

— Se formos capazes de convencer seu pai disto tudo — disse Lady Russell, olhando por sobre o papel —, muito será feito. Se ele adotar estas regulações, em sete anos estará limpo. E espero que nós duas possamos convencer a ele e a Elizabeth que Kellynch Hall é, por si só, digna de respeito, que não será afetado com estas reduções, e que a verdadeira dignidade de Sir Walter Elliot estará bem longe de ser reduzida, aos olhos de pessoas sensíveis, se ele agir como um homem de princípios. Afinal, o que ele fará que nossos antepassados já não fizeram... ou deveriam ter feito? Não haverá nada de particular neste caso, e é a particularidade que costuma ser a pior parte de nosso sofrimento, bem como de nossa conduta. Tenho muita esperança de que seremos bem-sucedidas. Devemos ser sérias e decididas, pois, no fim das contas, a pessoa que contraiu dívidas deve pagá-las; e, embora se considerem bastante os sentimentos do cavalheiro e chefe da casa, como seu pai, ainda assim deve-se considerar mais o caráter de um homem honesto.

Esse era o princípio que Anne desejava que o pai seguisse e que seus amigos o estimulassem a acatar. Ela considerava um ato de dever indispensável a quitação das reivindicações dos credores com o máximo de diligência que as economias mais abrangentes pudessem assegurar, e não via dignidade em nada menos que isso. Ela queria que isso ficasse determinado e que fosse sentido como um dever. Avaliou mal a influência de Lady Russell, e, sofrendo de um grau severo de negação ao qual sua própria consciência a induziu, acreditava que haveria pouca dificuldade em persuadi-los a fazer uma reforma completa em vez de uma reforma parcial. Pelo que conhecia do pai e de Elizabeth, considerou que o sacrifício de dois cavalos dificilmente seria menos doloroso que o de quatro, e assim por diante, ao longo de toda a lista de contenções demasiadamente sutis de Lady Russell.

Não importa de que modo as reivindicações mais rígidas de Anne teriam sido encaradas. As de Lady Russell não tiveram sucesso algum; não poderiam ser aceitas, não poderiam ser toleradas. "O quê? Abrir mão de todos os confortos da vida? Viagens, Londres, criados, cavalos, comida... Contenções e restrições por toda parte! Viver sem sequer as decências de um cavalheiro modesto! Não, ele preferiria deixar Kellynch Hall de vez a permanecer ali em condições tão vergonhosas."

"Deixar Kellynch Hall." A ideia foi imediatamente absorvida pelo senhor Shepherd, que mantinha o interesse na realidade da situação econômica de Sir Walter e estava absolutamente convencido de que nenhuma alteração se daria sem uma mudança de moradia. "Já que a sugestão foi dada por quem dita as ordens, não tinha escrúpulo algum", disse, "em confessar que seu julgamento se voltava totalmente nesse sentido.

Não lhe parecia que Sir Walter iria conseguir alterar consideravelmente seu estilo de vida em uma casa que precisava manter tal padrão de hospitalidade e dignidade ancestral. Em qualquer outro lugar, Sir Walter poderia julgar por si mesmo; e ele seria respeitado, ao regular seu modo de vida, por qualquer escolha que fizesse em relação à sua casa."

Sir Walter iria deixar Kellynch Hall — e, depois de mais alguns dias de dúvida e indecisão, a grande questão (se ele deveria partir) foi resolvida, e o primeiro passo dessa mudança tão importante foi dado.

Havia três opções: Londres, Bath e outra residência no campo. Todos os desejos de Anne repousavam na última. Uma casinha na vizinhança atual deles, onde ainda poderiam conviver com Lady Russell, ficar próximos de Mary e eventualmente apreciar os prazeres de ver os gramados e bosques de Kellynch, era o objeto de sua ambição. Contudo, o destino habitual de Anne a revisitou: algo praticamente oposto à vontade dela foi determinado. Ela não gostava de Bath e não considerava esse ambiente adequado para si — e Bath se tornaria seu lar.

Sir Walter, a princípio, teve a ideia de ir a Londres, mas o senhor Shepherd achou que ele não seria confiável lá e foi habilidoso o suficiente para dissuadi-lo da intenção e induzi-lo à preferência por Bath. Era um lugar bem mais seguro para um homem no dilema em que ele se encontrava: lá, ele poderia ser importante com custos relativamente baixos. Duas vantagens concretas de Bath em relação a Londres tiveram, é claro, peso na decisão: a distância mais conveniente de Kellynch (somente cinquenta milhas) e o fato de Lady Russell passar parte do inverno lá todo ano; e, para a imensa satisfação de Lady Russell, cujas primeiras apostas na mudança prevista tinham sido em Bath, Sir Walter e Elizabeth foram levados a acreditar que não perderiam importância nem deixariam de se divertir estabelecendo-se por lá.

Lady Russell sentiu-se obrigada a se opor aos desejos de sua querida Anne, os quais conhecia. Seria esperar demais que Sir Walter se rebaixasse a ponto de morar em uma casinha na mesma vizinhança; a própria Anne perceberia que as humilhações decorrentes dessa circunstância seriam maiores do que o previsto, e para Sir Walter elas seriam insuportáveis. No que diz respeito ao desgosto de Anne em relação a Bath, ela considerou se tratar de um preconceito e um equívoco, surgido inicialmente pelo fato de ela ter frequentado durante três anos uma escola naquela cidade depois da morte da mãe e, em segundo lugar, pelo fato de Anne não ter estado de bom humor no único inverno que posteriormente passou lá com ela.

Em resumo, Lady Russell gostava de Bath e estava inclinada a achar que o local cairia bem a todos. Quanto à saúde de sua jovem amiga, passar os meses de calor em Kellynch Lodge evitaria qualquer perigo. Na verdade, era uma mudança que faria bem tanto à saúde quanto ao humor dela. Anne havia saído pouco de casa e não tinha sido muito vista. Seu ânimo não era muito bom; uma sociedade mais ampla o melhoraria. Lady Russell queria que a jovem fosse mais conhecida.

O desinteresse de Sir Walter em qualquer outra casa da vizinhança foi sem dúvida muito fortalecido por um aspecto que era um ponto crucial do esquema e que felizmente tinha sido implantado desde o começo: ele não apenas deixaria sua casa como a depositaria nas mãos de outrem; um teste de força moral que mentes mais vigorosas que a de Sir Walter teriam achado excessivo. Kellynch Hall seria alugada. Entretanto isso era um segredo profundo que não deveria ser sussurrado para além do restrito círculo familiar.

Sir Walter não suportaria a degradação que poderia ocorrer caso soubessem que ele planejara alugar a própria casa. O senhor Shepherd em certa ocasião mencionou a palavra "anúncio", mas jamais ousou repeti-la. Sir Walter desprezou a ideia de a propriedade ser de algum modo oferecida, proibiu que, mesmo da maneira mais discreta, fosse sugerido que ele tivesse tal intenção, e foi somente na suposição de ele ser espontaneamente questionado por algum interessado irrepreensível, nos seus termos e como um imenso favor, que ele a alugaria.

Quão rápido surgem as razões para aprovar algo de que gostamos! Lady Russell tinha outra excelente carta na manga, motivo pelo qual estava extremamente feliz com o fato de Sir Walter e sua família terem decidido se mudar do campo. Elizabeth vinha aprofundando uma intimidade que ela desejava ver terminada. Era com a filha do senhor Shepherd, que havia retornado, depois de um casamento desafortunado, para a casa do pai com a responsabilidade adicional por duas crianças. Ela era uma mulher jovem e esperta, que dominava a arte de agradar — ou, ao menos, a arte de agradar em Kellynch Hall — e que havia conseguido ser tão bem-aceita pela senhorita Elliot que mais de uma vez já havia passado a noite lá, apesar de tudo o que Lady Russell, que considerava a amizade bastante inapropriada, podia sugerir em relação à cautela e à reserva.

Lady Russell, na verdade, tinha pouca influência sobre Elizabeth e parecia amá-la mais porque deveria amá-la do que por merecimento de Elizabeth. Ela nunca recebera da jovem mais que uma atenção formal, nada além do cumprimento da deferência; nunca fora bem-sucedida em persuadi-la de qualquer coisa quando suas inclinações prévias eram contrárias. Repetidamente, tinha sido bastante fervorosa na tentativa de que Anne fosse incluída na visita a Londres, sensivelmente honesta a respeito da injustiça e da infâmia dos arranjos egoístas que a deixavam de fora, e mais raramente empenhara-se para oferecer a Elizabeth as vantagens de seu julgamento e de sua experiência mais desenvolvidos — sempre em vão. Elizabeth seguiria seu próprio caminho, e nunca ela o havia percorrido contrariando mais Lady Russell que na escolha da senhora Clay: deu as costas à companhia de uma irmã tão merecedora para depositar sua afeição e confiança em alguém que, para Lady Russell, não deveria ser nada além de objeto de civilidade distante.

Em relação à situação, a senhora Clay era, do ponto de vista de Lady Russell, bastante inferior; em relação à pessoa, ela acreditava ser uma companhia bastante perigosa. Uma mudança que deixasse a senhora Clay para trás e trouxesse a oferta de intimidades mais adequadas ao alcance da senhorita Elliot era, portanto, de vital importância.

Capítulo III

— Devo pedir licença para observar, Sir Walter — disse o senhor Shepherd certa manhã em Kellynch Hall, baixando o jornal —, que a conjuntura atual está bem a seu favor. Esta paz[18] trará todos os nossos ricos oficiais navais de volta a terra firme. Eles estarão em busca de um lar. Não poderia haver melhor época, Sir Walter, para ter um sortimento de inquilinos, e dos mais responsáveis. Muitas fortunas valiosas foram acumuladas durante a guerra. Se um almirante rico viesse em seu caminho, Sir Walter...

— Ele seria um homem de muita sorte, Shepherd — retrucou Sir Walter. — É só o que posso concluir. De fato, Kellynch Hall seria um prêmio para ele. Decerto seria o maior de todos os prêmios, ainda que ele tivesse ganhado muitos outros. Não acha, Shepherd?

O senhor Shepherd deu risada, como sabia que deveria fazer diante dessa provocação, e acrescentou:

— Atrevo-me a observar, Sir Walter, que, no quesito negócios, cavalheiros da marinha são fáceis de lidar. Tive um pouco de contato com seus métodos de negociação e sinto-me à vontade para confessar que eles têm ideias bastante liberais e podem ser inquilinos agradáveis tanto quanto qualquer outro grupo de pessoas que se possa conhecer. Portanto, Sir Walter, o que eu gostaria de sugerir é, no caso de boatos sobre a sua intenção viajarem para o exterior, e isso deve ser contemplado como algo possível, visto sabermos da dificuldade de manter as ações e os desígnios de uma parte do mundo distantes da atenção e da curiosidade da outra parte; importância social cobra seu preço; já eu, John Shepherd, posso tomar qualquer decisão que desejar em relação à minha família, pois ninguém perderia tempo prestando atenção em mim; contudo, Sir Walter Elliot tem sobre si olhos que podem ser difíceis de despistar; portanto, devo especular o seguinte: não me surpreenderia nem um pouco se, apesar de toda a nossa cautela, algum boato chegasse ao exterior; supondo-se tal possibilidade, como eu ia observar, visto que formulários preenchidos sem dúvida se seguiriam a isso, acredito

---

18. A paz aqui referida pode ser tanto a Paz de 1814 — um acordo entre Inglaterra e França que encerrou a primeira fase das guerras napoleônicas — quanto a paz declarada entre Estados Unidos e Inglaterra por meio do Tratado de Gent no mesmo ano. É provável que o senhor Shepherd esteja se referindo à situação como um todo.

que valeria a pena particularmente receber qualquer um de nossos ricos comandantes navais; e peço licença para acrescentar que eu levaria duas horas, a qualquer momento, para chegar aqui, liberando-o do incômodo de responder.

Sir Walter somente assentiu. Entretanto, logo depois, levantou-se e, enquanto andava de lá para cá pela sala, observou com tom sarcástico:

— Há poucos entre os cavalheiros da marinha, eu suponho, que não ficariam admirados de encontrar-se em uma casa como esta.

— Eles olhariam ao redor e, sem dúvida, agradeceriam a Deus por tamanha sorte — comentou a senhora Clay, pois a senhora Clay estava presente; seu pai a havia trazido consigo na carruagem, e nada tinha tanta utilidade à saúde da senhora Clay quanto uma viagem a Kellynch. — Porém, concordo com papai no que se refere à ideia de que um marinheiro poderia ser um inquilino desejável. Conheci vários homens dessa profissão, e, apesar da liberalidade, eles são muito esmerados e cuidadosos em todos os sentidos! Estes seus quadros valiosos, Sir Walter, se optar por deixá-los, ficariam em perfeita segurança. Tudo dentro e nas proximidades da casa seria muitíssimo bem-cuidado! Os jardins e as cercas vivas seriam mantidos quase em tão excelente ordem como estão agora. Você não precisa temer, senhorita Elliot, negligenciarem seus belos jardins de flores.

— Quanto a isso tudo — retomou Sir Walter com frieza —, supondo que eu fosse induzido a deixar minha casa, de modo algum eu estou decidido a respeito dos privilégios que seriam vinculados a isso. Não estou particularmente disposto a favorecer um inquilino. O parque estaria aberto a ele, é claro, e a alguns poucos oficiais navais ou homens de qualquer outro tipo que possam ter essa classe; porém, as restrições que eu poderia impor em relação ao uso dos jardins ingleses são outra questão. Não gosto da ideia de minhas cercas vivas estarem sempre acessíveis, e eu recomendaria à senhorita Elliot ficar vigilante em relação ao jardim de flores. Estou bem pouco disposto a conceder qualquer vantagem extraordinária a um inquilino de Kellynch Hall, garanto-lhes, seja ele um marinheiro, seja um soldado.

Depois de uma breve pausa, o senhor Shepherd atreveu-se a dizer:

— Em todos esses casos, há usos estabelecidos que esclarecem tudo entre senhorio e inquilino. Seus interesses, Sir Walter, estão em mãos bem seguras. Confie em mim para cuidar que nenhum inquilino tenha além do que lhe é justo por direito. Atrevo-me a sugerir que Sir Walter Elliot não poderia ser tão zeloso em relação ao que é seu quanto John Shepherd.

Neste momento, Anne falou:

— A marinha, penso eu, fez tanto por nós que tem, no mínimo, crédito similar ao de qualquer outro tipo de homem em relação a todos os confortos e a todos os privilégios concedidos por uma casa. Devemos todos concordar que os marinheiros trabalham duro o bastante para ter esses confortos.

— Isso é bem verdade. O que a senhorita Anne disse é bem verdade — foi a reação do senhor Shepherd.

— Oh! Certamente — concordou a filha dele.

A observação de Sir Walter, contudo, veio logo em seguida:

— A profissão tem sua utilidade, mas eu ficaria triste de ver qualquer amigo meu atuando nela.

— É mesmo? — O comentário foi feito com um ar de surpresa.

— Sim. Ela tem dois pontos ofensivos a mim, tenho dois fortes motivos de objeção. Em primeiro lugar, por ser um meio de pessoas de origem obscura receberem distinções indevidas e de elevar homens a honras jamais sonhadas pelos pais e avós deles. Em segundo lugar, por deteriorar a juventude e o vigor de um homem de um modo horrível: um marinheiro envelhece mais cedo que qualquer outro homem. Observei isso durante toda a minha vida. Na marinha, mais que em qualquer outra ocupação, um homem corre um risco enorme de ser insultado pelas elevações de alguém cujo pai teria sido desdenhado pelo pai desse mesmo homem, e de ele mesmo se tornar prematuramente um objeto de repulsa. Certo dia da última primavera, eu estava na cidade, na companhia de dois homens que são exemplos impressionantes disso que estou falando: lorde St. Ives, cujo pai todos nós sabemos ter sido um pároco no interior que não tinha nem mesmo pão para comer; e um tal de almirante Baldwin, a pessoa aparentemente mais deplorável que podem imaginar. Seu rosto tinha a cor de mogno, era intensamente áspero e marcado, cheio de linhas e rugas, nove fios de cabelo branco na lateral e nada além de polvilho no topo da cabeça. "Pelos céus, quem é esse velhote?", perguntei a um amigo meu que estava perto (Sir Basil Morley). "Velhote!", exclamou Sir Basil. "É o almirante Baldwin. Quantos anos acha que ele tem?" "Sessenta", respondi, "ou talvez sessenta e dois." "Quarenta", respondeu-me Sir Basil. "Quarenta, e nem um ano a mais." Imaginem só minha surpresa! Não vou me esquecer tão cedo do almirante Baldwin. Nunca vi exemplo tão lamentável do que a vida marítima pode fazer. Porém, com variação de grau, sei que ocorre o mesmo com todos: eles ficam para lá e para cá, expostos a todo tipo de clima, a todo tipo de temperatura, até não estarem mais em condições de ser vistos. É uma pena que não sofram um forte golpe na cabeça antes de chegarem à idade do almirante Baldwin.

— Não, Sir Walter — clamou a senhora Clay —, isso é severo demais. Tenha um pouco de piedade pelos pobres homens. Nem todas as pessoas nascem para ser belas. O mar não traz beleza, sem dúvida; marinheiros de fato envelhecem cedo, com frequência já notei, eles logo perdem o aspecto da juventude. Contudo, o mesmo não ocorre com diversas profissões, talvez mais ainda com outras? Soldados, quando a serviço, não estão nem um pouco em melhor situação. E, mesmo nas profissões mais tranquilas, há a fadiga e o trabalho da mente, senão do corpo, que raramente deixam o aspecto do homem ao efeito natural do tempo. O advogado labuta cheio de aflição, o médico fica acordado até altas horas e viaja sob qualquer clima, e até mesmo o clérigo... — ela se interrompe por um momento para considerar o que serviria ao clérigo — e até mesmo o clérigo, sabem, é obrigado a entrar em ambientes contaminados e a expor sua saúde e aparência a todos os danos de uma atmosfera venenosa. Na verdade, e estou convencida disto há tempos, embora todas as profissões sejam necessárias e por sua vez honrosas, é somente o grupo daqueles que não são obrigados a exercer nenhuma delas, que podem viver de um modo harmonioso, no campo, escolhendo o que fazer com seu tempo, seguindo seus próprios objetivos e vivendo em sua propriedade sem o tormento de tentar alcançar mais; é somente *esse* grupo, afirmo, que tem as bênçãos da saúde e da boa aparência ao extremo. Desconheço outro tipo de homem que não perde algo de sua personalidade quando deixa de ser jovem.

Pareceu que o senhor Shepherd, em sua ansiedade por estimular uma boa vontade em Sir Walter quanto a ter um oficial da marinha como inquilino, conseguiu prever o futuro, pois a primeira proposta para a casa veio do almirante Croft, com quem ele pouco depois se encontrou por acaso na corte trimestral[19] em Taunton; de fato, ele havia recebido uma pista do almirante por intermédio de um correspondente de Londres. De acordo com o relatório que ele foi correndo fazer em Kellynch, o almirante Croft era nativo de Somersetshire e, tendo obtido uma bela fortuna, desejava se estabelecer em sua própria região, por isso

---

19. Sessões da corte civis e penais realizadas trimestralmente em Taunton, cidade do condado de Somerset (antes Somersetshire), as quais eram frequentadas por proprietários de terras locais ou seus agentes, tanto como participantes quanto como espectadores.

tinha ido a Taunton, para ver alguns lugares anunciados na vizinhança imediata, os quais, porém, não lhe haviam agradado. Ao acidentalmente saber (tal como ele tinha previsto, o senhor Shepherd observou, não era possível manter segredo dos interesses de Sir Walter) da possibilidade de Kellynch Hall estar para alugar, e ao compreender a conexão dele (do senhor Shepherd) com o proprietário, apresentou-se a fim de questionar algumas particularidades e, durante uma conferência bastante longa, manifestou uma inclinação tão forte pela propriedade quanto poderia sentir um homem que a conhecesse apenas pela descrição; e deu ao senhor Shepherd, em seu relato explícito sobre si mesmo, toda prova de ser um inquilino dos mais responsáveis e elegíveis.

— E quem seria esse almirante Croft? — indagou Sir Walter com frieza e desconfiança.

O senhor Shepherd respondeu que sua família descendia de um cavalheiro e mencionou um lugar. Anne, depois da pequena pausa que se seguiu, acrescentou:

— Ele é o contra-almirante do Esquadrão Branco.[20] Participou da ação em Trafalgar[21] e desde então esteve nas Índias Orientais. Permaneceu ali por muitos anos, acredito eu.

— Se é assim — observou Sir Walter —, posso afirmar que o rosto dele é tão laranja quanto os punhos e as capas da libré[22] dos meus criados.

O senhor Shepherd se apressou em lhe garantir que o almirante Croft era um homem bastante vigoroso, cordial e bem-apessoado. Um pouco castigado pelo tempo, sem dúvida, mas não em demasia, e muito cavalheiro em todos os seus costumes e em seu comportamento. Não aparentava ser alguém que pudesse causar alguma dificuldade em relação aos termos do contrato; parecia desejar apenas um lar confortável em que pudesse se estabelecer quanto antes; sabia que deveria pagar pela conveniência, sabia quanto devia custar uma casa toda mobiliada daquela importância, e não ficaria surpreso se Sir Walter pedisse mais; questionara a respeito da herdade; ficaria contente com a deputação, certamente, mas não fazia questão disso; disse que às vezes portava uma arma, mas nunca havia matado ninguém. De fato, era muito cavalheiro.

---

20. Na época, existiam três esquadrões da marinha: Vermelho, Branco e Azul. Mais tarde, foram rebatizados respectivamente de Marinha Mercante, Marinha Real e Reserva Naval Real.
21. Famosa batalha naval contra as forças napoleônicas, ocorrida em 1805 no cabo Trafalgar, na costa espanhola.
22. Tipo de farda usada pela criadagem de casas nobres.

O senhor Shepherd foi eloquente nesse assunto, observando todas as circunstâncias da família do almirante que o tornavam um inquilino particularmente desejável. Ele era um homem casado e sem filhos: a situação ideal. "Uma casa jamais pode ser bem-cuidada sem uma dama", comentou o senhor Shepherd; ele não sabia se a mobília ficaria mais em perigo com a ausência de uma dama ou com a presença de muitas crianças. Uma dama sem filhos era a maior preservadora de mobília do mundo. Ele também havia visto a senhora Croft. Ela foi a Taunton com o almirante e esteve presente durante quase todo o tempo em que discutiram a questão.

— Ela pareceu ser uma dama muito educada, fina e sagaz — continuou ele. — Fez mais perguntas a respeito da casa, dos termos do contrato e das taxas que o próprio almirante, e pareceu mais familiarizada com negócios. Além disso, Sir Walter, descobri que ela está tão ligada a esta região quanto o marido, senão mais: é irmã de um cavalheiro que já viveu entre nós, ela mesma me contou. É irmã do cavalheiro que viveu em Monkford alguns anos atrás. Minha nossa! Qual era mesmo o nome dele? Agora não estou conseguindo me lembrar do nome, embora o tenha ouvido recentemente. Penelope, querida, consegue me ajudar com o nome do cavalheiro que morou em Monkford, o irmão da senhora Croft?

A senhora Clay, entretanto, estava tão imersa em uma conversa com a senhorita Elliot que não ouviu o apelo.

— Não tenho ideia alguma de quem possa ser, Shepherd. Não me recordo de nenhum cavalheiro morador de Monkford desde o tempo do velho governador Trent.

— Minha nossa! É muito estranho! Suponho que logo mais vou me esquecer de meu próprio nome. Trata-se de um nome que me é muito familiar. Eu conhecia muito bem de vista o cavalheiro, vi-o centenas de vezes. Ele me consultou certa vez, lembro-me, a respeito da invasão de um dos vizinhos dele, um fazendeiro que entrou no pomar, destruiu a parede, roubou maçãs, foi pego em flagrante e, depois, contrariando minha opinião, submeteu-se a um acordo amigável. É mesmo muito estranho!

Após um momento de pausa...

— Você estaria falando do senhor Wentworth? — sugeriu Anne.

O senhor Shepherd era só gratidão.

— Wentworth era o nome, exatamente! O homem era o senhor Wentworth. Ele foi o pároco de Monkford, sabe, Sir Walter, algum tempo atrás, durante dois ou três anos. Chegou ali por volta do ano –5, se não me engano. Você se lembra dele, tenho certeza.

— Wentworth? Oh, sim! Senhor Wentworth, o pároco de Monkford. Você me confundiu com o termo *cavalheiro*. Pensei que falasse de um homem de propriedade. O senhor Wentworth era um zé-ninguém, eu me lembro; quase não tinha conexões, não tinha ligação alguma com a família Strafford. É de questionar como se tornaram tão comuns os nomes de muitos de nossos nobres.

Como o senhor Shepherd percebeu que essa conexão dos Crofts com Sir Walter não lhes fez bem algum, não a mencionou mais e, com todo o cuidado, voltou a falar com delongas sobre as circunstâncias mais indiscutivelmente favoráveis a eles: a idade, o número de pessoas na família, a fortuna, a ideia elevada que tinham formado a respeito de Kellynch Hall e a extrema solicitude pelo benefício de poderem alugar a casa, fazendo parecer que não visavam a nada além da alegria de ser inquilinos de Sir Walter Elliot — uma prova extraordinária, sem dúvida, estivessem eles cientes do valor que Sir Walter secretamente estimava cobrar do inquilino.

Deu certo, entretanto. E, embora Sir Walter sempre olhasse com desdém para qualquer pessoa que pretendesse habitar aquela casa, considerando-a infinitamente bem afortunada por poder alugar o imóvel nos termos mais elevados, ele foi convencido a consentir que o senhor Shepherd prosseguisse com a negociação, e o autorizou a esperar o almirante Croft, que ainda estava em Taunton, e a estabelecer uma data de visita à casa.

Sir Walter não era muito sábio, mas ainda assim era experiente o bastante em relação ao mundo para sentir que seria difícil aparecer um inquilino mais irrepreensível, em todos os aspectos essenciais, quanto o almirante Croft parecia ser. Sua compreensão chegava a esse ponto, e sua vaidade proporcionava um pouco de tranquilidade adicional, considerando a condição de vida do almirante, que era um tanto elevada. "Aluguei minha casa para o almirante Croft" soava extremamente bem; ainda melhor que "para um mero *senhor* tal"; "um *senhor* tal" (exceto, talvez, meia dúzia no país) sempre precisaria ser acompanhado de uma explicação. Um almirante revelava sua própria importância, ao mesmo tempo que nunca eclipsaria um baronete. Em todas as suas negociações e relações, Sir Walter Elliot sempre teria a precedência.[23]

Nada poderia ser feito sem que se recorresse a Elizabeth. No entanto, a inclinação dela pela mudança se tornava tão intensa que ela se

---

23. Ver nota 15, na página 15.

contentou em ter a questão acertada e resolvida com um inquilino à mão, por isso não proferiu nem uma palavra que pudesse suspender a decisão.

O senhor Shepherd recebeu todos os poderes para agir. Tão logo a decisão foi tomada, Anne, que tinha sido uma ouvinte atenta durante a discussão toda, deixou a sala em busca do conforto do ar fresco para suas bochechas coradas. Enquanto andava pela sua alameda favorita, ela disse suspirando suavemente:

— Daqui a alguns meses, talvez *ele* esteja caminhando por aqui.

Capítulo IV

Ele não era o senhor Wentworth, o antigo curador de Monkford, por mais suspeitas que as aparências pudessem ser, mas o capitão Frederick Wentworth, seu irmão, que, tendo se tornado capitão de fragata em consequência da ação em Santo Domingo[24] e sem haver recebido um posto imediatamente, veio a Somersetshire no verão de 1806 e, como não tinha pai nem mãe vivos, encontrou um lar em Monkford, onde ficou durante seis meses. À época, era um rapaz notavelmente belo, muito inteligente, bem-humorado e brilhante; e Anne era uma garota extremamente bonita, dócil, modesta, sensível e de muito bom gosto. Metade da soma desses atrativos, em ambos os lados, teria sido suficiente, pois ele estava ocioso, e ela dificilmente teria alguém para amar; por isso o encontro de tão incríveis recomendações não tinha como fracassar. Eles foram se conhecendo aos poucos e, quando de fato se conheceram, apaixonaram-se rápido e profundamente. Seria difícil dizer quem teria visto perfeição mais elevada no outro ou quem fora mais feliz: se ela, ao receber suas declarações e propostas, ou se ele, ao vê-las aceitas.

Seguira-se um breve período de felicidade extraordinária, de fato muito breve. Logo surgiram problemas. Sir Walter, ao receber o pedido da mão da filha, sem realmente negar seu consentimento nem dizer que esse evento jamais aconteceria, expressou toda a negativa contida em sua eminente surpresa, em sua imensa frieza, em seu grande silêncio, e declarou sua decisão de não fazer nada pela filha. Ele considerou a união muito degradante; e Lady Russell, embora tivesse um orgulho mais moderado e perdoável, a recebeu como uma ideia infeliz.

Anne Elliot, com todas as honras de sua origem, de sua beleza e sua mente, desperdiçar-se assim aos dezenove anos; comprometer-se aos dezenove anos a um noivado com um rapaz que não tinha nada que o recomendasse nem tinha esperanças de obter riquezas exceto nos acasos de uma profissão bastante incerta, e nenhuma conexão que garantisse até mesmo uma ascensão maior na profissão — seria, de fato, um desperdício que lhe causava desgosto só de pensar! Anne Elliot, tão jovem, tão

---

24. Famosa batalha das guerras napoleônicas ocorrida em 1806 no Caribe, em Santo Domingo (então território ocupado pelos espanhóis). Esquadrões franceses e britânicos se enfrentaram, culminando em uma vitória importante dos ingleses.

pouco conhecida, ser fisgada assim por um estranho sem procedência nem fortuna, ou ainda ser afundada por ele num estado de dependência exaustiva, angustiante, destruidora de sua juventude! Isso não poderia acontecer. Por meio de qualquer interferência de amizade, por intermédio de qualquer conselho de quem tinha quase um amor de mãe e direitos maternos, isso seria evitado.

O capitão Wentworth não possuía nenhuma fortuna. Ele havia tido sorte na profissão, mas, ao gastar à vontade o que ganhara livremente, não conquistara nada. Contudo ele acreditava que em breve enriqueceria: cheio de vida e paixão, ele sabia que logo teria um navio e então alcançaria um posto que o levaria a conseguir tudo o que desejava. Ele sempre tivera sorte, e sabia que continuaria tendo. Tamanha confiança, poderosa em seu próprio ardor e encantadora na sagacidade com que frequentemente era expressada, deve ter sido suficiente para Anne, mas Lady Russell a via de um modo muito diferente. O temperamento otimista dele e sua mente destemida eram vistos de modo bem diferente por aquela senhora. Ela enxergava nessas características um agravamento do mal, o que só lhe dava um caráter perigoso. Ele era brilhante, mas um cabeça-dura. Lady Russell não apreciava muito a sagacidade e achava um horror qualquer coisa parecida com imprudência. Ela censurava essa união sob qualquer luz.

Tamanha oposição proporcionada por esses sentimentos foi mais do que Anne pôde confrontar. Ainda que fosse jovem e delicada, era possível sustentar sua opinião diante da má vontade do pai, embora esta não fosse suavizada por uma palavra ou um olhar gentil da irmã; todavia, Lady Russell, a quem ela sempre amara e em quem sempre se apoiara, não poderia, com tanta firmeza de opinião e modos tão amáveis, seguir aconselhando-a em vão. Ela foi persuadida a acreditar que o noivado era um erro: indiscreto, impróprio, com poucas chances de sucesso e indigno. No entanto, não foi apenas por causa de um alerta egoísta que Anne pôs um fim na história. Não tivesse ela suposto estar fazendo isso pelo bem *dele*, mais ainda que pelo dela mesma, dificilmente poderia tê-lo deixado ir. A crença de estar sendo prudente e magnânima, principalmente em benefício *dele*, foi seu maior consolo a propósito de um rompimento, de uma ruptura completa. E todo esse consolo foi necessário, pois ela teve de encarar a dor adicional dos juízos, da parte dele irresolutos e inflexíveis, e do sentimento dele de ter sido afetado em virtude de um rompimento tão forçado. Como consequência, ele deixou o país.

Poucos meses testemunharam o início e o fim do contato entre os dois. Entretanto, esses poucos meses não foram suficientes para encerrar a dose de sofrimento de Anne. Por muito tempo, sua afeição e seus arrependimentos ofuscaram qualquer alegria da juventude, e uma perda precoce de vigor e humor foi o resultado duradouro. Mais de sete anos tinham se passado desde que essa historinha de enredo triste chegara ao seu fim, e o tempo havia suavizado muito, talvez quase por completo, o afeto particular que ela nutria por ele, porém Anne dependera demais do tempo em si: nenhuma ajuda lhe fora dada por meio de uma mudança de ares (exceto em uma visita a Bath logo após o rompimento) ou de qualquer novidade ou ampliação de seu círculo social. Ninguém que se apresentara ao círculo Kellynch jamais se comparara a Frederick Wentworth, tal como ela o mantinha na lembrança. Um segundo relacionamento — a única cura perfeitamente natural, feliz e suficiente em sua idade — não tinha sido possível ao refinamento de sua mente, delicadeza de seu gosto, nos limites próximos da sociedade que cercava a família. Ela foi convidada, quando tinha cerca de vinte e dois anos, a mudar seu nome por intermédio de um rapaz que não muito depois encontrou mais disposição de ânimo na irmã mais nova dela. Lady Russell lamentou a recusa de Anne, pois Charles Musgrove era o filho mais velho de um homem cuja propriedade fundiária e importância geral estavam em segundo lugar naquela região, atrás somente de Sir Walter, e ele tinha bom caráter e boa aparência; e, ainda que Lady Russell tivesse exigido algo mais quando Anne tinha dezenove anos, ela teria se alegrado de vê-la deixar de modo tão respeitável os favoritismos e as injustiças da casa do pai e de vê-la se estabelecer de modo tão efetivo perto de si. Nesse caso, porém, Anne não havia deixado espaço para conselhos operarem, e, embora Lady Russell, satisfeita como sempre com sua própria discrição, nunca tenha desejado desfazer o passado, ela começou então a sentir a ansiedade que beirava a desesperança de Anne ser seduzida, por algum homem de talentos e independência, a assumir um estado ao qual a senhora considerava a jovem particularmente apta, dados seu temperamento caloroso e seus hábitos domésticos.

Elas não conheciam a opinião uma da outra, nem sua constância ou suas inconstâncias no que se refere ao ponto principal da conduta de Anne, pois nunca haviam tocado nesse assunto. Anne, porém, aos vinte e sete anos, pensava de modo diferente em comparação à maneira de que tinha sido persuadida a pensar aos dezenove. Ela não culpava

Lady Russell nem culpava a si mesma por ter sido induzida pela amiga, mas sentia que, se qualquer outra jovem em circunstâncias similares tivesse procurado seu conselho, jamais teria recebido tanta garantia de desgraça imediata e tanta incerteza sobre sua felicidade futura. Ela estava convencida de que, sob todas as desvantagens da desaprovação de seus familiares e sob todas as expectativas relacionadas à profissão do pretendente, os medos prováveis, os atrasos, as decepções, ainda assim ela teria sido uma mulher mais feliz se tivesse mantido o noivado do que fora ao sacrificá-lo; e nisso ela acreditava plenamente, tivesse a atitude habitual, ou tivesse mais que isso caso todas as preocupações e a incerteza tivessem sido deles, sem levar em conta os resultados reais no caso deles, que, conforme se provou, teria lhes proporcionado alguma prosperidade mais cedo do que poderia ter calculado. Todas as perspectivas otimistas, toda a confiança dele, tinham sido justificadas. Seu gênio e sua paixão pareceram prever e comandar seu caminho próspero. Pouco depois do fim do noivado, ele assumira um posto; e tudo o que ele imaginara havia acontecido. Ele tinha se destacado e logo subiu uma patente, e então devia ter conquistado uma bela fortuna após capturas bem-sucedidas. Anne tinha apenas as listas da marinha e os jornais para consultar, porém não duvidava de que ele havia enriquecido, e, considerando a lealdade do capitão, ela não tinha motivo para acreditar que ele estivesse casado.

Quão eloquente Anne Elliot poderia ter sido! Quão eloquentes eram, ao menos, seus desejos referentes a um precoce relacionamento caloroso e uma alegre confiança no futuro, em contraste à precaução extremamente ansiosa que parece insultar e recear a Providência! Ela tinha sido induzida à prudência na juventude, ela aprendeu o que era romance ao ficar mais velha: a consequência natural de um início antinatural.

Nessas circunstâncias, com essas recordações e seus sentimentos, ela não conseguia ouvir a notícia de que a irmã do capitão Wentworth provavelmente iria morar em Kellynch sem que sua antiga dor viesse à tona; e muitas caminhadas e inúmeros suspiros foram necessários para dispersar a agitação causada por essa ideia. Disse a si mesma, repetidas vezes, que isso era tolice, antes de conseguir restabelecer os nervos o suficiente para não ver maldade na contínua discussão a respeito dos Crofts e da negociação que fariam. Contudo, ela foi auxiliada pela total indiferença e pela aparente inconsciência de seus três únicos amigos que conheciam o segredo do passado e que aparentemente negavam qualquer lembrança do caso. Ela podia compreender a superioridade dos motivos de Lady Russell nesse quesito em relação às razões de seu pai e de Elizabeth; ela era capaz de respeitar todos os sentimentos nobres de sua quietude; mas o clima geral de esquecimento entre eles era importante demais, de onde quer que surgisse; e, no caso de o almirante Croft realmente vir morar em Kellynch Hall, ela regozijou-se novamente com a convicção pela qual sempre fora agradecida, de o passado ser conhecido por apenas aqueles seus três amigos, os quais, ela acreditava, jamais sussurrariam nem uma sílaba, e da certeza de que, entre os conhecidos dele, somente o irmão com quem morara havia recebido alguma informação referente ao curto noivado. Esse irmão havia se mudado do campo já fazia tempo, e, sendo ele um homem sensível, e, mais que isso, um homem solteiro à época, ela se apegava com afeição à ideia de que nenhuma criatura havia recebido essa notícia da boca dele.

A irmã dele, a senhora Croft, estivera fora da Inglaterra na época, acompanhando o marido em seu posto no estrangeiro. Já sua própria irmã, Mary, estivera na escola durante esse período; e, por causa do orgulho de uns e da delicadeza de outros, jamais obteve qualquer conhecimento da questão depois.

Com esses apoios, Anne contava que a convivência entre ela e os Crofts, que deveria acontecer, visto que Lady Russell ainda residia em Kellynch e Mary morava a somente três milhas de distância, não precisaria envolver nenhum constrangimento particular.

Capítulo V

Na manhã agendada para o almirante e a senhora Croft visitarem Kellynch Hall, Anne considerou bastante natural fazer sua caminhada quase diária até a casa de Lady Russell, e se manteve distante até que tudo estivesse terminado. Depois, achou que poderia ser uma atitude aparentemente espontânea lamentar ter perdido a oportunidade de vê-los.

O encontro entre as duas partes se provou altamente satisfatório, e todo o negócio foi resolvido de uma só vez. Cada dama estava previamente disposta a um acordo, por isso uma não viu na outra nada além de bons modos. No que dizia respeito aos cavalheiros, havia um bom humor tão caloroso, uma liberalidade tão aberta e confiável da parte do almirante, que era impossível não influenciar Sir Walter, o qual, além disso, fora bajulado até atingir seu melhor e mais polido comportamento com base nas garantias do senhor Shepherd de ser reconhecido pelo almirante, por intermédio de relatos, como um modelo de boa educação.

A casa, os terrenos e a mobília foram aprovados, os Crofts foram aprovados, os termos, o período, tudo e todos estavam corretos; e os escriturários do senhor Shepherd foram enviados ao trabalho sem ter havido nenhuma diferença preliminar para alterar "o justo e contratado a seguir".

Sir Walter, sem hesitações, declarou que o almirante era o marinheiro de melhor aparência que já havia conhecido, e foi mais longe ao dizer que, se o seu camareiro arrumasse aquele cabelo, ele não sentiria vergonha de ser visto ao seu lado em qualquer lugar. O almirante, com cordialidade complacente, observou à esposa, conforme cruzavam o parque na volta:

— Penso que logo mais chegaremos a um acordo, minha querida, apesar do que nos disseram em Taunton. O baronete não fará nada de extraordinário nesta vida, porém não vi problema algum nele.

Eram elogios recíprocos, que teriam sido considerados equivalentes.

Os Crofts tomariam posse do imóvel em 29 de setembro,[25] e, como Sir Walter propôs que eles se mudassem para Bath em algum momento do mês seguinte, não havia tempo a perder em relação a todos os arranjos pendentes.

---

25. *Michaelmas*, no original. Trata-se de uma celebração no Dia de São Miguel Arcanjo, quando, na época de Austen, comumente se pagavam aluguéis e se iniciavam ou encerravam acordos.

Lady Russell, convencida de que não permitiriam que Anne tivesse qualquer utilidade ou importância na escolha da casa em que iriam morar, estava com muita má vontade de deixá-la partir com tanta pressa e tão cedo, e queria tentar fazê-la ficar para trás até que fossem juntas para Bath depois do Natal. Contudo, ela mesma tinha compromissos que a afastariam de Kellynch por várias semanas, por isso não teve como fazer um convite tão extenso quanto desejava. Anne, embora temesse a possibilidade das altas temperaturas de setembro na claridade ofuscante de Bath e lamentasse renunciar à influência tão doce e tão melancólica dos meses de outono em sua região, achou que, considerando tudo, não queria ficar. Ir com os outros seria mais correto e mais sensato e, portanto, envolveria menos sofrimento.

Algo aconteceu, entretanto, proporcionando-lhe uma tarefa diferente. Mary, que frequentemente sentia algum mal-estar, que sempre pensava demais em suas próprias reclamações e tinha o hábito de convocar Anne sempre que algo assim lhe ocorria, estava indisposta; e, prevendo que não teria um dia de saúde durante todo o outono, suplicou — ou melhor, exigiu, pois não era nem um pouco uma súplica — que a irmã fosse a Uppercross Cottage e lhe fizesse companhia pelo tempo que desejasse, em vez de ir a Bath.

— Não darei conta sem Anne — era o raciocínio de Mary.

E a resposta de Elizabeth foi:

— Tenho certeza, então, de que é melhor Anne ficar, pois não há ninguém que a queira em Bath.

Ser considerada útil, embora de modo inapropriado, é um pouquinho melhor que ser rejeitada como inútil. Assim, Anne, feliz por terem pensado nela, feliz por ter uma tarefa a cumprir, e certamente nem um pouco triste de isso ocorrer no campo, em sua própria região tão querida, prontamente concordou em ficar.

O convite de Mary removeu todas as dificuldades de Lady Russell, e consequentemente logo se acertou que Anne não iria a Bath até que Lady Russell a levasse, e que nesse ínterim ela dividiria seu tempo entre Uppercross Cottage e Kellynch Lodge.

Até aí, tudo estava dando muito certo. Porém Lady Russell quase tomou um susto em consequência de um desvio de seu plano em Kellynch Hall, quando estourou nela a informação de que a senhora Clay havia se comprometido a ir para Bath com Sir Walter e Elizabeth, sendo considerada uma assistente da maior importância e de muito valor para a última a respeito de tudo o que estava prestes a ocorrer. Lady Russell lamentou profundamente que tal medida tivesse sido tomada — ficou abismada, triste, receosa. E a afronta que isso significava para Anne, que a senhora Clay tivesse muita utilidade na mesma proporção que consideravam que Anne não tinha nenhuma, foi um agravante muito doloroso.

Pessoalmente, Anne havia se fortalecido contra afrontas desse tipo, mas sentiu a imprudência do arranjo com tanta intensidade quanto Lady Russell. Por meio de muita observação silenciosa e um conhecimento, o qual com frequência desejava que fosse menor, do caráter do pai, ela sentia que eram mais que possíveis consequências bastante sérias à família por causa dessa intimidade. Ela não imaginava que o pai tinha, no momento, uma ideia nesse sentido. A senhora Clay tinha sardas, um dente projetado e uma mão desajeitada, características sobre as quais ele sempre comentava na ausência dela. Entretanto ela era jovem e sem dúvida tinha no geral uma boa aparência, e apresentava, por meio de sua mente aguçada e de modos que com frequência procuravam ser agradáveis, atrativos infinitamente mais perigosos que qualquer outra mera qualidade física. Anne estava tão impressionada em virtude dessa iminência de perigo que não evitou demonstrá-lo à irmã. Tinha pouca esperança de ser bem-sucedida, mas acreditava que, na concretização desse revés, Elizabeth teria muito mais a lamentar que ela, e portanto jamais deveria ter motivos para repreendê-la por não lhe ter avisado.

Ela falou e pareceu somente ofendê-la. Elizabeth não conseguia conceber como suspeita tão absurda pudesse lhe ter ocorrido, e respondeu com indignação que cada lado estava perfeitamente ciente da própria posição.

— A senhora Clay — disse ela calorosamente — nunca se esquece de quem é. E, como tenho mais familiaridade com os sentimentos dela que você, posso lhe garantir que, em relação ao assunto casamento, eles são particularmente inexistentes, e que ela reprova toda desigualdade de condições e posição com mais intensidade que a maioria das pessoas. Quanto ao meu pai, eu não gostaria realmente de imaginar que, tendo permanecido solteiro por tanto tempo por nossa causa, ele devesse despertar suspeitas agora. Se a senhora Clay fosse uma mulher bonita, eu lhe outorgaria que seria errado de minha parte tê-la tão perto de mim. Não que qualquer motivo do mundo fosse induzir meu pai a ter uma união degradante, pois ele ficaria infeliz. Contudo, acho mesmo que a coitada da senhora Clay, que, apesar de todos os seus méritos, jamais seria reconhecida como uma mulher de razoável beleza, pode ficar aqui em perfeita segurança. Alguém poderia imaginar que você nunca ouviu meu pai falar dos defeitos dela, mas eu sei que já deve ter ouvido isso cerca de cinquenta vezes. Aquele dente dela e aquelas sardas... Sardas não me desagradam tanto quanto desagradam ao papai. Já vi um rosto com algumas poucas sardas que não ficou tão desfigurado, mas ele as abomina. Você deve tê-lo ouvido comentar sobre as sardas da senhora Clay.

— Isso não chega a ser um defeito — replicou Anne — que não possa ser gradualmente amenizado por modos agradáveis.

— Penso bem diferente — respondeu Elizabeth bruscamente. — Modos agradáveis podem salientar características belas, mas não são capazes de alterar as insípidas. Contudo, de qualquer modo, como sou eu quem tem mais a perder nesse sentido que qualquer outra pessoa, acho bastante desnecessário que você venha me aconselhar.

Anne tinha feito o que precisava fazer, estava satisfeita por ter chegado ao fim e não totalmente desesperançada de ter feito o bem. Elizabeth, embora tenha ressentido a suspeita, pôde ficar mais vigilante.

A função derradeira da carruagem de quatro cavalos era deixar Sir Walter, a senhorita Elliot e a senhora Clay em Bath. O grupo partiu com muito bom humor: Sir Walter saiu acenando com a cabeça de modo cortês para todos os locatários e aldeões que poderiam ter sido aconselhados a aparecer; ao mesmo tempo, Anne foi caminhando com uma tranquilidade um pouco consternada em direção a Lodge, onde passaria a primeira semana.

Sua amiga não estava com um humor melhor que o dela. Lady Russell sentiu demais essa ruptura da família. A respeitabilidade dos Elliots lhe era tão cara quanto a sua própria, e o hábito do convívio diário tinha se tornado precioso. Era doloroso olhar seus jardins desertos, e ainda pior imaginar as novas mãos nas quais eles cairiam; e, para escapar da solidão e da melancolia de uma vila tão diferente, e para ficar fora do caminho quando o almirante e a senhora Croft chegassem, ela estava determinada a dar início à sua ausência no lar assim que se separasse de Anne. Conforme havia sido acordado, elas saíram juntas, e Anne foi deixada em Uppercross Cottage na primeira etapa da jornada de Lady Russell.

Uppercross era uma vila não muito grande, que poucos anos antes fora formada completamente no velho estilo inglês, tendo somente duas casas de aparência mais elevada que as dos fazendeiros e camponeses: a mansão do aristocrata proprietário daquelas terras, com seus muros altos, grandes portões e árvores antigas, imponente e sem modernidades; e a residência do clérigo, compacta e apertada, encerrada em seu próprio jardim bem-cuidado, com uma videira e uma pereira crescendo ao redor dos caixilhos das janelas; porém, com o casamento do jovem senhor, a vila havia recebido a melhoria de uma casa de fazenda, que foi transformada em chalé para residência dele; e Uppercross Cottage, com sua varanda, suas janelas francesas e outros encantos, tinha quase a mesma chance de captar o olhar de um viajante quanto o aspecto e as instalações mais consistentes e consideráveis da Casa-Grande, cerca de um quarto de milha adiante. Anne frequentemente ficava nesse lugar. Ela conhecia os caminhos de Uppercross tão bem quanto os de Kellynch. As duas famílias se encontravam tanto, e o hábito de entrar e sair da casa uns dos outros a qualquer hora era tamanho, que foi praticamente uma surpresa para ela ver Mary sozinha; mas estar sozinha, com mal-estar e sem ânimo era quase uma condição natural de Mary. Embora estivesse em condições melhores que as da irmã mais velha, Mary não tinha a inteligência nem o temperamento de Anne. Quando estava bem, e feliz, e bem assistida, tinha um ótimo humor e excelente ânimo, mas qualquer indisposição a derrubava por completo. Ela não tinha estrutura para a solidão e, tendo herdado uma parte considerável da presunção dos Elliots, tinha muita inclinação para adicionar a qualquer outra aflição a ideia de que estava sendo negligenciada ou usada. Fisicamente, era inferior às duas irmãs, e, mesmo em seu desabrochar de mulher, havia alcançado somente a dignidade de ser "uma garota bonita". Agora, ela estava deitada no sofá desbotado da pequena e bela sala de estar, cuja mobília, outrora elegante, vinha se tornando gradualmente gasta sob a influência de quatro verões e duas crianças. Diante da aparição de Anne, Mary a cumprimentou assim:

— Aí está você, finalmente! Comecei a achar que nunca mais a veria. Estou tão doente que mal consigo falar. Não vi uma criatura sequer a manhã toda!

— Sinto muito por encontrá-la indisposta — respondeu Anne. — Você me fez pensar que estava muito bem na quinta-feira.

— Sim, tentei fazer o meu melhor; eu sempre tento. Mas eu estava longe de me sentir bem naquele dia, e acho que nunca estive tão doente em toda a minha vida quanto tenho me sentido durante toda esta manhã; não estava em condições de ser deixada sozinha, tenho certeza. Imagine se eu fosse acometida de um súbito e terrível mal-estar e não pudesse tocar o sino! Então Lady Russell não pôde descer? Não me lembro de ela ter vindo a esta casa nem três vezes neste verão.

Anne falou o que era apropriado dizer e perguntou sobre o marido da irmã.

— Oh! Charles saiu, foi atirar. Não o vejo desde as sete horas. Ele se foi ainda que eu houvesse lhe dito quanto me sentia mal. Ele disse que não ficaria fora por muito tempo, mas ainda não voltou, e já é quase uma hora. Garanto a você que não vi uma alma sequer durante toda esta longa manhã.

— Você esteve com seus meninos?

— Sim, até quanto pude suportar o barulho que fazem. Eles são tão indisciplinados, no entanto, que me fazem mais mal do que bem. O pequeno Charles não liga para nada do que digo, e Walter está ficando tão terrível quanto o irmão.

— Bem, logo mais se sentirá melhor — respondeu Anne com animação. — Você sabe que sempre curo você quando venho aqui. Como estão seus vizinhos na Casa-Grande?

— Não posso dizer nada a respeito deles. Não vi ninguém de lá hoje, exceto o senhor Musgrove, que acabou de passar aqui e falou pela janela, mas sem descer do cavalo. E, embora eu tenha lhe dito que estava doente, nenhum deles se aproximou de mim. Não deve ter convindo às senhoritas Musgroves, eu suponho, e elas nunca desviam de seu caminho para nada.

— Talvez você as veja antes que esta manhã acabe. Ainda é cedo.

— Eu nunca quero vê-las, garanto a você. Elas falam e riem um pouco demais para o meu gosto. Oh! Anne, estou tão indisposta! Foi bem cruel da sua parte não ter vindo na quinta-feira.

— Minha querida Mary, lembre-se de que me mandou um recado de que se sentia bem! Você me escreveu com um tom dos mais alegres e disse que estava perfeitamente bem de saúde e que não tinha pressa da minha chegada; sendo assim, deveria saber que meu desejo seria permanecer com Lady Russell até o fim. E, além do que sinto em relação a ela, estive mesmo bem ocupada, com muito a fazer, de modo que não poderia, sem grande inconveniência, ter deixado Kellynch antes.

— Minha nossa! Mas o que *você* teria a fazer?

— Muitas coisas, eu lhe garanto. Mais do que consigo me lembrar neste momento, mas posso lhe contar algumas. Tenho feito uma cópia do catálogo de livros e retratos do meu pai. Estive diversas vezes no jardim com Mackenzie, tentando entender, ou fazê-lo entender, quais das plantas de Elizabeth são para Lady Russell. Tive todas as minhas questões para resolver, livros e músicas para separar, e todas as minhas malas para refazer, pois não sabia antes o que deveria ir nas carroças. E uma coisa que precisei fazer, Mary, de uma natureza mais penosa, foi visitar praticamente todas as casas da paróquia para me despedir, pois fiquei sabendo que assim desejavam. Tudo isso, entretanto, levou um bom tempo.

— Oh, bem! — Depois de uma pausa momentânea, prosseguiu: — Você não me perguntou nada sobre o jantar na casa dos Pooles ontem.

— Então você foi? Não perguntei porque concluí que você tinha achado melhor desistir de ir à festa.

— Oh, fui, sim! Eu estava bem-disposta ontem, não havia nada de errado comigo até esta manhã. Teria sido estranho se eu não tivesse ido.

— Fico muito contente em saber que você estava bem o bastante, e espero que tenha sido uma festa agradável.

— Não foi nada de mais. Sempre é possível saber de antemão como será o jantar e quem estará presente. E é tão desconfortável não ter uma carruagem própria. O senhor e a senhora Musgrove me levaram, e ficamos muito apertados lá dentro! Os dois são tão largos e ocupam tanto espaço... E o senhor Musgrove sempre se senta na frente. Então eu fiquei apertada no banco de trás com Henrietta e Louisa, e acho bem provável que minha indisposição de hoje seja resultado disso.

Uma persistência maior em ter paciência e uma alegria forçada da parte de Anne converteram-se quase em uma cura de Mary. Logo ela se sentiu capaz de sentar-se ereta no sofá e começou a ter esperanças de deixá-lo na hora do jantar. Então, esquecendo-se de pensar nisso, ela foi até o outro lado da sala, ajeitou um buquê de flores, depois comeu alguns frios; por fim, sentiu-se bem o suficiente para propor uma breve caminhada.

— Aonde podemos ir? — perguntou ela quando estavam as duas prontas. — Suponho que você não queira visitar a Casa-Grande antes de eles terem vindo vê-la aqui.

— Não tenho a menor objeção a esse respeito — respondeu Anne. — Nunca pensaria em manter tamanha cerimônia com quem conheço tão bem, como a senhora e as senhoritas Musgroves.

— Oh! Mas elas precisam vir visitá-la quanto antes. Precisam entender os deveres que têm em relação a você como *minha* irmã. Porém, podemos ir e nos sentar um pouco com elas e, depois que tivermos acabado, podemos dar nossa caminhada.

Anne sempre considerara esse modo de se relacionar bastante imprudente, mas havia desistido de tentar controlá-lo, acreditando que, embora houvesse motivos contínuos de desrespeito de ambos os lados, nenhuma das famílias sabia viver sem a outra. Elas seguiram, portanto, para a Casa-Grande, a fim de se sentarem durante meia hora na antiquada saleta quadrangular, que tinha um tapete pequeno e um piso brilhante, à qual as atuais filhas da residência davam, pouco a pouco, o apropriado ar de confusão, instalando ali, em todas as direções, um piano enorme e uma harpa, vasos de flores e mesinhas. Oh! Se os retratados das pinturas penduradas nos lambris, se os cavalheiros em veludo marrom e as damas em cetim azul vissem o que estava acontecendo, se tivessem consciência de tamanha rasteira na ordem e no bom gosto... Os retratos em si pareciam encarar tudo atônitos.

Os Musgroves, assim como suas casas, encontravam-se numa situação de mudança, talvez de melhora. O pai e a mãe gostavam do estilo inglês antigo, e as jovens, do novo. O senhor e a senhora Musgrove eram pessoas muito boas: amigáveis e hospitaleiras, não muito estudadas e nem um pouco elegantes. Seus filhos tinham mentalidade e modos mais modernos. Era uma família numerosa, mas havia apenas duas adultas, além de Charles: Henrietta e Louisa, jovens damas de dezenove e vinte anos que trouxeram de uma escola em Exeter todo o estoque costumeiro de habilidades e viviam agora, assim como milhares de outras jovens damas, para ser elegantes, felizes e alegres. Suas vestimentas eram excelentes, seus semblantes eram belos, e elas tinham muito bom humor e modos expansivos e agradáveis; eram benquistas em casa e adoradas fora dela. Anne sempre as vira como algumas das criaturas mais felizes que conhecia. Ainda assim, tinha, como todos nós, certo sentimento confortável de superioridade que a impedia de desejar a possibilidade de uma troca, e ela não abriria mão de sua própria mente, mais elegante e culta, por todos aqueles prazeres; e não as invejava em nada, exceto pelas aparentemente perfeitas compreensão e concordância que elas tinham uma com a outra, aquela afeição bem-humorada mútua, que ela tivera tão pouco com as próprias irmãs.

Foram recebidas com grande cordialidade. Não parecia haver nada de errado do lado da família da Casa-Grande, que era, geralmente, como Anne bem sabia, a menos culpada. A meia hora foi consumida por uma conversa bastante agradável, e ela não ficou nem um pouco surpresa, ao fim do encontro, com o fato de as senhoritas Musgroves, diante de um convite particular de Mary, terem resolvido se juntar a elas na caminhada.

Capítulo VI

Anne não queria, nesta visita a Uppercross, admitir que a troca de um grupo de pessoas por outro, embora a uma distância de somente três milhas, com frequência envolve uma mudança total nas conversas, nas opiniões e ideias. Ela nunca havia permanecido ali antes sem ser tocada por essa compreensão ou sem desejar que os outros Elliots pudessem aproveitar para ver quão desconhecidas ou ignoradas eram as questões que em Kellynch Hall eram tratadas como de conhecimento e interesse geral. No entanto, mesmo com toda essa experiência, ela acreditava que agora deveria render-se a sentir que lhe era necessária outra lição, na arte de descobrir nossa própria insignificância fora de nosso círculo íntimo; pois, sem dúvida, tendo chegado ali com o coração repleto do assunto que havia ocupado por completo as duas casas em Kellynch durante tantas semanas, ela esperava deparar com mais curiosidade e simpatia do que encontrou no comentário bastante similar, embora feito em momentos distintos, do senhor e da senhora Musgrove: "Então, senhorita Anne, Sir Walter e sua irmã se foram. Em qual parte de Bath acha que eles vão se instalar?" – e sequer aguardaram uma resposta. Ou quando as jovens emendaram: "Espero que *nós* possamos ir a Bath no inverno. Mas lembre-se, papai, de que, se nós formos, devemos ficar em um local bom. Nada de Queen Square[26] para nós!"; ou no complemento ansioso de Mary: "Minha nossa, vejo que ficarei muito bem sozinha quando todos vocês tiverem partido para serem felizes em Bath!".

A única coisa que ela podia fazer era tentar evitar tamanha desilusão no futuro e pensar com imensa gratidão na bênção extraordinária que era ter uma amiga tão verdadeiramente compreensiva quanto Lady Russell.

Os senhores Musgroves tinham sua própria caça para vigiar e matar, seus próprios cavalos e jornais para entretê-los, e as mulheres se mantinham plenamente ocupadas com todas as outras questões típicas dos cuidados com o lar, vizinhos, trajes, dança e música. Anne considerou bem adequado que cada pequeno grupo social ditasse seus próprios assuntos de discurso e torceu para que logo se tornasse uma integrante

---

26. Construído no século XVIII, trata-se de uma praça circundada por diversas edificações no estilo georgiano. Na época de Austen, era um lugar considerado mais antiquado em comparação com empreendimentos mais recentes.

digna do grupo para o qual ela havia sido transferida. Com a perspectiva de passar pelo menos dois meses em Uppercross, era bem necessário que ela envolvesse sua imaginação, sua memória e todas as suas ideias em Uppercross tanto quanto possível.

Ela não temia esses dois meses. Mary não era tão repulsiva nem tão pouco fraternal quanto Elizabeth, nem tão inacessível a qualquer influência sua; tampouco havia qualquer coisa nos outros componentes do chalé que lhe causasse desconforto. Ela sempre estivera em termos amigáveis com o cunhado, e, em relação às crianças, que a amavam quase tanto quanto ela as amava e a respeitavam bem mais do que à própria mãe, Anne via nelas um objeto de interesse, diversão e um exercício físico saudável.

Charles Musgrove era bem-educado e agradável. Em aspectos de virtude e temperamento era, sem dúvida, superior à esposa, mas não em termos de caráter, de diálogos ou de graça, a ponto de fazer do passado uma contemplação perigosa, posto que estavam atados; embora, ao mesmo tempo, Anne acreditava, assim como Lady Russell, que uma união mais equilibrada o teria melhorado bastante, e que uma mulher com mais compreensão talvez tivesse dado mais importância ao seu caráter e mais utilidade, racionalidade e elegância aos seus hábitos e objetivos. Da forma como era, ele não fazia nada com muito entusiasmo, exceto os esportes; fora isso, seu tempo era desperdiçado sem o benefício dos livros ou de qualquer coisa do tipo. Ele tinha muito bom humor, parecia não se afetar muito pela depressão ocasional da esposa, e suportava a insensatez dela, o que às vezes deixava Anne admirada. De modo geral, embora houvesse frequentemente pequenos desentendimentos (nos quais ela às vezes tinha mais participação do que desejava, pois os dois apelavam a ela), eles poderiam ser considerados um casal feliz. Sempre concordavam perfeitamente no que se referia à necessidade de obter mais dinheiro, e a um desejo forte de receberem um presente vultoso do pai dele; mas neste ponto, como na maioria dos assuntos, ele tinha superioridade, pois, enquanto Mary considerava uma humilhação imensa que tal presente jamais fosse dado, ele sempre argumentava que o pai tinha muitos outros usos para o próprio dinheiro e que tinha o direito de gastá-lo como desejasse.

Quanto aos cuidados com as crianças, a teoria dele era bem melhor que a da esposa, e sua prática não era de todo má. "Eu lidaria muito bem com elas, não fosse a interferência de Mary" era o que Anne mais o ouvia dizer, e concordava com ele; quando, porém, escutava a reprimenda de Mary — "Charles mima tanto as crianças que não consigo lhes dar ordem alguma" —, ela nunca sentia a menor tentação de responder "É verdade!".

Uma das circunstâncias menos agradáveis da estada dela ali era ser tratada com tanta confiança por todos os grupos a ponto de cada casa lhe confidenciar as reclamações em relação à outra. Conhecida por exercer alguma influência sobre a irmã, solicitavam-lhe, ou pelo menos insinuavam, que assim o fizesse para além do que era prático. "Gostaria que convencesse Mary a não imaginar que está sempre doente" era a linguagem de Charles. Num tom infeliz, assim confessava Mary: "Acredito que, se Charles me visse morrendo, não veria nada de errado comigo. Tenho certeza, Anne, que, se você quisesse, poderia convencê--lo de que estou mesmo muito doente... bem pior do que já estive.".

A declaração de Mary era: "Odeio enviar as crianças para a Casa--Grande, embora a avó deles esteja sempre querendo vê-los, pois ela faz a vontade deles e os mima de tal forma, e lhes dá tanta porcaria e tanto doce, que é certo que vão voltar para casa doentes e irritados pelo resto do dia". E a senhora Musgrove aproveitou a primeira oportunidade em que esteve sozinha com Anne para dizer: "Oh, senhorita Anne, não consigo deixar de desejar que a senhora Charles tivesse um pouco do seu método com essas crianças. São criaturas bem diferentes com você! No geral, é certo que são muito mimadas! É uma pena que você não possa ajudar sua irmã a aprender a lidar com elas. Sem favoritismos, são as crianças mais saudáveis e boas que já vi, meus pobres queridinhos! Porém a senhora Charles não sabe mais como devem ser tratadas! Deus me perdoe, como são difíceis de vez em quando. Garanto a você, senho-rita Anne, que isso me impede de desejar recebê-los aqui em casa com a frequência que de outro modo eu gostaria. Acredito que a senhora Charles não esteja satisfeita com a ausência de convites mais frequentes, mas você sabe que é bem complicado estar com crianças que exigem monitoramento a cada instante, 'não faça isso' e 'não faça aquilo', ou que só se comportem num nível tolerável se lhe dermos mais bolo do que seria bom para elas.".

Além do mais, Anne tinha este tipo de conversa com Mary: "A se-nhora Musgrove acha que todos os criados dela são tão confiáveis que seria alta traição questionar a lealdade deles, mas tenho certeza, sem exagero, que a arrumadeira principal e a lavadeira, em vez de estarem cuidando de suas tarefas, ficam de um lado para o outro no vilarejo o dia todo. Eu as encontro sempre que vou lá. E afirmo que nunca vou duas vezes ao quarto das crianças sem encontrar uma delas. Se Jemima não fosse a criatura mais confiável e firme do mundo, isso bastaria para estragá-la, pois ela me contou que as duas estão sempre tentando convencê-la a dar uma volta com elas.". Da parte da senhora Musgrove era: "Tenho como regra nunca interferir em nada do que se refere à minha nora, pois sei que não daria certo, mas devo confessar a *você*, senhorita Anne, porque talvez você consiga acertar as coisas, que não tenho uma boa opinião a respeito da babá da senhora Charles. Ouço histórias esquisitas sobre ela, que está sempre atrás de divertimentos; e, pelo que eu mesma já observei, declaro se tratar de uma dama que se veste tão bem que é capaz de arruinar qualquer criada que se aproximar dela. A senhora Charles confia totalmente nela, eu sei. Mas só lhe dei essa sugestão para que fique de sobreaviso, para que, se vir algo estranho, não tenha receio de comentar.".

De novo, Mary reclamou de que a senhora Musgrove estava muito inclinada a não lhe dar a precedência que lhe era devida quando foram jantar na Casa-Grande com outras famílias, e que ela não via motivo de ser considerada tão íntima a ponto de perder sua posição social. Certo dia, quando Anne caminhava somente com as duas senhoritas Musgroves, uma delas, depois de falar de posição social, pessoas de alto nível e inveja de pessoas de alto nível, disse: "Não tenho escrúpulos de comentar com *você* quão absurdas algumas pessoas são a respeito da posição social delas, porque todo mundo sabe quão tranquila e indiferente você é em relação a isso. Mas gostaria que alguém sugerisse à Mary que seria muito melhor se ela não fosse tão obstinada, especialmente se ela parasse de sempre se colocar à frente, tentando tomar a posição de mamãe. Ninguém duvida do direito dela de ter precedência em relação à mamãe, mas seria mais apropriado se ela não ficasse insistindo. Não que mamãe dê a mínima para isso, mas sei que muitas pessoas percebem.".

Como Anne poderia resolver todos esses problemas? Ela poderia fazer pouco além de ouvir tudo com paciência, amenizar cada reclamação e desculpar uns aos outros. Dava a todos opiniões relativas à tolerância necessária ao convívio entre vizinhos tão próximos, e ampliava as sugestões que visavam ao benefício de sua irmã.

Em todos os outros aspectos, sua visita começou e prosseguiu muito bem. Seu próprio humor melhorou com a mudança de lugar e de assunto; estando afastada três milhas de Kellynch, o padecimento de Mary diminuiu com sua companhia constante, e o contato diário com a outra família, que nada interferia no chalé, já que não havia lá maior afeição, confiança ou atividade, era uma bela vantagem. Sem dúvida, isso era levado quase até o limite, pois encontravam-se todas as manhãs e raramente passavam uma tarde afastados. No entanto, ela acreditava que não teria corrido tudo tão bem se não fossem a visão das respeitáveis figuras do senhor e da senhora Musgrove em seus lugares habituais nem a conversa, a risada e a cantoria das filhas do casal.

Ela tocava muito melhor que qualquer uma das senhoritas Musgroves, porém, como não tinha voz, nem conhecimento de harpa, nem pais amorosos que se sentassem junto dela e se sentissem encantados, ela sabia bem que sua apresentação era recebida somente com polidez ou servia para que as outras moças pudessem descansar. Ela sabia que, ao tocar, dava prazer apenas a si mesma, mas essa não era nenhuma sensação nova. Exceto por um curto período de sua vida, ela nunca, desde os catorze anos, desde que havia perdido sua querida mãe, tivera a alegria de ser ouvida nem de ser estimulada por qualquer justo reconhecimento ou por legítimo bom gosto. Na música, ela estava acostumada a sempre se sentir sozinha no mundo, e o fato de o senhor e a senhora Musgrove serem parciais quanto à apresentação de suas próprias filhas, e de serem indiferentes à apresentação de qualquer outra pessoa, mais dava prazer a Anne pelo bem da família do que a fazia se sentir humilhada.

O grupo na Casa-Grande por vezes era ampliado com outras companhias. A vizinhança não era muito extensa, mas os Musgroves recebiam gente de todo lugar e recepcionavam mais pessoas para jantares, tinham mais visitantes e recebiam mais hóspedes, tivessem esses sido convidados ou aparecessem por acaso, que qualquer outra família. Eles eram absolutamente populares.

As garotas estavam sempre doidas para dançar, e ocasionalmente as noites acabavam transformando-se em pequenos bailes improvisados. Havia uma família de primos a uma caminhada de distância de Uppercross cujas circunstâncias eram menos favoráveis e que dependia dos Musgroves para qualquer divertimento: eles vinham a qualquer hora, para ajudar a jogar qualquer coisa ou dançar em qualquer lugar; e Anne, que preferia bem mais o emprego de musicista a uma ocupação mais ativa, tocava quadrilhas para eles durante uma hora inteira – uma gentileza que sempre fazia enaltecer seus poderes musicais aos olhos do senhor e da senhora Musgrove, mais do que qualquer outra coisa, e que frequentemente produzia este tipo de elogio:

— Muito bem, senhorita Anne! Muito bem mesmo! Meu Deus! Como esses seus dedinhos voam!

Assim se passaram as três primeiras semanas. O Dia de São Miguel Arcanjo chegou, e agora o coração de Anne voltava a Kellynch. Um amado lar entregue a outros; todas as salas e a mobília preciosas, os bosques e as paisagens começavam a pertencer a outros olhos e outros membros! Ela não conseguia pensar em nada mais no dia 29 de setembro, e à noite recebeu um toque simpático de Mary, que, na ocasião de poder observar o dia do mês, exclamou:

— Minha nossa, não é hoje que os Crofts chegariam a Kellynch? Estou feliz de não ter pensado no assunto antes. Quão para baixo isso me deixa!

Os Crofts tomaram posse com a verdadeira rapidez da marinha, e era preciso visitá-los. Mary lastimou tal dever em relação a si mesma. "Ninguém sabia quanto ela iria sofrer. Ela adiaria a visita o máximo possível." No entanto ela não ficou tranquila até convencer Charles a levá-la de carruagem pouco tempo depois e, quando retornou, estava num estado de suposta agitação, bastante feliz e animada. Anne se alegrou sinceramente de não ter podido ir junto. Desejava, entretanto, ver os Crofts, e ficou contente de estar ali quando a visita foi retribuída. Eles vieram: o dono da casa não estava, mas as duas irmãs sim, e, como a senhora Croft veio para o lado de Anne, enquanto o almirante sentou--se junto com Mary e conquistou sua simpatia fazendo uma observação bem-humorada a respeito dos meninos, ela poderia procurar bem por uma semelhança, e, se nada encontrasse nas feições, poderia captá-la na voz, na maneira de ser ou nas expressões.

A senhora Croft, embora não fosse alta nem gorda, tinha uma forma perpendicular, ereta e vigorosa que dava importância a sua pessoa. Ela tinha olhos escuros brilhantes, bons dentes e um semblante agradável no geral, embora sua pele avermelhada e abatida pelo clima — consequência de ter vivido perto do mar por quase tanto tempo quanto o marido — fizesse parecer que ela havia vivido alguns anos a mais no mundo do que seus verdadeiros trinta e oito. Seus modos eram francos, tranquilos e decididos, como de alguém com confiança em si mesmo e que não tivesse dúvida do que fazer; sem nenhum vestígio de grosseria nem mau humor. De fato, Anne reconheceu nela sentimentos de grande consideração para consigo em tudo o que se relacionava a Kellynch: agradou-lhe especialmente, logo no primeiro meio minuto, no instante exato da apresentação, perceber que não havia o menor indício de que a senhora Croft tinha qualquer conhecimento ou suspeita que a influenciasse de algum modo. Ela então tranquilizou sua mente e, em consequência disso, manteve-se cheia de força e coragem, até agitar-se com um súbito comentário da senhora Croft:

— Foi você, e não sua irmã, acredito eu, que meu irmão teve o prazer de conhecer quando esteve nesta região.

Anne desejou ter passado da idade de enrubescer; quanto à idade da emoção, desta ela com certeza não havia passado.

— Talvez não tenha recebido a notícia de que ele se casou — emendou a senhora Croft.

Ela estava prestes a dar a resposta esperada, mas ficou feliz, ao perceber, com as palavras seguintes da senhora Croft, que ela falava do senhor Wentworth, por não ter dito nada que não servisse a qualquer um dos dois irmãos. Imediatamente ela constatou quão lógico era que a senhora Croft estivesse pensando e falando de Edward, e não de Frederick; e, envergonhada do próprio esquecimento, demonstrou o interesse adequado às informações do atual estado do ex-vizinho.

O restante da conversa transcorreu com tranquilidade, até que, quando as visitas já se retiravam, ela ouviu o almirante dizer a Mary:

— Estamos esperando um irmão da senhora Croft em breve. Arrisco dizer que o conhece de nome.

Ele foi interrompido pelos ataques ansiosos dos meninos, que se penduraram nele como se ele fosse um velho amigo e declararam que ele não poderia ir embora. Ele foi tão absorvido pela proposta de levar as crianças em seus bolsos do casaco, etc., que não conseguiu terminar ou retomar o que havia começado a falar, o que deixou Anne sozinha para se convencer, tanto quanto podia, de que devia se tratar do mesmo irmão. Contudo, ela não podia ter tanta certeza a ponto de estar livre da ansiedade de saber se algo a esse respeito havia sido falado na outra casa que os Crofts tinham visitado antes.

O pessoal da Casa-Grande tinha combinado de passar a noite daquele mesmo dia no chalé, e, estando tarde demais para fazerem tais visitas a pé, era quase hora de começar a prestar atenção à chegada do *coche*[27] quando a mais nova das senhoritas Musgroves entrou na casa. Que ela estivesse ali para se desculpar pelo desejo da família de passar a noite em casa foi a primeira ideia que veio à mente, e Mary estava pronta

---

27. Carruagem fechada, com teto fixo e janelas, que transportava até quatro pessoas.

para se sentir insultada quando Louisa apaziguou a situação dizendo que ela fora a pé somente para ceder espaço à harpa que estava sendo trazida na carruagem.

— E vou lhes dizer o motivo — emendou ela — e tudo o mais. Vim avisá-las de que papai e mamãe não estão muito animados esta noite, especialmente mamãe. Ela está pensando demais no pobrezinho do Richard! E concordamos que seria melhor tocar a harpa, porque ela parece agradar-lhe mais do que o piano. Vou dizer por que ela está desanimada. Quando os Crofts passaram por lá hoje de manhã (eles vieram aqui logo depois, não?), comentaram que o irmão da senhora, o capitão Wentworth, acabou de voltar para a Inglaterra, ou se reformou, ou algo assim, e em breve virá vê-los. Infelizmente, veio à mente de mamãe, depois que eles foram embora, que Wentworth, ou algo muito parecido, foi o nome de um comandante do pobrezinho do Richard, não sei quando nem onde, mas bem antes de ele morrer, coitadinho! Ao dar uma olhada nas cartas e nas coisas dele, ela descobriu que era isso mesmo, e está perfeitamente segura de que só pode se tratar do mesmo homem, por isso sua cabeça está tomada por esse assunto, e pelo pobrezinho do Richard! Então devemos estar o mais alegres possível, para que ela não fique envolvida nessas questões sombrias.

As reais circunstâncias desse trecho patético de história familiar eram as seguintes: os Musgroves tiveram o azar de ter um filho bastante problemático e incorrigível, e tiveram a sorte de perdê-lo antes que completasse vinte anos; ele foi enviado ao mar porque era idiota e intratável em terra firme; era bem pouco querido pela família à época, embora bem mais do que merecesse; raramente se falava dele, e sua ausência quase nunca era sentida, quando, dois anos atrás, a notícia de sua morte no exterior deu um jeito de chegar a Uppercross.

Embora suas irmãs agora lhe fizessem tudo o que era possível, chamando-o de "o pobrezinho do Richard", na verdade ele não tinha sido nada além de um grosseirão, insensível e inútil chamado Dick Musgrove, que, vivo ou morto, não fizera nada que lhe desse crédito para merecer mais que a abreviação de seu nome.

Ele havia passado muitos anos no mar e, ao longo das transferências pelas quais todo aspirante da marinha está sujeito a passar — especialmente aspirantes de que todo capitão deseja se livrar —, ficara seis meses a bordo da fragata do capitão Wentworth, a *Laconia*. E da *Laconia* ele tinha, sob a influência de seu capitão, escrito as únicas duas cartas que o pai e a mãe receberam dele durante todo o período em que esteve ausente; quer dizer, as duas únicas cartas desinteressadas, pois todas as outras haviam sido meros pedidos de dinheiro.

Nas duas cartas ele falou bem do capitão; contudo, tão raro era o hábito deles de prestar atenção a questões desse tipo, tão desatentos e indiferentes eles eram em relação ao nome dos homens ou dos navios, que os comentários mal causaram impressão. O fato de a senhora Musgrove ter sido subitamente atingida, neste mesmo dia, por uma lembrança do nome Wentworth e da relação com seu filho parecia um daqueles lampejos mentais extraordinários que ocorrem de vez em quando.

Ela foi consultar as cartas e confirmou suas suposições. A releitura dessas cartas depois de um intervalo tão longo, o pobre filho perdido para sempre e todo o vigor de seus defeitos esquecido afetaram excessivamente seu humor e a jogaram em um luto maior por ele do que quando ficou sabendo de sua morte. O senhor Musgrove também foi afetado, embora com menos força. Quando chegaram ao chalé, era evidente que precisavam, a princípio, ser ouvidos a respeito desse assunto e, depois, receber o conforto que só companhias alegres podem proporcionar.

Ouvi-los falar tanto do capitão Wentworth, repetir com tanta frequência seu nome, imaginando o que ocorreu nos anos passados e enfim chegando à conclusão de que *deveria ser*, que provavelmente *era* o mesmo capitão Wentworth que eles se lembravam de ter encontrado, uma ou duas vezes, depois de terem voltado de Clifton — um rapaz bacana, mas eles não sabiam dizer se isso tinha sido sete ou oito anos antes —, era um tipo novo de provação para os nervos de Anne. Ela descobriu, entretanto, que era algo com que deveria se habituar. Como ele de fato era esperado no campo, ela devia aprender a ser insensível em relação a algumas questões. E não somente parecia que ele era esperado, e muito em breve, como também os Musgroves – em sua gratidão calorosa pela gentileza que ele demonstrara ao pobre Dick e em seu respeito elevado quanto ao caráter dele, assim desenhado porque o pobre Dick passara seis meses sob seus cuidados e o mencionara com os maiores elogios, embora a ortografia não fosse perfeita, dizendo tratar-se de "um cara bom e impetuoso, só muito *ensistente* como professor" – estavam inclinados a se apresentar e a buscar conhecê-lo tão logo soubessem de sua chegada.

A decisão de assim proceder ajudou-os a encontrar consolo naquela noite.

Capítulo VII

Alguns dias depois, soube-se que o capitão Wentworth estava em Kellynch. O senhor Musgrove foi fazer uma visita e retornou com elogios calorosos e com o compromisso de receber os Crofts para jantar em Uppercross no fim da outra semana. Foi uma grande decepção para o senhor Musgrove descobrir que não havia data mais próxima para o evento, tão impaciente estava ele para demonstrar sua gratidão, para ver o capitão Wentworth sob seu teto e lhe oferecer o que havia de mais intenso e melhor em suas adegas. Contudo, uma semana deveria passar; apenas uma semana, no entendimento de Anne; então ela acreditava que eles deveriam se encontrar; e logo ela começou a desejar sentir-se segura ainda que durante apenas uma semana.

O capitão Wentworth logo retribuiu a cortesia do senhor Musgrove, e naquela mesma meia hora ela estava planejando passar por lá! Ela e Mary, na verdade, estavam se arrumando para ir à Casa-Grande, onde, como Anne ficou sabendo depois, elas inevitavelmente o encontrariam, quando foram impedidas pelo fato de o menino mais velho ter sido trazido para casa naquele momento em consequência de uma queda feia. O estado da criança cancelou totalmente a visita; porém, quando soube do que escapava, ela foi capaz de sentir-se indiferente, mesmo em meio à aflição que sentiu por causa do menino.

A clavícula dele tinha se deslocado, e o ferimento nas costas era tamanho que provocou suposições alarmantes. Foi uma tarde de angústia, e Anne tinha tudo a fazer com urgência: solicitar a vinda do boticário, encontrar e informar o pai, apoiar a mãe e acalmar suas histerias, controlar os criados, banir do recinto o menino mais novo e cuidar do pobrezinho do enfermo e tranquilizá-lo; além de enviar, assim que se lembrou da questão, um aviso adequado à outra casa, o que lhe trouxe o acréscimo de visitantes assustados e indagadores em vez de assistentes úteis.

O retorno de seu irmão foi o primeiro conforto: ele poderia cuidar melhor da esposa. A segunda bênção foi a chegada do boticário. Antes de ele chegar e examinar o menino, as apreensões de todos eram piores pelo fato de serem vagas: suspeitavam de um grave ferimento mas não sabiam onde; agora, entretanto, a clavícula havia sido colocada no lugar e, embora o senhor Robinson apalpasse e apalpasse, e esfregasse, e tivesse um semblante sério, e falasse em voz baixa ao pai e à tia, ainda assim eles estavam otimistas e poderiam se alternar para jantar com relativa tranquilidade. E foi então, logo antes de partirem, que as duas jovens tias conseguiram o feito de desviar do assunto do estado do sobrinho e dar informações a respeito da visita do capitão Wentworth; ficaram ainda mais cinco minutos depois que o pai e a mãe delas saíram para se empenhar em expressar quão perfeitamente encantadas estavam com ele, que o achavam mais bonito e infinitamente mais agradável que qualquer outro homem que conheciam e que, antes, estivesse entre seus favoritos. Quão satisfeitas ficaram ao ouvir papai convidá-lo para ficar para jantar, e quão pesarosas ao ouvi-lo responder que não poderia, e quão satisfeitas de novo quando ele prometeu que viria diante dos convites insistentes de papai e de mamãe para jantar com eles no dia seguinte — no dia seguinte mesmo; e ele tinha prometido com um jeito bastante simpático, como se apreciasse toda aquela atenção. Em resumo, ele havia se comportado e dito tudo com uma graça tão peculiar que, elas poderiam lhes garantir, ele havia virado a cabeça de todos. Então elas partiram, quase tão repletas de alegria quanto de amor, e aparentemente mais repletas da presença do capitão Wentworth que do pequeno Charles.

A mesma história e os mesmos arroubos foram repetidos quando as duas garotas vieram com o pai, em meio à escuridão da noite, informar-se sobre a situação; e o senhor Musgrove, agora que não estava mais tomado pela preocupação inicial com seu herdeiro, pôde confirmar e complementar o elogio, e ele esperava que não houvesse motivo para adiar o jantar com o capitão Wentworth, e só lamentava pensar que o pessoal do chalé provavelmente não iria querer deixar o menininho sozinho apenas para cumprimentá-lo.

— Oh, não! Não podemos deixar o menino. — Tanto o pai quanto a mãe estavam muito agitados em virtude do que acontecera recentemente para tolerar a ideia. E Anne, feliz por poder esquivar-se, não pôde evitar adicionar seus calorosos protestos aos deles.

Charles Musgrove, na verdade, mostrou depois mais inclinação: "O menino estava se recuperando muito bem, e ele desejava tanto ser apresentado ao capitão Wentworth que talvez fosse se juntar a eles à noite. Ele não jantaria fora de casa, mas poderia ir a pé e ficar por meia hora.". Contudo, essa ideia foi avidamente rebatida pela esposa:

— Oh, não mesmo, Charles, não posso suportar que fique longe. Só imagine: e se algo acontecer?

O menino passou bem a noite e permaneceu assim também no dia seguinte. Foi preciso certo tempo para ter certeza de que não havia ocorrido nenhum ferimento na coluna, mas o senhor Robinson não descobriu nada que aumentasse a preocupação e, consequentemente, Charles Musgrove não sentiu mais necessidade de um confinamento prolongado. O garoto deveria ficar de cama e receber distrações as mais tranquilas possível; porém, o que havia ali para um pai fazer? Isso era um caso para mulheres, e seria bastante absurdo que ele, que não tinha utilidade alguma em casa, se recolhesse. O pai dele queria muito que ele conhecesse o capitão Wentworth, e, como não havia motivo suficiente para não fazê-lo, ele decidiu ir, o que culminou em sua ousada declaração, logo após seu retorno da caça, de que pretendia trocar imediatamente de roupa para jantar na outra casa.

— O menino está indo melhor que qualquer outra coisa — disse ele. — Por isso, falei ao meu pai, agora mesmo, que eu iria, e ele achou que devo ir mesmo. Com sua irmã lhe fazendo companhia, minha querida, perdi qualquer hesitação. Você não iria gostar de deixá-lo, mas pode ver que não tenho utilidade. Anne pedirá que me chamem caso algo aconteça.

Maridos e esposas geralmente compreendem quando é inútil se opor. Mary sabia, pelo modo de falar de Charles, que ele estava determinado a ir e que seria bobagem contrariá-lo. Não disse nada, portanto, até que ele tivesse saído do quarto; mas, tão logo só ficou Anne para ouvi-la...

— Então você e eu somos deixadas sozinhas para nos revezar com esta pobre criança doente, sem que uma pessoa sequer se junte a nós durante toda a noite! Eu sabia que seria assim. É sempre esta a minha sorte. Se há qualquer coisa desagradável acontecendo, é garantido que os homens se safem de encará-la, e Charles é tal qual os outros. Que insensível! Devo dizer que é muita insensibilidade da parte dele fugir assim do filhinho doente. E ainda fala que ele está indo bem! Como ele sabe que o menino está indo bem ou que não possa haver uma mudança súbita daqui a meia hora? Não pensei que Charles pudesse ser tão insensível. Aí vai ele se divertir, e, porque sou a pobre mãe, não tenho permissão para sair daqui. Entretanto, tenho certeza de que estou menos apta a ficar perto do menino que todo mundo. O fato de eu ser a mãe é justamente a razão pela qual meus sentimentos não devem ser postos à prova. Não estou nem um pouco à altura disso. Você viu quão histérica fiquei ontem.

— Mas foi somente o efeito do susto... e do choque. Você não ficará histérica de novo. Arrisco a dizer que nada nos afligirá. Entendo perfeitamente as recomendações do senhor Robinson e não tenho receios. E, de fato, Mary, não consigo me espantar com seu marido. Cuidados não pertencem a um homem, e não faz parte do domínio deles. Uma criança doente é sempre propriedade da mãe, e os próprios sentimentos da mãe dizem isso.

— Espero ser tão afeiçoada ao meu filho quanto qualquer mãe, mas não sei se tenho mais utilidade que Charles no quarto do doente, pois não posso ficar sempre repreendendo e provocando uma pobre criança quando está doente, e você viu, hoje de manhã, que, se eu lhe pedisse para ficar quieto, era garantido que ele começasse a dar chutes. Não tenho os nervos para esse tipo de coisa.

— Mas você ficaria confortável se passasse a noite toda longe do pobrezinho do menino?

— Sim. Se o pai dele consegue, por que eu não conseguiria? Jemima é tão cuidadosa, poderia nos enviar recados de hora em hora relatando o estado de saúde dele. Acho mesmo que Charles deveria ter dito ao pai que nós todos iríamos. Não estou mais aflita que ele em relação ao pequeno Charles. Fiquei terrivelmente preocupada ontem, mas o caso é bastante diferente hoje.

— Bem, se você não considera que está muito tarde para enviar um recado em seu nome, suponho que deva então juntar-se a seu marido. Deixe o pequeno Charles aos meus cuidados. O senhor e a senhora Musgrove não deverão ficar chateados por eu ficar com ele.

— Está falando sério? — gritou Mary, com os olhos brilhando.

— Minha nossa! Que ideia boa, muito boa mesmo. É claro, pode ser que eu vá e pode ser que não, pois não tenho nenhuma utilidade aqui em casa, não é mesmo? E isso só me perturba. Você, que não tem os sentimentos maternos, é, sem sombra de dúvida, a pessoa mais adequada. Você consegue fazer o pequeno Charles lhe obedecer; ele sempre acata a sua palavra. Vai ser bem melhor do que deixá-lo com Jemima apenas. Oh! Eu vou, com certeza. Estou certa de que, se puder, eu deveria ir, tanto quanto Charles, pois eles desejam muito que eu conheça o capitão Wentworth, e sei que você não se importa de ficar sozinha. De fato, é uma ideia excelente a sua, Anne. Eu vou avisar Charles e depois vou me aprontar rapidamente. Você pode pedir que nos chamem, sabe, a qualquer momento, se houver algum problema. Mas arrisco dizer que não haverá nada com que se preocupar. Eu não iria, tenha certeza disso, se não estivesse tão tranquila a respeito do meu pobre menino.

No instante seguinte, ela estava batendo à porta do quarto de vestir do marido, e, tendo Anne a seguido até o andar de cima, chegou a tempo de ouvir todo o diálogo, que começou com Mary dizendo, em tom de grande exultação:

— Pretendo ir junto, Charles, pois não tenho mais utilidade em casa do que você. Se eu me trancasse aqui para sempre com o menino, não seria capaz de convencê-lo a fazer nada de que não gosta. Anne vai ficar. Anne comprometeu-se a ficar em casa e cuidar dele. Foi proposta da própria Anne, então eu irei com você, o que vai ser bem melhor, pois desde terça-feira não janto na outra casa.

— É muita gentileza de Anne — foi a resposta do marido —, e fico muito contente de que vá comigo. Mas parece muito injusto que ela fique sozinha em casa para cuidar do nosso menino doente.

Anne pôde tomar as rédeas de sua própria causa, e a sinceridade de seus modos foi suficiente para convencê-lo, posto que ser convencido era no mínimo bem agradável, de modo que ele não teve mais escrúpulos quanto a deixá-la sozinha para ir jantar, embora ainda preferisse que ela os acompanhasse mais tarde, quando a criança já tivesse ido dormir, então gentilmente insistiu que ela permitisse que ele mandasse buscá-la. Anne, porém, foi inflexível. Sendo esse o caso, não demorou para que ela tivesse o prazer de vê-los partir juntos com grande animação. Assim, eles partiram, Anne esperava, para ser felizes, por mais estranhamente construída que tal felicidade pudesse parecer. Quanto a ela, restou-lhe a maior sensação de conforto possível. Ela sabia ser de pronta utilidade para o menino, e que lhe importava que Frederick Wentworth estivesse a somente meia milha de distância, sendo simpático com todos?

Anne gostaria de saber como ele se sentia em relação a um encontro dos dois. Talvez indiferente, se pudesse haver indiferença em tais circunstâncias. Ele devia estar se sentindo indiferente ou relutante. Se tivesse desejado vê-la de novo, ele não precisaria ter esperado todo aquele tempo, mas teria feito o que ela não podia deixar de acreditar que, em seu lugar, teria feito muito tempo antes, quando determinados eventos não demoraram a dar a ele a independência que antes faltara à situação.

O cunhado e a irmã de Anne retornaram encantados com o novo conhecido e com a visita como um todo. Tivera música, canto, conversas, risadas: tudo o que havia de mais agradável. Parece que eles conheciam perfeitamente um ao outro, e ele voltaria na manhã seguinte para caçar com Charles. Ele era esperado para o café da manhã, mas não no chalé, embora essa tenha sido a proposta inicial; depois ele foi pressionado a, em vez disso, ir à Casa-Grande, e pareceu temeroso de atrapalhar a senhora Musgrove, por causa do menino; assim, de algum modo que ninguém soube entender direito, acabou combinado que Charles o encontraria para tomar café da manhã na casa do pai.

Anne compreendeu. Ele desejava evitar encontrá-la. Ela descobriu que ele perguntara a seu respeito, de modo superficial, como era adequado a alguém a quem conhecera superficialmente no passado, aparentemente confirmando o que ela havia dito, agindo, talvez, sob o mesmo objetivo de escapar de serem apresentados quando se encontrassem.

Os horários da manhã no chalé eram sempre mais tardios que os da outra casa, e no dia seguinte a diferença foi tão grande que Mary e Anne mal tinham começado a tomar o café da manhã quando Charles apareceu para avisar que eles estavam se arrumando para sair, que ele viera buscar os cães, que as irmãs estavam vindo com o capitão Wentworth. As irmãs pretendiam visitar Mary e o menino, e o capitão Wentworth propunha também passar ali uns poucos minutos se não fosse inconveniente; e, embora Charles tivesse dito que o menino não estava mal a ponto de tal visita ser uma inconveniência, o capitão Wentworth fez questão de que Charles viesse na frente para avisar.

Mary, muito satisfeita com a atenção do gesto, ficou encantada com a ideia de recebê-lo, enquanto milhares de sentimentos corriam por dentro de Anne, dos quais o mais reconfortante se devia ao fato de que a visita seria bem rápida. E foi bem rápida mesmo. Dois minutos depois do preparativo de Charles, os outros apareceram e foram direcionados à sala de estar. O olhar dela encontrou de soslaio o do capitão Wentworth, e uma reverência e uma cortesia se cruzaram. Ela ouviu sua voz, ele falava com Mary, disse que estava tudo bem, disse algo às senhoritas Musgroves, o suficiente para indicar que estavam em paz. O ambiente parecia repleto... repleto de pessoas e vozes, mas em poucos minutos se esvaziou. Charles apareceu à janela, estava tudo pronto, o visitante fez uma reverência e partiu, e as senhoritas Musgroves também partiram, decidindo de repente caminhar até o fim da vila com os caçadores. A sala de estar ficou vazia, e Anne poderia então terminar o café da manhã como desejasse.

— Já passou! Já passou! — repetia para si mesma várias e várias vezes, numa gratidão tensa. — O pior já passou.

Mary falava, mas ela não conseguia acompanhar. Ela o tinha visto. Eles tinham se encontrado. Eles, mais uma vez, tinham estado na mesma sala.

Pouco depois, ela se pôs a raciocinar consigo mesma e a tentar controlar seus sentimentos. Oito anos, quase oito anos haviam se passado desde que desistiram de tudo. Que absurdo era retomar a agitação que aquele intervalo de tempo havia banido para a distância e o esquecimento! O que oito anos não eram capazes de fazer? Acontecimentos de todo tipo, transformações, alheamentos, afastamentos... tudo, tudo poderia ser compactado nesse período, e o passado, então, esquecido — quão natural isso era e também quão certo! Isso representava quase um terço da vida dela.

Ora! Com toda essa racionalização, ela descobriu que, para sentimentos contidos, oito anos poderiam ser pouco mais que nada.

Agora, como os sentimentos dele deveriam ser interpretados? Isso tinha sido como um desejo de evitá-la? E no momento seguinte ela se odiou por ser a tola que havia feito tal pergunta.

Do suspense da resposta a uma outra questão, a qual talvez sua sabedoria elevada não pudesse evitar, ela foi logo poupada, porque, depois que as senhoritas Musgroves voltaram para completar a visita no chalé, ela recebeu esta informação espontânea de Mary:

— O capitão Wentworth não foi muito galante com você, Anne, embora tenha sido bastante atencioso comigo. Henrietta perguntou o que ele tinha achado de você, quando eles saíram daqui, e ele disse que "você estava tão diferente que ele não a teria reconhecido".

Mary não tinha nenhuma sensibilidade que a fizesse respeitar os sentimentos da irmã como era de costume, mas desta vez ela estava completamente inconsciente de infligir-lhe qualquer dor em particular.

"Diferente a ponto de não me reconhecer." Anne sucumbiu totalmente numa vergonha silenciosa e profunda. Sem dúvida, era isso mesmo, e ela não podia sequer revidar de alguma maneira, pois ele não estava diferente, ou pelo menos não havia mudado para pior. Ela já havia admitido isso para si mesma e não podia pensar de outro modo; que ele pensasse dela o que quisesse. Não: os anos que haviam destruído sua juventude e seu florescer tinham somente dado a ele um semblante mais brilhante, mais masculino e mais franco, que não reduzia em nenhum aspecto suas qualidades pessoais. Ela tinha visto o mesmo Frederick Wentworth.

"Tão diferente que ele não a teria reconhecido!" Eram palavras que ela não conseguia evitar que a tocassem fundo. No entanto, logo começou a se alegrar de tê-las ouvido. Eram palavras com uma inclinação sóbria, que dissiparam a agitação, tranquilizaram-na e consequentemente deviam fazê-la mais feliz.

Frederick Wentworth havia usado tais palavras, ou algo parecido com elas, mas sem saber que seriam levadas até ela. Ele a considerara lamentavelmente modificada, e, ao primeiro apelo, havia falado o que sentia. Ele não perdoara Anne Elliot. Ela o havia tratado mal, o abandonara e o decepcionara; e, pior, ao fazer isso, ela havia lhe mostrado uma fraqueza de caráter que o temperamento decidido e confiante dele não podia suportar. Ela havia desistido dele para agradar aos outros. Tinha sido o efeito de uma persuasão extrema. Tinha sido fraqueza e timidez.

Ele estivera conectado a ela por um grande afeto e desde então não encontrara uma mulher que considerasse à altura dela; no entanto, exceto por um sentimento natural de curiosidade, ele não desejava reencontrá-la. O fascínio que ela exercera sobre ele deixara de existir para sempre.

Agora, ele tinha por objetivo se casar. Era rico e, como ficaria em terra firme, tinha a intenção plena de se arranjar assim que se sentisse devidamente tentado a fazê-lo; buscava com empenho ao seu redor, pronto para se apaixonar com toda a rapidez que uma cabeça fresca e um flerte rápido pudessem permitir. Ele depositava o coração em uma das senhoritas Musgroves, se elas fossem capazes de segurá-lo; um coração, em resumo, à disposição de qualquer moça agradável que passasse pelo seu caminho, menos Anne Elliot. Esta era sua única exceção secreta, quando ele disse à irmã, em resposta às suposições dela:

— Sim, aqui estou eu, Sophia, pronto para um casamento irresponsável. Qualquer mulher entre quinze e trinta anos pode receber minha proposta. Bastam certa beleza, uns poucos sorrisos e uns poucos elogios à marinha, e serei um homem perdido. Não deveria isso ser o suficiente para um marinheiro que não costuma estar entre mulheres que fazem com que ele seja adorável?

Ele disse isso, ela sabia, para ser contestado. Seu olhar brilhante e orgulhoso mostrava a alegre convicção de que ele era adorável; e Anne Elliot não estava fora de seus pensamentos quando ele descreveu com mais seriedade a mulher que desejava encontrar. "Uma mente forte, com uma personalidade doce" era o início e o fim da descrição.

— Essa é a mulher que eu quero — disse ele. — Posso, é claro, aceitar algo um pouco inferior a isso, mas não muito. Se sou um tolo, serei então um verdadeiro tolo, pois pensei no assunto mais do que a maioria dos homens o faz.

Capítulo VIII

Depois disso, o capitão Wentworth e Anne Elliot se encontraram várias vezes no mesmo círculo. Logo estavam jantando juntos na casa do senhor Musgrove, posto que o estado de saúde do menininho não podia mais gerar desculpas à tia para que esta se ausentasse; e foi somente o início de outros jantares e encontros.

Quanto à possível renovação dos sentimentos anteriores, ela seria posta à prova. Tempos passados deviam indubitavelmente emergir na lembrança de cada um dos dois; *eles* não conseguiriam deixar de relembrá-los; o ano do noivado não poderia deixar de ser citado por ele nas pequenas narrativas ou descrições ocasionadas pela conversa. Sua profissão o qualificava, sua inclinação o levava a falar, e frases como "*isso* foi no ano seis"[28] e "*isso* aconteceu antes de eu ir para o mar no ano seis" foram ditas ao longo da primeira noite que passaram juntos: e, embora sua voz não tenha oscilado e embora ela não tivesse motivo para suspeitar de que o olhar dele vagasse em sua direção enquanto falava, Anne sentiu a impossibilidade absoluta, em virtude de conhecer a mente dele, de que ele estivesse mais livre da visita de lembranças que ela. Devia haver a mesma associação mental imediata, embora ela estivesse muito longe de imaginar que a dor fosse similar.

Eles não trocaram palavras, não houve nenhum diálogo entre os dois para além do que a educação comum exigia. Antes tão importantes um ao outro! E agora não eram nada! *Houve* um tempo em que, mesmo com um grupo tão grande de pessoas na sala de estar de Uppercross, eles teriam achado difícil parar de conversar um com o outro. Com a exceção, talvez, do almirante e da senhora Croft, que pareciam particularmente conectados e felizes (Anne não permitia nenhuma outra exceção, mesmo entre os casais), não poderia haver dois corações tão abertos, gostos tão similares, sentimentos tão em uníssono, semblantes tão adorados. Agora eles eram estranhos um ao outro. Não, eram coisa pior que estranhos, porque jamais poderiam ter algum relacionamento. Era um distanciamento perpétuo.

Quando ele falava, ela ouvia a mesma voz e reconhecia a mesma mente. Havia uma ignorância geral por todo o grupo a respeito de todos

---

28. Referência ao ano 1806.

os assuntos da marinha, e ele foi bastante questionado, especialmente pelas duas senhoritas Musgroves, que pareciam não ter olhos para mais nada além dele, sobre viver a bordo, sobre as normas diárias, a comida, os horários, etc.; e a surpresa delas diante dos relatos, ao descobrir qual nível de acomodações e arranjos era viável, arrancou dele uma doce zombaria, a qual fez Anne recordar dos primeiros dias com ele, quando ela também era ignorante e também fora acusada de supor que marinheiros viviam a bordo sem ter o que comer, sem cozinheiros para preparar os alimentos, caso os tivessem, nem criados para servir, nem facas ou garfos para usar.

Por estar assim pensativa, ela foi surpreendida pelo sussurro da senhora Musgrove, que, tomada por ressentimentos afetuosos, não pôde evitar dizer:

— Ah! Senhorita Anne, se os céus tivessem poupado meu pobre filho, arrisco dizer que ele seria uma pessoa bem diferente hoje em dia.

Anne reprimiu um sorriso e escutou com gentileza enquanto a senhora Musgrove aliviava um pouco mais o coração; e por alguns minutos, portanto, ela não conseguiu acompanhar a conversa dos outros. Quando ela pôde deixar a atenção seguir seu curso natural de novo, viu que as senhoritas Musgroves tinham acabado de pegar a Lista Naval (a lista naval delas, a primeira que já havia existido em Uppercross) e se sentaram juntas para analisá-la, com a proposta expressa de encontrar as embarcações que haviam sido comandadas pelo capitão Wentworth.

— Você esteve primeiro na *Asp*, eu me lembro. Vamos procurar a *Asp*.

— Não vão encontrá-la aí. Foi destruída e desmontada. Fui o último homem a comandá-la. Mal estava apta ao serviço na época. Foi declarada apta ao serviço doméstico por um ano ou dois, e, sendo assim, fui enviado às Índias Orientais.

As garotas pareciam maravilhadas.

— O almirantado — prosseguiu ele — se diverte de vez em quando enviando algumas centenas de homens ao mar num navio inadequado para o uso. Mas eles têm muitos para dispor, e, entre os milhares que podem ou não acabar no fundo do mar, lhes é impossível distinguir o grupo cuja falta seria menos sentida.

— Ora! Ora! — gritou o almirante. — Quanta coisa dizem esses jovens camaradas! Nunca houve uma chalupa[29] melhor que a *Asp* em

---

29. Navio de guerra pequeno, com um convés de armamento que comportava até dezoito canhões.

seu tempo. Para uma chalupa antiga, era incomparável. Sorte do camarada que a obtivesse! Ele sabe que deve haver vinte homens melhores solicitando-a ao mesmo tempo. Sorte do camarada conseguir algo tão depressa sem que pudesse oferecer nada além dele mesmo.

— Sei que tive sorte, almirante, eu lhe garanto — respondeu o capitão Wentworth, sério. — Fiquei tão satisfeito com minha indicação quanto o senhor poderia desejar. Era um grande objetivo meu naquela época estar em alto-mar; um grandioso objetivo, pois eu queria fazer alguma coisa.

— É verdade, queria mesmo. O que um camarada jovem como você deveria fazer em terra firme durante seis meses consecutivos? Se o homem não tem esposa, não demora a querer flutuar de novo.

— Mas, capitão Wentworth — interveio Louisa —, quão frustrante deve ter sido para você quando embarcou na *Asp* e viu a velharia que haviam lhe dado!

— Eu sabia exatamente como ela era antes desse dia — disse ele, sorrindo. — Eu não tinha mais descobertas a fazer do que você teria em relação ao talhe e à força de uma velha capa que tivesse visto ser emprestada para metade das suas conhecidas desde que se lembra e que, enfim, num dia qualquer de chuva, fosse emprestada a você. Ah! A velha *Asp* era uma querida para mim. Ela fez tudo o que eu queria. Eu sabia que ela faria. Eu sabia que ou terminaríamos juntos no fundo do mar, ou ela me tornaria quem sou. E nunca vivi dois dias consecutivos de mau tempo durante todo o período que passei com ela no mar; então, depois de ter me divertido tomando muitos navios corsários, tive a sorte, ao passar pelo meu lar no outono seguinte, de topar justamente com a fragata francesa que queria. Eu a trouxe para Plymouth, e aqui tive outro momento de sorte. Não fazia ainda seis horas que estávamos no estreito quando veio um temporal que durou quatro dias e quatro noites e que, na metade desse tempo, teria significado o fim da pobre e velha *Asp*, visto que nosso contato com a Grande Nação[30] não tinha melhorado nossa condição. Vinte e quatro horas depois, e eu teria sido somente um destemido capitão Wentworth, num parágrafo pequeno no cantinho dos jornais; e, tendo sucumbido numa simples chalupa, ninguém teria pensado em mim.

Os arrepios de Anne restringiram-se a ela mesma, mas as senhoritas Musgroves podiam ser tão exageradas quanto eram sinceras em suas exclamações de compaixão e horror.

---

30. Referência à França, aqui em sentido pejorativo.

— Foi depois disso, suponho — disse baixinho a senhora Musgrove, como se estivesse pensando em voz alta —, foi depois disso que ele partiu para a *Laconia*, onde conheceu nosso pobre garoto. Charles, querido — ela acenou para o filho —, pergunte ao capitão Wentworth onde foi que ele conheceu o seu irmão, coitado. Sempre me esqueço.

— Foi em Gibraltar, mãe, eu sei disso. Dick foi abandonado doente em Gibraltar, com uma recomendação do capitão anterior ao capitão Wentworth.

— Oh! Mas, Charles, diga ao capitão Wentworth que ele não precisa ter receio de citar o nome do pobrezinho do Dick na minha frente, pois na verdade seria um prazer ouvir falar dele por um amigo tão bom.

Charles, de algum modo mais consciente das probabilidades do caso, apenas assentiu em resposta e se afastou.

As garotas agora procuravam a *Laconia*; e o capitão Wentworth não conseguiu recusar a si mesmo o prazer de pegar o precioso volume com suas próprias mãos a fim de poupá-las do trabalho, e mais uma vez ele leu em voz alta a pequena declaração contendo o nome do navio, a categoria e a classificação atual de não comissionada, observando depois que ela também tinha sido um dos melhores amigos que um homem poderia ter.

— Ah, que dias agradáveis foram os que eu tive com a *Laconia*! Quão rápido fiz dinheiro com ela! Um amigo e eu realizamos uma viagem tão adorável pelas Ilhas Orientais. Pobre Harville, minha irmã! Você sabe quanto ele queria dinheiro, mais do que eu. Ele tinha uma esposa. Camarada excelente! Nunca vou me esquecer de sua felicidade. Toda a intensidade de seu sentimento era por ela. Desejei que estivesse comigo de novo no verão seguinte, quando tive a mesma sorte no Mediterrâneo.

— E tenho certeza, senhor — disse a senhora Musgrove —, de que foi um dia de sorte para *nós*, quando você foi nomeado capitão daquele navio. *Nós* jamais nos esqueceremos do que fez.

Seus sentimentos a faziam falar baixo. Tendo ouvido somente parte do comentário e provavelmente não tendo Dick Musgrove nem um pouco perto de seus pensamentos, o capitão Wentworth parecia indeciso, como se esperasse por um complemento.

— Meu irmão — sussurrou uma das garotas. — Mamãe está pensando no pobrezinho do Richard.

— Pobre e querido rapaz! — continuou a senhora Musgrove. — Ele se tornou tão estável e um correspondente tão excelente enquanto estava sob sua responsabilidade! Ah! Teria sido ótimo se ele nunca o tivesse deixado. Garanto-lhe, capitão Wentworth, lamentamos muito que ele o tenha deixado.

Uma expressão passou rapidamente pelo rosto do capitão Wentworth durante essa fala, certo reflexo em seus olhos brilhantes e uma contorção em sua bela boca, que convenceu Anne de que, em vez de compartilhar dos desejos amorosos da senhora Musgrove em relação ao filho, ele provavelmente havia tido algum trabalho para se livrar do rapaz; mas fora uma expressão de ironia fugaz demais para ser detectada por qualquer um que o conhecesse menos do que ela. No momento seguinte, ele estava perfeitamente tranquilo e sério, e quase imediatamente depois foi até o sofá onde estavam sentadas ela e a senhora Musgrove, ao lado da qual ele tomou um lugar e com quem iniciou uma conversa, em voz baixa, a respeito do filho dela, com tal simpatia e graça natural que demonstrava a mais gentil consideração por tudo o que era verdadeiro e inatingível nos sentimentos de um pai ou de uma mãe.

Estavam de fato no mesmo sofá, já que a senhora Musgrove prontamente cedera espaço para ele; estavam separados somente pela senhora Musgrove. Não era uma barreira insignificante, no entanto. A senhora Musgrove tinha um tamanho substancial, e sua natureza era infinitamente mais adequada a expressar alegria e bom humor que ternura e sensibilidade. E, embora as agitações do corpo esguio de Anne e de seu semblante pensativo pudessem ser consideradas totalmente ocultas, era necessário dar crédito ao capitão Wentworth pelo autocontrole com que prestava atenção aos largos suspiros em relação ao destino de um filho com quem ninguém se importava quando vivo.

O tamanho do corpo e a tristeza da mente com certeza não são diretamente proporcionais. Uma figura grande e volumosa tem o mesmo direito de vivenciar uma aflição profunda quanto a figura mais graciosa do mundo. Porém, seja justo ou não, há combinações impróprias que a razão vai proteger em vão, que o bom gosto não é capaz de tolerar, de que o ridículo vai se aproveitar.

O almirante, depois de duas ou três voltas revigorantes pela sala com as duas mãos atrás de si e depois de ter sido chamado à ordem pela esposa, veio até o capitão Wentworth e, sem parar para observar o que poderia interromper, tomado pelos próprios pensamentos, começou assim:

— Se você tivesse passado uma semana depois em Lisboa na última primavera, Frederick, teriam lhe pedido que transportasse Lady Mary Grierson e as filhas.

— E eu teria de levá-las? Fico contente de não ter passado lá uma semana depois, então.

O almirante o censurou pela falta de galanteio. Ele se defendeu, embora professando que jamais admitiria de bom grado quaisquer damas a bordo de um navio seu, exceto para um baile ou uma visita que se limitasse a poucas horas.

— Mas, se me conheço bem — disse ele —, isso não vem de uma falta de galanteio para com elas. E, sim, mais por sentir quão impossível é, visto o tanto de esforço que todos fazem e o tanto de sacrifício, arranjar acomodações a bordo adequadas a mulheres. Não pode haver falta de galanteio, almirante, em classificar como *altas* as exigências femininas a respeito de confortos pessoais, e é isso o que faço. Detesto ouvir que há mulheres a bordo, ou de vê-las a bordo; e, se eu puder evitar, nenhum navio sob meu comando vai carregar uma família de mulheres a lugar algum.

Isso fez a irmã se voltar contra ele.

— Oh, Frederick! Não posso acreditar nisso vindo de você... São todos refinamentos inúteis! Mulheres podem ficar tão confortáveis a bordo quanto na melhor casa da Inglaterra. Acredito que vivi mais tempo a bordo que a maioria das mulheres, e não conheço acomodações superiores às de um navio de guerra. Afirmo que não tenho um conforto ou um prazer, mesmo em Kellynch-Hall — ela fez uma mesura gentil para Anne —, que exceda o que sempre tive na maioria dos navios nos quais vivi, e foram cinco no total.

— Não se aplica à questão — retrucou o irmão dela. — Você estava morando com seu marido e era a única mulher a bordo.

— Mas você, pessoalmente, trouxe a senhora Harville, a irmã dela, a prima e as três crianças de Portsmouth para Plymouth. Onde estava esse seu galanteio superfino e extraordinário, então?

— Tudo fundido na minha amizade, Sophia. Eu ajudaria a esposa de qualquer irmão oficial que pudesse, e, se Harville desejasse, buscaria no fim do mundo qualquer coisa para ele. Mas não suponha que eu não tenha visto nisso um problema.

— Fique tranquilo quanto a isto: estavam todas perfeitamente confortáveis.

— Talvez seja por isso que eu não goste mais delas. Esse grupo de mulheres e crianças não tem o *direito* de ficar confortável a bordo.

— Meu caro Frederick, quanta indolência. Diga: o que seria de nós, as pobres esposas de marinheiros, que com frequência querem ser levadas de um porto a outro para seguir os maridos, se todo mundo tivesse os mesmos conceitos que você?

— Os meus conceitos, como pode ver, não me impediram de levar a senhora Harville com toda a família para Plymouth.

— Contudo eu detesto ouvi-lo falar desse modo, como se fosse um cavalheiro refinado, e como se mulheres fossem todas damas refinadas em vez de criaturas racionais. Nenhuma de nós espera que todos os nossos dias sejam águas paradas.

— Ah, minha querida! — disse o almirante. — Quando ele tiver uma esposa, vai cantar uma canção diferente. Quando estiver casado, se tivermos a sorte de viver até outra guerra, nós o veremos agir como você e eu e vários outros fizeram. Nós o veremos ficar muito agradecido a qualquer um que lhe traga a esposa.

— É, veremos mesmo.

— Ah, não — reclamou o capitão Wentworth. — Quando pessoas casadas começam a me atacar com "oh, você vai pensar diferente quando estiver casado", só consigo responder "não, não vou pensar diferente"; então elas insistem "vai sim", e eis o fim da conversa.

Ele se levantou e se afastou.

— Que grande viajante a senhora deve ter sido! — disse a senhora Musgrove para a senhora Croft.

— De fato, viajei muito, senhora, durante os quinze anos em que estou casada, embora muitas mulheres tenham viajado mais. Cruzei o Atlântico quatro vezes e fui e voltei das Índias Ocidentais, mas somente uma vez, além de ter estado em lugares diferentes de casa: Cork, Lisboa e Gibraltar. Porém nunca ultrapassei os Estreitos nem nunca fui às Índias Orientais. Não consideramos Bermuda ou as Bahamas como parte das Índias Orientais, como a senhora deve saber.

A senhora Musgrove não tinha como divergir, pois nunca poderia se acusar de algum dia ter feito qualquer consideração a respeito desses locais durante toda a sua vida.

— E eu lhe garanto, senhora — prosseguiu a senhora Croft —, que nada consegue superar as acomodações de um navio de guerra. Falo, como a senhora deve saber, dos níveis mais altos. Quando se está numa fragata, é claro que se fica mais confinado, embora qualquer mulher razoável possa se sentir perfeitamente satisfeita em uma dessas embarcações. E posso dizer com segurança que a parte mais feliz da minha vida foi passada a bordo de um navio. Conquanto estivéssemos juntos, como a senhora deve saber, não havia nada a temer. Graças a Deus! Sempre fui abençoada com uma saúde excelente, e nenhum clima me faz mal. Um pouco desarranjada nas primeiras vinte e quatro horas no mar, mas nunca soube o que era enjoo depois disso. O único período em que de fato sofri de corpo e mente, o único período em que me senti mal ou temi o perigo, foi no inverno que passei sozinha em Deal, quando o almirante (na época, *capitão* Croft) estava nos Mares do Norte. Vivi num temor perpétuo nessa época, e tinha todos os males imaginários por não saber o que fazer comigo mesma nem quando receberia notícias dele. No entanto, desde que estivéssemos juntos, nada nunca me afligia, e nunca deparei com a menor inconveniência.

— Ah, com certeza. Sim, de fato, é isso mesmo! Sou da mesma opinião, senhora Croft — foi a resposta calorosa da senhora Musgrove.

— Não há nada pior que uma separação. Sou da mesma opinião. *Eu* sei bem como é, pois o senhor Musgrove sempre assiste às sessões do tribunal do condado, e fico muito contente quando elas acabam e ele volta para casa são e salvo.

A noite terminou em dança. Quando a dança foi proposta, Anne ofereceu seus serviços, como de costume, e, embora seus olhos ocasionalmente se enchessem de lágrimas enquanto tocava o instrumento, sentia-se extremamente grata por ter o que fazer, e não desejava nada em troca além de passar despercebida.

Foi uma festa alegre e feliz, e ninguém parecia de mais bom humor que o capitão Wentworth. Ela sentiu que ele tinha tudo o que poderia animá-lo: tinha a atenção e deferência gerais, especialmente a atenção de todas as jovens mulheres. Tinha aparentemente concedido às senhoritas Hayters, as moças da família de primos já mencionada, a honra de se apaixonarem por ele. Quanto a Henrietta e Louisa, as duas pareciam tão inteiramente absorvidas por ele que nada além da aparência consistente da mais perfeita harmonia entre as irmãs poderia tornar crível que não fossem inegáveis rivais. Quem poderia julgá-lo se ele ficasse um pouco mimado com uma admiração tão universal e tão calorosa?

Esses eram alguns dos pensamentos que distraíam Anne enquanto seus dedos trabalhavam de modo mecânico, seguindo juntos durante meia hora, tão sem erros quanto inconscientemente. *Uma única vez* ela sentiu que ele a olhava, talvez observando as mudanças nas suas feições, tentando buscar nelas as ruínas do rosto que um dia o tinha encantado. E *uma única vez* ela soube que ele devia estar falando dela: ela mal tinha se atentado a isso até que escutou a resposta, mas então teve certeza de que ele havia perguntado à parceira de dança se a senhorita Elliot nunca dançava. A resposta foi:

— Oh, não! Nunca. Ela desistiu de dançar. Prefere tocar. Ela nunca se cansa de tocar.

E uma vez, também, ele lhe falou. Ela havia se afastado do instrumento depois do fim da dança, e ele se sentou ali para tocar uma melodia que desejava apresentar às senhoritas Musgroves. Sem querer, Anne retornou àquela parte do salão. Ele a viu e imediatamente se levantou, dizendo, com uma cortesia afetada:

— Perdoe-me, senhorita, este é seu lugar.

Embora ela tenha recuado prontamente com uma firme negativa, ele não foi convencido a se sentar de novo.

Anne não desejava mais esse tipo de olhares e conversas. A polidez fria e a graça cerimoniosa dele eram piores que qualquer outra coisa.

Capítulo IX

O capitão Wentworth viera instalar-se em Kellynch como se a casa fosse sua, para ficar o tempo que desejasse, como objeto de total afeição fraternal tanto do almirante como da esposa dele. Ele pretendera, logo ao chegar, muito em breve seguir para Shropshire e visitar o irmão instalado naquela região, mas as atrações de Uppercross o induziram a adiar essa visita. Havia muita afabilidade, lisonja e tudo de mais encantador no modo como era recebido ali: os mais velhos eram tão hospitaleiros e os mais jovens tão agradáveis que ele não podia deixar de ficar onde estava, tendo, assim, de acreditar durante mais um tempo nas descrições feitas a respeito da esposa de Edward.

Não demorou até Uppercross passar a recebê-lo quase diariamente. Os Musgroves não poderiam estar mais dispostos a convidá-lo do que ele a visitá-los, em especial pela manhã, quando ele não tinha companhia em casa, pois o almirante e a senhora Croft geralmente saíam juntos, interessados em suas novas posses, em sua grama, em suas ovelhas, e demoravam-se nisso de um modo intolerável para uma terceira pessoa, ou partiam num cabriolé[31] recém-adquirido.

Até aquele momento, houvera somente uma opinião a respeito do capitão Wentworth entre os Musgroves e seus subordinados: havia uma admiração constante e calorosa por toda parte. Todavia, essa condição mal havia se estabelecido quando um certo Charles Hayter ressurgiu, ficou muito perturbado com aquela amizade e considerou que o capitão Wentworth atrapalhava seu caminho.

Charles Hayter era o primo mais velho e um jovem bem amável e agradável, e entre ele e Henrietta houvera uma bastante nítida afeição antes da chegada do capitão Wentworth. Ele fora ordenado e, tendo se tornado pároco na vizinhança, dispensando a necessidade de uma residência, vivia na casa do pai, a somente duas milhas de Uppercross. Uma breve ausência sua havia deixado sua amada desprotegida de sua atenção num período extremamente crítico e, ao retornar, ele teve o desprazer de encontrá-la mudada e de ver o capitão Wentworth.

A senhora Musgrove e a senhora Hayter eram irmãs. Tanto uma quanto a outra tiveram dinheiro, mas os casamentos provocaram uma

---

31. Carruagem pequena e leve, com teto removível, puxada por um único cavalo.

diferença substancial no nível de importância social. O senhor Hayter tinha alguns bens, mas eram insignificantes quando comparados aos do senhor Musgrove; e, enquanto os Musgroves eram de primeira categoria na sociedade campestre, os jovens Hayters — por causa do modo de vida inferior, retraído e inculto dos pais, além da própria educação deficiente — dificilmente seriam considerados de qualquer categoria, não fosse a conexão que tinham com Uppercross. A exceção era esse filho mais velho, que havia optado por ser um estudioso e um cavalheiro e que era muito superior em cultura e maneiras, comparado a todos os outros.

As duas famílias sempre estiveram em excelentes termos, e não havia orgulho de um lado nem inveja do outro; havia somente certa consciência de superioridade nas senhoritas Musgroves, que ficavam satisfeitas em ajudar os primos a melhorar. As atenções de Charles para com Henrietta haviam sido observadas pelo pai e pela mãe dela sem nenhuma desaprovação. "Não seria um ótimo casamento para ela, mas, se Henrietta gosta dele..." E Henrietta parecia *mesmo* gostar dele.

Henrietta pensava exatamente isso antes da chegada do capitão Wentworth; mas, desde então, o primo Charles tinha sido totalmente esquecido.

Qual das duas irmãs era a preferida do capitão Wentworth ainda era uma grande dúvida, de acordo com o que Anne era capaz de observar. Henrietta talvez fosse a mais bonita, Louisa era mais animada; e ela não sabia *agora* se era uma personalidade mais delicada ou se uma mais agitada que tinha mais chance de atraí-lo.

O senhor e a senhora Musgrove, fosse por inobservância ou por uma confiança plena na discrição das duas filhas e de todos os rapazes que se aproximassem dela, pareciam deixar tudo a mando do destino. Não havia o menor sinal de preocupação ou de comentários sobre eles na mansão; mas no chalé era bem diferente: o jovem casal ali estava bem-disposto a especular e a refletir. O capitão Wentworth estivera apenas quatro ou cinco vezes na companhia das senhoritas Musgroves, e Charles Hayter acabara de ressurgir quando Anne teve de ouvir as opiniões do cunhado e da irmã a respeito de *quem* era a favorita. Charles apostava em Louisa e Mary em Henrietta, mas ambos concordavam que seria extremamente maravilhoso vê-lo casar-se com qualquer uma das duas.

Charles "nunca vira um homem mais agradável na vida, e, pelo que ouvira o próprio capitão Wentworth dizer certa vez, tinha bastante certeza de que ele não ganhara menos que 20 mil libras durante a guerra.

Era uma fortuna repentina; além disso, havia ainda a oportunidade de ganhar mais em alguma guerra futura, e ele tinha certeza de que o capitão Wentworth era um homem com tanta chance de se destacar quanto qualquer outro oficial da marinha. Oh! Seria uma união maiúscula para qualquer uma de suas irmãs".

— Seria mesmo — respondeu Mary. — Minha nossa! Se ele fosse elevado às altas honras! Se ele um dia se tornasse baronete! "Lady Wentworth" soa muito bem. Seria algo bem nobre para Henrietta, com certeza! Ela tomaria meu lugar nesse caso, e Henrietta não iria desgostar disso. Sir Frederick e Lady Wentworth! Seria um título recém-criado, no entanto, e não ligo muito para esses títulos recém-criados.

Mary gostava de pensar que Henrietta era a preferida, e o motivo era Charles Hayter, cujas pretensões ela gostaria de ver encerradas. Ela decididamente desdenhava os Hayters, e achava que seria uma grande infelicidade que a conexão entre as duas famílias fosse renovada — uma infelicidade para ela mesma e para seus filhos.

— Sabem... — disse ela. — De jeito nenhum consigo considerá-lo um bom par para Henrietta, e, levando em conta as alianças que os Musgroves fizeram, ela não tem direito a se desperdiçar assim. Não acho que nenhuma moça tem o direito de tomar uma decisão que seja desagradável e inconveniente para a parte *principal* da família, de modo a proporcionar conexões ruins àqueles que não estão acostumados. E, digam-me, quem é Charles Hayter? Somente um pároco do campo. Um casamento bem impróprio para a senhorita Musgrove, de Uppercross.

O marido de Mary, contudo, não concordava nesse ponto, pois, além de ter uma afeição pelo primo, Charles Hayter era um primogênito, e ele via as coisas como o primogênito que era.

— Agora você está falando bobagem, Mary — foi sua resposta, portanto. — Não seria um casamento *excelente* para Henrietta, mas Charles tem boas chances, por meio dos Spicers, de obter algo do bispo daqui a um ou dois anos. E você ficará satisfeita em se lembrar de que ele é o filho mais velho: quando meu tio morrer, ele assumirá uma propriedade muito boa. A área de Winthrop não tem menos de duzentos e cinquenta acres, além da fazenda perto de Taunton, que tem uma das melhores terras da região. Concordo que, exceto Charles, qualquer outro Hayter seria uma união bem chocante para Henrietta e não poderia acontecer; Charles seria a única opção possível. Mas ele é um tipo de rapaz bem-humorado e bom e, quando Winthrop cair em suas mãos, seja lá quando for, ele a transformará e viverá ali de um jeito diferente, e com aquela propriedade nunca vai ser um homem de se desprezar... é uma boa propriedade fundiária. Não, não. Henrietta poderia arranjar um marido pior do que Charles Hayter. E, se ela se casar com ele e Louisa conseguir se unir ao capitão Wentworth, eu ficarei muitíssimo satisfeito.

— Charles pode dizer o que lhe convier — reclamou Mary com Anne assim que ele saiu da sala —, mas seria chocante ver Henrietta casada com Charles Hayter; seria muito ruim para *ela*, e ainda pior para *mim*. Por isso é bastante desejável que o capitão Wentworth tire essa ideia da cabeça dela, e não duvido de que já tenha feito isso. Ela mal deu atenção a Charles Hayter ontem. Gostaria que você estivesse lá para ver o comportamento dela. E, quanto ao capitão Wentworth gostar de Louisa tanto quanto de Henrietta, é bobagem dizer isso, pois é certo que ele *gosta* bem mais de Henrietta. Contudo, Charles é tão positivo! Gostaria que você estivesse conosco ontem, pois assim poderia ver quem de nós tem razão. E tenho certeza de que você pensaria como eu, a não ser que estivesse determinada a ir contra mim.

Um jantar na residência do senhor Musgrove fora a ocasião em que todas essas coisas deveriam ter sido vistas por Anne. Porém, ela havia ficado em casa, sob o pretexto conjunto de uma dor de cabeça e do retorno de uma indisposição no pequeno Charles. Ela pensara somente em evitar o capitão Wentworth, mas ter escapado de ser convocada como árbitro se somava agora às vantagens de uma noite tranquila.

Quanto às ideias do capitão Wentworth, ela julgou que, preferisse ele Henrietta a Louisa ou Louisa a Henrietta, o mais importante era que tomasse uma decisão breve o bastante a ponto de não pôr em risco a felicidade da outra irmã nem de pôr em dúvida sua própria honra. Qualquer uma delas seria, com toda a certeza, uma esposa carinhosa e bem-humorada para ele. Em relação a Charles Hayter, ela tinha uma delicadeza que se feria por qualquer frivolidade de conduta de uma jovem bem-intencionada, e um coração que simpatizava com qualquer sofrimento que isso ocasionasse; mas, se Henrietta se achasse equivocada na natureza de seus sentimentos, isso deveria ser esclarecido quanto antes.

Charles Hayter tinha visto o suficiente no comportamento da prima para inquietá-lo e envergonhá-lo. Ela tinha uma afeição grande demais por ele, de modo que não se afastou tão completamente nas duas vezes em que estiveram juntos a ponto de extinguir qualquer esperança anterior e deixá-lo sem escolha a não ser ficar longe de Uppercross.

Entretanto a mudança era tamanha que se tornava alarmante quando um homem como o capitão Wentworth podia ser considerado a causa provável. Ele estivera ausente por apenas dois domingos, e, quando se despediram, ela estava interessada, tanto quanto ele, na perspectiva de ele deixar sua paróquia atual para assumir a de Uppercross. Antes, parecera que o maior desejo do coração dela era que o doutor Shirley, o reitor, que por mais de quarenta anos havia zelosamente desempenhado todos os deveres de seu ofício, e que agora estava cada vez mais indisponível para vários deles, estivesse determinado a encontrar um pároco, a fazer de sua paróquia a melhor que conseguisse e a dar a Charles Hayter a promessa da posição. A vantagem de que ele tivesse de vir somente a Uppercross, em vez de ser obrigado a percorrer seis milhas para o outro lado, de ele ter, em todos os aspectos, uma paróquia melhor, de esta pertencer ao querido doutor Shirley, e de o querido e bondoso doutor Shirley ser dispensado dos deveres que não conseguia mais executar sem se fatigar de um modo prejudicial, tudo isso havia sido uma ótima notícia, mesmo para Louisa, mas havia significado tudo para Henrietta. Quando ele voltou, oras!, o entusiasmo pela questão havia se dissipado. Louisa era incapaz de ouvir o relato da conversa que ele acabara de ter com o doutor Shirley; ela estava à janela procurando o capitão Wentworth; e mesmo Henrietta tinha, no máximo, uma atenção parcial a dar, e parecia ter se esquecido completamente da dúvida e da ansiedade que anteciparam a negociação.

— Bem, estou muito satisfeita, de verdade. Mas sempre achei que você a obteria, sempre achei que fosse dar certo. Não me parecia que... em resumo, você sabe, o doutor Shirley *precisava* de um pároco, e você conseguiu garantir a promessa dele. Ele está vindo, Louisa?

Certa manhã, bem pouco depois do jantar com os Musgroves, no qual Anne não estivera presente, o capitão Wentworth entrou na sala de estar do chalé, onde estavam somente ela e o pequeno e adoentado Charles, deitado no sofá.

A surpresa dele de se encontrar praticamente sozinho com Anne Elliot privou seus modos da compostura habitual. Ele tentou falar algo, mas só conseguiu dizer:

— Pensei que as senhoritas Musgroves estivessem aqui. A senhora Musgrove me disse que eu as encontraria aqui. — Então, ele foi até a janela para se recompor e refletir sobre como deveria se portar.

— Elas estão lá em cima com minha irmã. Vão descer logo mais, imagino — foi a resposta de Anne, com toda a confusão que seria natural. E, se o menino não a tivesse chamado para que fizesse algo por ele, ela teria de sair da sala no momento seguinte, para liberar o capitão Wentworth tanto quanto a si mesma.

Ele se manteve junto à janela. E se calou depois de dizer com calma e educação:

— Espero que o menino esteja melhor.

Ela foi obrigada a se ajoelhar ao lado do sofá e ficar ali para atender à vontade do paciente. E assim continuaram por alguns minutos até que, para grande satisfação dela, Anne ouviu outra pessoa cruzar o pequeno vestíbulo. Ela esperava, ao virar a cabeça, ver o dono da casa, mas na verdade era alguém bem menos propenso a facilitar a situação: Charles Hayter, provavelmente nem um pouco mais satisfeito por ver o capitão Wentworth do que o capitão Wentworth estivera por ver Anne.

Ela só arriscou dizer:

— Como vai? Sente-se, por favor. Logo os outros estarão conosco.

O capitão Wentworth, entretanto, aproximou-se, aparentemente disposto a conversar. Porém Charles Hayter logo pôs fim às suas tentativas ao se sentar perto da mesa e pegar o jornal, o que fez o capitão Wentworth retornar à janela.

Mais um minuto, e houve outra adição ao grupo. O menino mais novo, uma criança notavelmente robusta e precoce, de dois anos, tendo pedido a alguém do lado de fora para abrir a porta do quarto para ele, fez sua aparição entre eles e foi direto para o sofá ver o que estava acontecendo; então, reivindicou alguma guloseima qualquer.

Não havendo nada para comer, só lhe restava brincar. E, sabendo que a tia não o deixaria provocar o irmão doente, ele começou a se agarrar a ele, conforme ela se ajoelhava, de um modo que, ocupada como estava com Charles, ela não conseguia se livrar do pequeno. Ela conversou com ele: em vão, deu ordens, suplicou e insistiu. Assim que conseguiu afastá-lo, o menino teve o prazer ainda maior de subir nas suas costas.

— Walter — disse ela —, desça já daí. Você é muito chato. Estou muito brava com você.

— Walter — interveio Charles Hayter —, por que não faz o que foi pedido? Não ouviu sua tia? Venha aqui, Walter. Venha com seu primo Charles.

Contudo, Walter não obedeceu.

No momento seguinte, porém, ela sentiu que era aliviada do peso do menino: alguém o estava tirando de cima dela, embora ele estivesse tão agarrado à sua cabeça que suas mãozinhas fortes tiveram de ser desentrelaçadas do pescoço dela. Ele foi decididamente levado embora antes que ela percebesse que fora o capitão Wentworth quem o levara. A emoção que sentiu com essa descoberta a deixou completamente sem fala. Ela não foi capaz nem de agradecer. Só conseguiu ficar debruçada sobre o pequeno Charles, com sentimentos muito desordenados. A gentileza dele em se adiantar para aliviá-la, seus modos, o silêncio no qual tudo se passou, as particularidades menores da circunstância, juntamente com a convicção que logo lhe ocorreu, pelo barulho proposital que ele fazia com o pequeno, de que tentava evitar ouvir seus agradecimentos e demonstrava que uma conversa com ela era a última coisa que desejava, tudo isso produziu uma um turbilhão de sensações confusas e muito doloridas, do qual ela não foi capaz de se recuperar até que a entrada de Mary e das senhoritas Musgroves permitiu que Anne deixasse seu pequeno paciente aos cuidados da irmã e saísse da sala. Ela não conseguiria ficar. Poderia ter sido uma oportunidade para observar os amores e os ciúmes daqueles quatro — estavam todos juntos agora; mas ela não conseguiria ficar para ver nada disso. Era evidente que Charles Hayter não tinha boas inclinações a respeito do capitão Wentworth. Ela tinha a forte impressão de tê-lo ouvido dizer, num tom de voz contrariado, depois da interferência do capitão Wentworth: "Você devia ter obedecido a *mim*, Walter. Eu falei para não provocar sua tia" – e podia compreender que ele lamentasse que o capitão Wentworth tivesse feito o que ele mesmo devia ter feito. Entretanto, nem os sentimentos de Charles Hayter nem os de qualquer outra pessoa poderiam interessá-la até que ela tivesse organizado um pouco melhor os seus próprios. Ela estava envergonhada de si mesma, muito envergonhada de estar tão nervosa, de ter sucumbido a algo tão trivial. Mas era assim que se sentia, e foi necessário um longo período de solidão e reflexão para que se recuperasse.

Capítulo X

Outras oportunidades para ela fazer suas observações não deixariam de ocorrer. Logo Anne se viu na companhia dos quatro com frequência suficiente para formar uma opinião. Contudo, era sábia demais para admitir isso em casa, onde ela sabia que não poderia satisfazer nem o marido nem a esposa, pois, embora considerasse Louisa a favorita, não conseguia deixar de pensar, ousando o máximo possível julgar com base em suas memórias e experiências, que o capitão Wentworth não estava apaixonado por nenhuma delas. Eram elas que estavam apaixonadas por ele, e mesmo assim não se tratava ainda de amor. Tratava-se de uma pequena febre de admiração, que, em alguns casos, poderia se transformar, ou provavelmente se transformaria em amor. Charles Hayter parecia ciente de ter sido menosprezado, mas Henrietta por vezes tinha um ar de quem estava dividida entre os dois. Anne aspirava pelo poder de exibir a todos eles o que estavam fazendo, e de destacar alguns dos males a que estavam se expondo. Ela não via malícia em nenhum deles. Foi de uma satisfação imensa para ela perceber que o capitão Wentworth não tinha a menor ideia da dor que estava causando. Não havia nenhum triunfo, nenhum triunfo considerável, em seus modos. Ele provavelmente nunca havia suposto nem tomado conhecimento de qualquer pretensão que Charles Hayter pudesse ter. Ele só estava errado em aceitar as atenções (pois aceitar era a palavra certa) de duas moças ao mesmo tempo.

Depois de certa resistência, Charles Hayter pareceu ter saído de cena. Três dias haviam se passado sem que ele aparecesse sequer uma vez em Uppercross. Era uma mudança e tanto. Ele tinha inclusive recusado um convite habitual para jantar, e, tendo o senhor Musgrove o encontrado com vários livros grossos diante dele, o senhor e a senhora Musgrove tinham certeza de que havia algo errado, e discutiram, com rostos sisudos, se ele não estaria se matando de estudar. Mary tinha a esperança e a crença de que ele tivesse recebido uma dispensa definitiva de Henrietta, e seu marido vivia na esperança constante de vê-lo no dia seguinte. Anne só podia achar que Charles Hayter era sensato.

Certa manhã, quando Charles Musgrove e o capitão Wentworth tinham saído para caçar e as irmãs no chalé bordavam tranquilamente, elas receberam a visita à janela das irmãs da mansão.

Era um belo dia de novembro, e as senhoritas Musgroves atravessaram os gramados e pararam apenas para dizer que estavam saindo para uma *longa* caminhada e que, portanto, deduziram que Mary não gostaria de acompanhá-las. E quando Mary imediatamente respondeu, com certo ressentimento de não a considerarem boa em caminhadas, "Oh, sim! Eu adoraria ir junto com vocês, gosto muito de uma longa caminhada", Anne foi convencida, pelo olhar das duas garotas, de que isso era exatamente o que elas não queriam, e mais uma vez espantou-se com o tipo de necessidade que hábitos familiares pareciam produzir, pelo fato de tudo precisar ser comunicado, de que tudo necessitasse ser feito em conjunto, não importasse quão indesejável ou inconveniente fosse. Ela tentou dissuadir Mary de ir, mas foi em vão. Sendo esse o caso, achou melhor aceitar o convite bem mais cordial das senhoritas Musgroves para também acompanhá-las, pois talvez pudesse ser útil em dar meia-volta com a irmã, de modo a reduzir sua interferência nos planos das moças.

— Não consigo imaginar por que elas imaginariam que eu não gostaria de fazer uma longa caminhada — disse Mary ao subir ao andar de cima. — Todo mundo sempre acha que não gosto de andar muito, mas elas não ficariam satisfeitas se tivéssemos recusado o convite de irmos juntos. Quando as pessoas vêm desse jeito com o propósito de nos convidar, como dizer não a elas?

Elas estavam prontas para partir quando os cavalheiros retornaram. Eles haviam levado um cachorrinho jovem, que estragou a caça e os fez voltar mais cedo. Tinham, portanto, o tempo, a energia e a disposição exatos para essa caminhada, e se juntaram ao grupo com prazer. Se Anne pudesse ter previsto tal encontro, teria ficado em casa, mas, por causa de uns sentimentos de interesse e curiosidade, achou que agora era tarde demais para desistir, e assim todos os seis saíram juntos na direção escolhida pelas senhoritas Musgroves, que evidentemente consideravam que a caminhada estava sob sua orientação.

O objetivo de Anne era não ficar no caminho de ninguém e, quando as passagens estreitas pelos campos exigissem diversas separações, manter-se com o cunhado e a irmã. Seu *prazer* na caminhada deveria provir do exercício e do dia, da visão dos últimos sorrisos do ano sobre as folhas amareladas e as sebes ressecadas, e de repetir para si mesma alguns dos milhares de descrições poéticas a respeito do outono, essa estação de uma influência peculiar e inesgotável na mente inclinada ao bom gosto e à ternura, essa estação que tirou de cada poeta digno de ser lido alguma tentativa de descrição ou alguns versos cheios de sentimento. Ela ocupava sua mente o máximo possível com reflexões e citações do tipo; mas não era possível, quando estava ao alcance do diálogo do capitão Wentworth com qualquer uma das senhoritas Musgroves, que não tentasse ouvi-lo; ainda assim, não captou nada que se destacasse. Era uma conversa cheia de vida, do tipo em que era habitual os jovens caírem ao se encontrarem numa situação de intimidade. Ele estava mais envolvido com Louisa que com Henrietta. Louisa sem dúvida buscava mais a atenção dele que a irmã. Essa distinção pareceu aumentar, e houve uma fala de Louisa que a atingiu. Depois de um dos diversos elogios do dia, que continuavam a transbordar, o capitão Wentworth acrescentou:

— Que clima glorioso para o almirante e para a minha irmã! Eles pretendiam fazer um longo passeio de carruagem esta manhã, talvez os avistemos em alguma destas colinas. Eles falaram de vir para estes lados da região. Pergunto-me onde será que eles vão tombar hoje. Oh! Isso acontece com frequência, eu lhe garanto, mas minha irmã não liga. Ela não se importa se vai ser arremessada da carruagem ou não.

— Ah! Você inventa a maior parte disso, eu sei — replicou Louisa.

— Mas, se fosse esse o caso, eu faria o mesmo no lugar dela. Se eu amasse um homem como ela ama o almirante, estaria sempre com ele, nada iria nos separar, e eu preferiria ser derrubada por ele do que conduzida em segurança por qualquer outro.

Isso foi dito com entusiasmo.

— É mesmo? — respondeu ele, captando o tom dela. — Tem todo o meu respeito!

Então se fez silêncio entre os dois por um tempo.

Anne não conseguiu voltar a pensar, de imediato, em novas citações. As doces imagens outonais foram temporariamente postas de lado, a menos que um delicado soneto, repleto de uma perfeita analogia ao ano que terminava, à felicidade que terminava e com imagens da juventude, da esperança e da primavera, todas já passadas, viesse abençoar sua memória. Quando entraram em fila em outro caminho, ela se recompôs o suficiente para dizer:

— Este não é um dos atalhos até Winthrop?

Mas ninguém a escutou, ou, pelo menos, ninguém lhe respondeu.

Winthrop, contudo, ou seus arredores — pois às vezes se encontravam ali rapazes que perambulavam perto de casa — era o destino deles. Depois de mais meia hora de uma subida gradual por grandes áreas cobertas, onde os arados em funcionamento e o caminho recém-aberto revelavam que o lavrador contrariava as doçuras do desânimo poético e pretendia ter novamente a primavera, eles alcançaram o topo da colina mais alta, que dividia Uppercross e Winthrop, e logo tiveram uma vista plena da outra propriedade, que ficava ao pé da colina do outro lado.

Winthrop, sem beleza nem dignidade, estendia-se diante deles; uma casa indiferente, baixa e encurralada pelos celeiros e pelas construções típicas de uma fazenda.

— Céus! — Mary exclamou. — Aí está Winthrop. Eu não fazia a menor ideia! Bem, acho que agora é hora de voltarmos. Estou excessivamente cansada.

Henrietta, alerta e envergonhada, não tendo identificado Charles passeando por nenhum caminho nem se apoiando em nenhum portão, estava disposta a atender ao pedido de Mary. No entanto:

— Não! — disse Charles Musgrove.

— Não, não! — exclamou Louisa com mais intensidade, e, puxando a irmã de lado, parecia discutir o assunto calorosamente.

Charles, nesse meio-tempo, declarou com firmeza sua decisão de visitar a tia, já que estava tão perto, e era muito evidente, embora houvesse certo temor, que tentava convencer a esposa a ir junto. Contudo, este foi um dos pontos nos quais a dama demonstrou sua força, e, quando ele apontou a vantagem de ela descansar por um quarto de hora em Winthrop, visto que se sentia tão cansada, ela respondeu resoluta: "Oh, não, imagine! Subir aquela colina de novo lhe faria mais mal do que lhe faria bem se sentar um pouco.". Em resumo, seu olhar e seus trejeitos confirmavam que ela não iria.

Depois de uma pequena sucessão desse tipo de debate e consulta, ficou resolvido entre Charles e suas duas irmãs que ele e Henrietta fariam uma visita rápida à tia e aos primos enquanto o restante do grupo os aguardaria no topo da colina. Louisa pareceu a principal organizadora desse plano, e, quando ela desceu um pouco a colina com os dois, ainda conversando com Henrietta, Mary aproveitou a oportunidade para olhar com arrogância à sua volta e dizer ao capitão Wentworth:

— É bastante desagradável ter esse tipo de parentes! Mas lhe garanto que não estive mais que duas vezes nessa casa em toda a minha vida.

Ela recebeu como resposta somente um artificial sorriso aquiescente, seguido de um olhar desdenhoso quando ele se virou, cujos significados Anne conhecia perfeitamente bem.

A borda da colina, onde eles permaneceram, era um ponto agradável. Louisa retornou, e Mary, tendo encontrado um lugar confortável para se sentar, no degrau de uma escada, ficou bem satisfeita enquanto os outros se mantiveram em pé ao seu redor; contudo, quando Louisa levou o capitão Wentworth para coletar nozes em umas sebes adjacentes e eles se afastaram a ponto de ficar longe do alcance da vista e da audição, Mary deixou de se sentir contente: reclamou de seu assento, estava certa de que Louisa tinha encontrado um bem melhor em outro lugar, e nada podia impedi-la de sair em busca de outro melhor para si. Ela foi pelo mesmo portão que eles tinham passado, mas não os viu. Anne achou um lugar bacana onde se sentar, num banco seco e bem iluminado, debaixo da sebe, onde, num ponto ou noutro, ela não tinha dúvida de que eles ainda se encontravam. Mary sentou-se por um tempo, mas não conseguiu sossegar: ela tinha certeza de que Louisa havia achado um assento melhor em outro lugar, e ela seguiria em sua busca até que a superasse.

Anne, que estava bastante cansada, ficou feliz de poder se sentar, e logo ouviu o capitão Wentworth e Louisa na sebe atrás de si, como se os dois estivessem retornando pelo espaço rústico e selvagem que se abria no meio da vegetação. Eles conversavam enquanto se aproximavam. A voz de Louisa foi a primeira que se distinguiu. Ela parecia estar no meio de um acalorado discurso. O que Anne ouviu primeiro foi:

— Por isso eu a fiz ir. Não podia suportar que ela temesse a visita por uma bobagem como aquela. O quê? Será que eu desistiria de fazer algo que estivesse determinada a fazer, e que eu soubesse ser correto, em virtude da vaidade e da interferência dessa pessoa, ou de qualquer outra? Não, acredito que eu não seja tão facilmente persuadida. Quando tomo uma decisão, está decidido. E Henrietta parecia ter tomado a decisão de vir a Winthrop hoje, e, mesmo assim, ela estava prestes a desistir por causa de uma complacência sem sentido!

— Ela teria dado meia-volta, então, se não fosse por você?

— Teria. Sinto vergonha em dizer que sim.

— Fico contente que ela tenha uma mente como a sua à disposição! Depois das pistas que você acabou de me dar, que confirmaram minhas próprias observações da última vez em que estive na companhia dele, não preciso fingir não compreender o que está acontecendo. Vejo que estava em questão mais do que uma mera visita matinal de cortesia à sua tia. E coitado dele, e dela também, quando se trata de questões mais importantes, quando eles se veem em circunstâncias que exigem força moral e mental, se ela não estiver decidida o suficiente para resistir a interferências inúteis quanto a frivolidades como essa. Sua irmã é uma criatura amável, mas vejo que quem tem personalidade firme e decidida é *você*. Se você valoriza a conduta e a felicidade dela, injete o máximo possível de seu próprio espírito nela. Mas isso, sem dúvida, é o que você vem sempre fazendo. O pior para um caráter muito indulgente e indeciso é não poder depender de nenhuma influência. Não se pode garantir que uma boa impressão vá durar; qualquer pessoa pode manipular isso. Que aqueles que querem ser felizes sejam firmes. Aqui está uma noz — disse ele, pegando uma de um ramo superior — para exemplificar; uma noz linda e brilhante, que, graças a sua força original, sobreviveu a todas as intempéries do outono. Não há uma perfuração nem um ponto amolecido nela. Esta noz — prosseguiu ele, com uma solenidade divertida —, embora tantas de suas irmãs tenham caído e sido destruídas por pisadas, ainda tem toda a felicidade que se supõe que uma avelã seja capaz de ter. — Então, retornando ao tom sincero de antes: — Meu primeiro desejo a todas as pessoas por quem me interesso é que sejam firmes. Se Louisa Musgrove pretende ser bela e feliz no novembro de sua vida, vai acalentar todos os poderes de sua personalidade hoje.

Ele terminara, e ficou sem resposta. Teria surpreendido Anne se Louisa pudesse prontamente responder a tal discurso: palavras de tanto interesse, ditas com uma sinceridade calorosa! Ela imaginava o que Louisa estava sentindo. Quanto a si mesma, temia se mover, pelo risco de ser vista. Enquanto ficava ali, um arbusto de azevinho pendia para baixo, protegendo-a. Eles prosseguiram com a caminhada, mas, antes que se afastassem e não pudessem mais ser ouvidos, Louisa falou:

— Mary é bem amável em diversos aspectos — disse ela —, mas por vezes ela me provoca em demasia com suas bobagens e seu orgulho... o orgulho dos Elliots. Ela tem um pouco demais desse orgulho dos Elliots. Gostaríamos muito de que Charles tivesse se casado com Anne, em vez de ter se casado com ela. Suponho que saiba que ele desejou se casar com Anne.

Depois de uma pausa momentânea, o capitão Wentworth disse:

— Quer dizer que ela recusou a proposta de casamento dele?

— Oh, sim! Sem dúvida.

— Quando foi isso?

— Não sei exatamente, pois Henrietta e eu estávamos na escola nessa época. Mas acredito que foi um ano antes de ele se casar com Mary. Gostaria de que ela tivesse aceitado. Nós todos teríamos gostado muito mais dela. Papai e mamãe acham que foi por influência da grande amiga dela, Lady Russell, que Anne não aceitou. Acham que Charles talvez não fosse instruído e estudioso o bastante para agradar a Lady Russell, e assim, portanto, ela teria persuadido Anne a recusá-lo.

Os sons se afastavam, e Anne não conseguiu distinguir mais nada. Suas próprias emoções a mantiveram presa ao lugar. Ela tinha muito do que se recuperar antes que pudesse se mover. O destino proverbial dos ouvintes não era totalmente o seu: não tinha ouvido falarem mal dela, mas ouvira muitas coisas dolorosas. Ela percebeu que era sobre sua própria pessoa que o capitão Wentworth falava, e haviam transparecido nele alguns sentimentos e uma curiosidade a respeito dela que lhe causaram uma agitação extrema.

Assim que pôde, ela foi atrás de Mary. Após tê-la encontrado e sentado novamente com ela em suas posições anteriores nos degraus, sentiu algum conforto quando o grupo foi imediatamente reunido, e mais uma vez se puseram a andar. Sua mente desejava a solidão e o silêncio que somente o tempo seria capaz de prover.

Charles e Henrietta voltaram, trazendo junto, como era de esperar, Charles Hayter. As minúcias do empreendimento, Anne não poderia tentar compreender; mesmo ao capitão Wentworth não parecia ter sido permitida a confiança plena quanto à questão; mas que houvera um afastamento do lado do cavalheiro e um enternecimento do lado da dama, e que os dois agora pareciam bem contentes por estarem juntos de novo, isso não dava margem à dúvida. Henrietta parecia um pouco envergonhada, mas muito satisfeita; Charles Hayter, extremamente feliz; e eles se devotaram um ao outro desde quase o primeiro instante em que todos começaram a seguir para Uppercross.

Tudo agora destacava Louisa para o capitão Wentworth — nada poderia ser mais natural. E, quando divisões eram necessárias no grupo, ou mesmo quando não eram, eles andavam lado a lado quase tanto quanto os outros dois. Numa longa faixa de campina, onde o espaço era amplo para todos, eles foram assim divididos, formando três grupos distintos; e, ao trio que demonstrava menos animação e menos complacência, Anne pertencia, necessariamente. Ela se juntou a Charles e Mary, e estava cansada o suficiente para ficar feliz em aceitar o outro braço de Charles. Contudo, embora Charles estivesse bem-humorado com ela, estava sem paciência com a esposa. Mary o atormentara, e agora deveria arcar com as consequências, e as consequências eram que ele soltava seu braço quase o tempo todo para cortar as pontas de algumas urtigas na sebe com seu chicote; e, quando Mary começou a reclamar disso e a lamentar que estava sendo maltratada, de acordo com seu costume, por estar do lado da sebe enquanto Anne nunca era incomodada do outro lado, ele soltou o braço das duas e saiu atrás de uma doninha que ele avistara rapidamente, e, assim, elas não conseguiram mais seguir ao lado dele.

Essa longa campina margeava uma alameda estreita que o atalho por onde seguiam cruzava no fim; e, quando o grupo todo tinha alcançado o portão de saída, a carruagem que avançava na mesma direção e que já vinha sendo ouvida havia um tempo estava chegando, e era mesmo o cabriolé do almirante Croft. Ele e a esposa tinham feito o passeio pretendido e voltavam para casa. Ao ouvirem sobre a extensa caminhada que os jovens haviam feito, gentilmente ofereceram um lugar para qualquer uma das damas que estivesse particularmente cansada: ela evitaria ter de andar por mais uma milha inteira, e eles iriam mesmo passar por Uppercross. A oferta foi feita a todos, e foi totalmente recusada. As senhoritas Musgroves não estavam nem um pouco cansadas, e Mary ou estava ofendida por não terem lhe perguntado antes que às outras, ou o que Louisa havia chamado de orgulho dos Elliots não permitiria que uma terceira pessoa andasse numa carruagem de um só cavalo.

O grupo a pé cruzou a alameda e estava subindo uma escadaria oposta, enquanto o almirante fazia seu cavalo andar novamente, quando o capitão Wentworth transpôs a sebe num instante para dizer alguma coisa à irmã. A coisa seria adivinhada pelos seus efeitos.

— Senhorita Elliot, tenho certeza de que *você* está cansada — falou a senhora Croft. — Por favor, permita-nos o prazer de levá-la para casa. Aqui há um espaço excelente para três, garanto-lhe. E, se nós dois fôssemos como você, acredito que quatro poderiam se sentar. Você deve aceitar, deve, sim.

Anne ainda estava na alameda e, embora instintivamente começasse a recusar, não lhe deixaram prosseguir. A gentileza imediata do almirante veio em apoio à da esposa: eles não aceitariam a recusa; apertaram-se no menor espaço possível para lhe deixar o canto, e o capitão Wentworth, sem dizer palavra alguma, virou-se para ela e em silêncio a induziu a receber ajuda para subir na carruagem.

Sim, ele fizera isso. Ela estava na carruagem e sentia que tinha sido ele quem a colocara ali, que tinha sido a vontade e as mãos dele as responsáveis, que ela devia isso à percepção que ele tivera do seu cansaço e à determinação dele de lhe prover um descanso. Anne foi muito impactada pela visão da disposição dele em relação a ela, o que ficou aparente por todas essas coisas. Essa breve circunstância pareceu a conclusão de tudo o que ocorrera antes. Ela o compreendia. Ele não conseguia perdoá-la, mas não seria insensível. Embora a condenasse pelo passado e o visse com um ressentimento grande e injusto, embora perfeitamente desatento em relação a ela, e embora começasse a se afeiçoar a outra, ainda assim ele não conseguia vê-la sofrer sem desejar socorrê-la. Foi um resquício do sentimento anterior; foi um impulso de amizade puro, embora inconsciente; foi uma prova do seu coração caloroso e amável, no qual ela não conseguia pensar sem sentir emoções tão combinadas de prazer e dor que ela não era capaz de dizer qual prevalecia.

Suas respostas à gentileza e aos comentários de seus acompanhantes foram, a princípio, dadas sem refletir. Eles haviam percorrido sozinhos metade do trajeto pela rústica alameda antes que ela despertasse o suficiente para o que diziam. Então, descobriu que falavam de "Frederick".

— Ele, com certeza, pretende conquistar uma daquelas duas garotas, Sophy — disse o almirante. — Mas não dá para dizer qual. Ele tem corrido atrás delas também, e por tanto tempo que seria de imaginar que ele já se decidiu. Oras, isso acontece por causa da paz. Se estivéssemos em guerra agora, ele já teria se casado há muito tempo. Em época de guerra, senhorita Elliot, nós, marinheiros, não podemos nos dar ao luxo de cortejar por longos períodos. Quantos dias decorreram, querida, da primeira vez que a vi até quando nos sentamos pela primeira vez em nossos aposentos em North Yarmouth?

— É melhor não falarmos disso, querido — replicou a senhora Croft, animada —, pois, se a senhorita Elliot ouvisse quão rápido chegamos a um acordo, ela jamais seria convencida de que poderíamos ser felizes juntos. No entanto eu já conhecia sua reputação havia muito tempo.

— Bem, e eu tinha ouvido falar que você era uma moça muito bonita, e, afinal, pelo que deveríamos esperar? Não gosto de ter coisas assim à mão por tempo demais. Gostaria que Frederick inflasse mais as velas e trouxesse para casa uma dessas moças de Kellynch. Assim, sempre haveria companhia para eles. E as duas são moças muito agradáveis. Mal consigo distinguir uma da outra.

— De fato, são garotas bem-humoradas e sem afetação — disse a senhora Croft num tom elogioso mais comedido, o que fez Anne suspeitar de que os sentidos mais aguçados dela poderiam achar que nenhuma das duas era digna do irmão. — E de uma família bem respeitável. Não há como se relacionar com gente melhor. Meu querido almirante, o poste! Com certeza, vamos bater naquele poste.

Entretanto, com tranquilidade, ela mesma redirecionou as rédeas, e assim felizmente superaram o perigo. Depois, ao manipular com juízo as rédeas, evitou que eles caíssem numa vala e colidissem com um carrinho de estrume. Anne, achando divertido o modo como conduziam, o qual ela imaginava não ser uma má representação da maneira geral como o casal lidava com seus assuntos, foi deixada em segurança por eles no chalé.

Capítulo XI

Aproximava-se agora a data do retorno de Lady Russell; o dia foi inclusive marcado, e Anne, tendo se comprometido a se juntar a ela assim que estivesse novamente acomodada em casa, estava ansiosa para voltar a Kellynch quanto antes e começava a pensar que seu próprio conforto provavelmente seria afetado por isso.

A mudança a colocaria na mesma vila com o capitão Wentworth, a meia milha de distância. Eles teriam de frequentar a mesma igreja, e haveria relacionamento entre as duas famílias. Isso não lhe era favorável; por outro lado, ele passava tanto tempo em Uppercross que ela poderia considerar que, ao sair de lá, estaria a afastar-se em vez de estar indo ao seu encontro. De modo geral, ela acreditava que, nessa questão interessante, teria muito a ganhar, quase certamente na mudança de companhia doméstica, ao trocar a pobre Mary por Lady Russell.

Ela desejava que fosse possível evitar encontrar o capitão Wentworth em Kellynch Hall: aquelas salas haviam testemunhado encontros anteriores cujas lembranças lhe causariam muita dor. Porém ela estava mais ansiosa pela possibilidade de Lady Russell e do capitão Wentworth jamais se encontrarem em qualquer lugar que fosse. Eles não se gostavam, e nada de bom resultaria de uma renovação dessa conexão agora. E, se acontecesse de Lady Russell vê-los juntos, ela imaginaria que ele tinha muito domínio de si mesmo, e que ela tinha pouco.

Esses pontos formavam sua preocupação principal em antecipar sua despedida de Uppercross, onde ela sentia que permanecera por tempo suficiente. Sua utilidade para o pequeno Charles sempre daria certa doçura à recordação da sua estada de dois meses ali, mas ele se fortalecia rapidamente, e ela não tinha mais nenhum motivo para ficar.

O fim de sua estada, entretanto, foi diferente, de um modo que ela nunca imaginaria. O capitão Wentworth, após dois dias inteiros sem ser visto e sem dar notícias em Uppercross, reapareceu para se justificar com um relato do que o havia mantido longe.

Uma carta do amigo dele, o capitão Harville, que finalmente o encontrara, trouxera a informação de que o capitão Harville tinha se estabelecido em Lyme com a família durante o inverno: eles estavam, portanto, sem que soubessem, a somente vinte milhas de distância um do outro. O capitão Harville não estivera com a saúde boa desde que sofrera um ferimento severo dois anos antes, e a ansiedade do capitão

Wentworth em vê-lo o fez seguir imediatamente para Lyme. E lá ele tinha ficado por vinte e quatro horas. Sua absolvição foi completa; sua amizade, calorosamente louvada; um interesse vivaz pelo amigo foi criado; e sua descrição da bela região próxima a Lyme foi recebida com tanto interesse pelo grupo que um desejo sincero de conhecerem pessoalmente Lyme e um plano de fazerem um passeio foram as consequências. Os jovens estavam empolgados para ver Lyme. O capitão Wentworth falava de ir novamente para lá; eram somente dezessete milhas de Uppercross, e, embora fosse novembro, o clima não estava nem um pouco ruim. Em resumo, Louisa, que era a mais empolgada de todos, tendo resolvido ir, e, além do prazer de fazer o que queria, sendo agora fortalecida com a ideia de que era um mérito sustentar suas próprias vontades, superou todos os desejos do pai e da mãe de adiar a viagem até o verão. Assim, seguiriam para Lyme: Charles, Mary, Anne, Henrietta, Louisa e o capitão Wentworth.

O esquema inicial e descabido era sair de manhã e retornar à noite, mas isso o senhor Musgrove, pelo bem de seus cavalos, não consentiria. Pensando mais racionalmente, um dia em meados de novembro não proveria muito tempo para conhecer um lugar novo, depois de deduzidas as sete horas exigidas para ida e volta. Consequentemente, decidiram passar a noite lá e não deveriam ser esperados antes do jantar do dia seguinte, o que foi considerado uma alteração considerável. No entanto, embora tenham todos se encontrado na Casa-Grande para um café da manhã bem cedo e partido pontualmente, havia passado muito do meio-dia antes que as duas carruagens – o coche do senhor Musgrove com as quatro damas, e o *curricle*[32] de Charles, no qual ele levava o capitão Wentworth – descessem a longa colina na direção de Lyme e entrassem na rua ainda mais íngreme da cidade em si, de modo que ficou bem evidente que eles não teriam tempo algum para olhar ao redor antes que a luz e o calor do dia se dissipassem.

Depois de garantirem suas acomodações e pedirem o jantar em uma das estalagens, a próxima coisa a ser feita era, sem nenhum questionamento, andar direto até o mar. Eles tinham vindo muito no fim do ano para qualquer diversão ou variedade que Lyme, como um espaço público, podia oferecer. Os quartos estavam fechados, quase todos os hóspedes já tinham ido embora, restando praticamente só as famílias

---

32. Carruagem muito rápida; leve e com capota móvel, era conduzida por dois cavalos.

que ali residiam; e, como não havia nada para admirar nas construções em si, apreciavam a extraordinária localização da cidade, a rua principal que quase corria para dentro d'água, e o passeio até o Cobb,[33] contornando a pequena baía agradável, a qual, durante a alta temporada, se animava com máquinas de banho[34] e pessoas; o próprio Cobb, com suas maravilhas antigas e novas melhorias, com a linha muito bonita de penhascos estendendo-se até a parte leste da cidade, era o que o olho dos estranhos procurava. E muito estranho deve ser o estranho que não vê os charmes nas imediações de Lyme a ponto de desejar conhecê-las melhor! As paisagens de Charmouth, um vilarejo vizinho, com suas planícies e áreas campestres extensas, e mais ainda: sua encantadora baía afastada, com colinas escuras ao fundo, a qual fragmentos de rocha baixa em meio à areia tornavam o melhor ponto para observar o fluir da maré, para se sentar num estado de infatigável contemplação; as variedades amadeiradas da alegre vila de Up Lyme; e especialmente Pinny, com fendas esverdeadas entre rochas românticas, onde as dispersas árvores da floresta e pomares de flores exuberantes afirmavam que muitas gerações deviam ter se passado desde que a primeira ruína parcial do penhasco preparou o solo para tal situação, onde a paisagem tão maravilhosa e tão adorável era exibida, sobrepujando paisagens similares da célebre Ilha de Wight; esses locais deviam ser visitados, e revisitados, para se compreender o valor de Lyme.

O grupo de Uppercross, passando pelos quartos agora desertos e de aparência melancólica e ainda descendo, logo se viu à beira-mar. Demorando-se — todos devem se demorar e vislumbrar quando do primeiro retorno ao mar, quem quer que mereça olhá-lo —, seguiram na direção do Cobb, tanto porque era o objetivo deles como por causa do capitão Wentworth, pois, numa casinha ao pé de um antigo píer de data desconhecida, estavam instalados os Harvilles. O capitão Wentworth ficou para visitar o amigo; os outros prosseguiram o caminho, e ele os encontraria depois do Cobb.

---

33. Um marco de Lyme, o Cobb é um quebra-mar de pedra sobre o qual se pode caminhar. Há eventualmente degraus rústicos de pedra que descem até um nível inferior. Acredita-se que a construção data do século XIII e teria sido coberta de madeira, mas já na época de Austen restavam somente as estruturas de pedra, e ainda hoje é assim.

34. Cabines de madeira sobre rodas que serviam a principalmente dois propósitos: conduzir os doentes a quem se havia indicado banho de mar como tratamento, e proteger a honra dos banhistas, especialmente das mulheres, quando fossem vestir seus trajes de banho (bastante recatados) e nadar.

Eles não estavam de jeito nenhum cansados de se maravilhar e admirar, e nem mesmo Louisa parecia ter sentido que eles tinham se separado por muito tempo do capitão Wentworth quando o viram se aproximando com três acompanhantes, todos já bem conhecidos pelas descrições feitas: o capitão e a senhora Harville, e o capitão Benwick, que estava com eles.

O capitão Benwick tinha sido, algum tempo atrás, o primeiro-tenente da *Laconia*; e o relato que o capitão Wentworth dera a respeito dele quando de seu recente retorno de Lyme — um elogio caloroso ao dizer que era um rapaz e um oficial excelente, que ele sempre valorizara bastante, o que devia tê-lo marcado forte na estima de qualquer ouvinte — fora seguido por uma historinha sobre a vida particular dele, que o tornou perfeitamente interessante aos olhos de todas as damas. Ele tinha sido noivo da irmã do capitão Harville, e agora enlutava a perda dela. Ficaram um ou dois anos aguardando uma fortuna ou uma promoção. A fortuna veio, e seu prêmio em dinheiro como tenente foi ótimo; a promoção também veio, *finalmente*; porém Fanny Harville não viveu para saber disso. Ela havia morrido no verão anterior, enquanto ele estava no mar. O capitão Wentworth acreditava ser impossível que um homem sentisse mais afeição por uma mulher do que o pobre Benwick sentira por Fanny Harville, ou que se afligisse mais diante de uma situação tão terrível. Ele considerava a maneira de ser do amigo como sendo a dos que sofrem profundamente, unindo sentimentos bem intensos a modos silenciosos, sérios e retraídos, e uma preferência inegável por leitura e atividades sedentárias. Para encerrar o interesse da história, a amizade entre ele e os Harvilles pareceu, se é que era possível, ampliada pelo evento que pusera um fim em todas as perspectivas de aliança, e o capitão Benwick agora vivia integralmente com eles. O capitão Harville tinha alugado a residência atual por meio ano: seu gosto, sua saúde e sua fortuna, tudo o direcionou a uma moradia barata e próxima ao mar; e a grandeza da região, bem como a reclusão de Lyme no inverno, parecia exatamente adaptada ao estado de espírito do capitão Benwick. A simpatia e a benevolência estimuladas em relação ao capitão Benwick eram bem grandes.

— Ainda assim — disse Anne para si mesma, agora que se moviam para encontrar o grupo que chegava —, talvez ele não tenha um coração mais triste que o meu. Não posso acreditar que suas perspectivas estejam tão destruídas para sempre. É mais jovem que eu. Mais jovem em sentimento, senão em idade. E mais jovem como um homem. Ele vai recobrar suas forças e ser feliz com outra mulher.

Foram todos apresentados. O capitão Harville era um homem alto e de pele bronzeada, com um semblante sensível e benevolente; era um pouco coxo, e, por causa dos traços fortes e da falta de saúde, parecia bem mais velho que o capitão Wentworth. Já o capitão Benwick parecia, e de fato era, o mais novo dos três, e, comparado a eles, era um homem pequeno. Tinha um rosto agradável e um ar melancólico, exatamente como deveria ter, e evitou as conversas.

O capitão Harville, embora seus modos não se igualassem aos do capitão Wentworth, era um perfeito cavalheiro, sem afetações, caloroso e gentil. A senhora Harville, com uma elegância um pouco inferior à do marido, parecia, entretanto, ter os mesmos bons sentimentos. E nada poderia ser mais agradável que o desejo deles de considerar todos ali amigos, somente por serem amigos do capitão Wentworth, nem poderia ser mais hospitaleiro que as súplicas para que todos prometessem jantar com eles. Ainda que com relutância, o jantar que já havia sido pedido na estalagem foi aceito como desculpa para recusarem o convite, mas eles ficaram bem chateados com o fato de o capitão Wentworth ter trazido amigos para Lyme sem considerar acertado que deveriam jantar com eles.

Havia tanta afeição ao capitão Wentworth nisso tudo, e um encanto tão fascinante naquela hospitalidade tão incomum, tão diferente do estilo tradicional de convites "toma lá dá cá" e jantares cheios de formalidades e exibições, que Anne sentiu que seu estado de espírito dificilmente seria beneficiado pelo aprofundamento das relações com os amigos oficiais. "Todas estas pessoas seriam minhas amigas" era o pensamento dela, que teve de lutar contra uma tendência forte ao abatimento.

Ao deixarem o Cobb, foram todos para dentro da casa dos novos amigos, onde as salas eram tão pequenas que somente aqueles que convidam com o coração podem achar suficientes para acomodar tantas pessoas. Anne sentiu uma surpresa momentânea em relação a isso, mas logo se viu perdida nos sentimentos mais agradáveis que surgiram da visão de todas as engenhosas invenções e dos belos arranjos do capitão Harville para tornar o pequeno espaço o melhor possível, para suprir as deficiências dos móveis baratos e reforçar as janelas e as portas contra as tempestades de inverno que viriam. A diversidade no mobiliário dos aposentos — onde as peças indispensáveis fornecidas pelo proprietário, com a indiferença habitual, contrastavam com alguns artigos de espécies raras de madeira, carpintejados com excelência, e com objetos curiosos e valiosos originários dos muitos países distantes que o capitão

Harville tinha visitado — era mais do que divertida para Anne: conectada, assim como todas as coisas, com a profissão dele, com os frutos de sua labuta, com o efeito dessa influência em seus hábitos, e a imagem de tranquilidade e felicidade doméstica que representava provocou em Anne uma sensação parecida com contentamento.

O capitão Harville não era um leitor, mas havia proporcionado acomodações ótimas e prateleiras bem bonitas e elegantes para uma coleção considerável de volumes bem encadernados, de propriedade do capitão Benwick. O fato de coxear o impedia de praticar muitos exercícios, mas uma mente útil e engenhosa parecia lhe propor atividades constantes dentro de casa. Ele desenhava, ele envernizava, ele carpintejava, ele colava; fazia brinquedos para as crianças; desenvolvia novas agulhas e pinos para redes, com melhorias; e, se tudo o mais já estivesse feito, sentava-se com sua grande rede de pesca em um dos cantos da sala.

Anne achou que tinha deixado uma felicidade grande para trás quando foram embora daquela casa, e Louisa, ao lado de quem ela se viu caminhando, explodiu em arrebatamentos de admiração e satisfação quanto às características da marinha — sua simpatia, sua fraternidade, sua franqueza, sua retidão; e declarou estar convencida de que os marinheiros tinham mais valor e afeição que qualquer outro grupo de homens na Inglaterra, que somente eles sabiam viver e somente eles mereciam ser respeitados e amados.

Eles voltaram para a estalagem para trocar de roupa e jantar, e tão certo tinham dado os planos da viagem até o momento que nada lhes parecia faltar, embora o fato de estarem "tão fora de temporada" e o "isolamento de Lyme" e a "ausência de pessoas" tivessem provocado vários pedidos de desculpa por parte dos donos da estalagem.

Nesse momento, Anne percebeu que estava bem mais endurecida por estar na companhia do capitão Wentworth do que ela imaginara a princípio ser possível, que se sentar à mesa com ele agora e trocar civilidades usuais durante as refeições (eles nunca passavam disso) tinha se reduzido a nada.

As noites eram escuras demais para que as damas voltassem a se encontrar antes do dia seguinte, mas o capitão Harville lhes havia prometido uma visita noturna, e ele veio, trazendo junto o amigo, o que excedia as expectativas de todos, pois haviam concordado que o capitão Benwick parecera completamente oprimido pela presença de tantos estranhos. Ele se aventurara entre o grupo, porém, embora seu ânimo sem dúvida não parecesse adequado ao júbilo geral.

Enquanto os capitães Wentworth e Harville conduziam a conversa de um lado da sala e, recorrendo a dias passados, forneciam anedotas numa abundância que ocupava e entretinha os outros, sobrou para Anne ficar mais afastada com o capitão Benwick, e um impulso muito bondoso de sua própria natureza a instigou a procurar conhecê-lo. Ele era tímido e inclinado à abstração, mas a delicadeza envolvente do semblante dela e a gentileza de seus modos logo produziram efeitos, e Anne recebeu uma boa retribuição ao seu empenho inicial. Era evidente que se tratava de um rapaz com um gosto considerável em matéria de leitura, apesar de principalmente em poesia; e, além de estar convencida de ter lhe dado ao menos uma noite de indulgência na discussão desses assuntos, com os quais os companheiros habituais dele provavelmente não se importavam, ela esperava lhe ser útil de verdade com algumas sugestões referentes ao dever e ao benefício de lutar contra a aflição, o que naturalmente emergiu durante a conversa. Pois, embora tímido, não parecia ser reservado, mas sim que seus sentimentos se soltavam das restrições usuais com alegria; e, tendo conversado sobre poesia, a riqueza da era atual, e passado por uma comparação rápida de opiniões a respeito dos poetas de primeira categoria, tentando averiguar se preferia *Marmion* ou *A dama do lago*[35] e como se classificavam *Giaour* e *A noiva de Abydos*[36] e também como se pronunciava *"Giaour"*, ele se mostrou tão intimamente familiarizado com todos os versos mais ternos de um dos poetas e com todas as descrições apaixonadas de agonia desesperançada do outro, repetiu trêmulo com tanto sentimento as diversas linhas que descreviam um coração partido ou uma mente destruída pelo infortúnio, e parecia tanto que desejava ser compreendido, que ela ousou recomendar-lhe que não só lesse poesia, e a dizer que achava que a infelicidade da poesia raramente era apreciada com segurança por aqueles que a apreciavam profundamente; e que os seres com sentimentos mais intensos, que eram os únicos que poderiam verdadeiramente avaliá-la, eram precisamente os que deveriam prová-la com mais moderação.

Porque os olhares dele não mostravam dor, mas satisfação diante da alusão à sua situação, ela se sentiu encorajada a prosseguir. Sentindo em

---

35. Poemas de Sir Walter Scott (1771-1832), romancista, poeta, historiador e biógrafo escocês. Quando citado em *Persuasão*, ele ainda não tinha recebido o título de *sir*, por isso posteriormente é citado como "senhor Scott".
36. Poemas de lorde Byron (1788-1824), poeta inglês romântico e satírico.

si mesma o direito concedido pela maturidade da mente, aventurou-se a recomendar uma maior dedicação à prosa no estudo diário dele; ao ser requisitada a detalhar, ela mencionou todos os trabalhos de nossos melhores moralistas, todas as coleções das mais belas cartas, todas as memórias de personalidades de valor e de sofrimento que lhe ocorreram no momento, calculados para despertar e fortalecer a mente pelos preceitos mais elevados e os maiores exemplos de persistência moral e religiosa.

O capitão Benwick ouviu com atenção e pareceu grato pelo interesse demonstrado, e, embora tenha balançado a cabeça e suspirado de modo a afirmar sua pouca esperança em relação à eficácia de qualquer livro diante de um luto como o dele, anotou os títulos recomendados por ela e prometeu procurá-los e lê-los.

Quando a noite chegou ao fim, Anne não podia deixar de achar graça na ideia de ela ter vindo a Lyme para pregar paciência e resignação a um jovem que nunca tinha visto, nem podia evitar temer, ao refletir mais seriamente, que, assim como diversos outros grandes moralistas e pregadores, ela havia sido eloquente em relação a um ponto no qual sua própria conduta não resistiria a um exame minucioso.

Capítulo XII

Anne e Henrietta, tendo levantado mais cedo que todos os outros na manhã seguinte, concordaram em passear até a praia antes do café da manhã. Foram até a areia observar o vaivém da maré, à qual uma gostosa brisa vinda do sudeste era trazida com toda a imponência que só uma costa plana permitia. Elas elogiaram a manhã, admiraram o mar, concordaram que a brisa refrescante era um deleite... e caíram no silêncio, até que Henrietta de repente retomou a conversa:

— Oh, sim! Estou bem convencida de que, com raras exceções, o ar marítimo sempre faz bem. Não há dúvida de que foi de grande utilidade para o doutor Shirley, depois da doença dele, na primavera do ano passado. Ele mesmo diz isso, que ter vindo a Lyme por um mês lhe fez mais bem que todos os remédios que tomou, e que ficar próximo ao mar sempre o faz se sentir mais jovem. Mas não consigo deixar de pensar que é uma pena que ele não viva sempre perto do mar. Acho mesmo que ele deveria deixar Uppercross e se mudar para Lyme. Você não acha, Anne? Não concorda comigo que seria a melhor coisa que ele poderia fazer, tanto para si mesmo quanto para a senhora Shirley? Ela tem primas aqui, sabe, e vários conhecidos, o que seria uma alegria para ela. E tenho certeza de que ela ficaria satisfeita de estar num lugar onde poderia ter atendimento médico à mão, para o caso de ele ter outra convulsão. De fato, acho bem triste que pessoas tão excelentes como o doutor e a senhora Shirley, que a vida toda têm feito o bem, desperdicem seus últimos dias em um lugar como Uppercross, onde, a não ser pelo contato com a minha família, eles parecem fechados para o mundo. Gostaria que os amigos dele lhe propusessem isso. Acho mesmo que deveriam. Quanto à dispensa em si, não poderia haver nenhuma dificuldade a esta altura da vida dele e com sua reputação. Minha única dúvida é se haveria algo que pudesse persuadi-lo a deixar a paróquia. Ele é tão severo e escrupuloso em seus conceitos; escrupuloso demais, eu diria. Não acha, Anne, que é escrupuloso demais? Não acha que é um equívoco um clérigo sacrificar sua saúde para cumprir com deveres que poderiam muito bem ser conduzidos por outra pessoa? E em Lyme, a apenas dezessete milhas de distância, ele também estaria perto o suficiente para ouvir caso as pessoas achassem que houvesse algo de que reclamar.

Anne sorriu para si mesma mais de uma vez durante esse discurso e adentrou no tópico pronta para fazer o bem ao mergulhar tanto nos sentimentos de uma moça como nos de um rapaz, embora aqui fosse um bem de padrão mais baixo, pois o que poderia oferecer além de uma aquiescência geral? Ela disse tudo o que era razoável e apropriado em relação ao assunto; recebeu como deveria as alegações para que o doutor Shirley descansasse; observou quão desejável era que ele tivesse um jovem ativo e respeitável como um pároco residente, e foi até cortês o bastante para insinuar a vantagem de que o pároco residente fosse casado.

— Eu gostaria — disse Henrietta, bastante satisfeita com sua acompanhante — que Lady Russell morasse em Uppercross e que fosse íntima do doutor Shirley. Sempre ouvi dizer que Lady Russell é uma mulher de grande influência sobre todos! Sempre a achei capaz de persuadir uma pessoa a fazer qualquer coisa! Tenho medo dela, como já contei antes, muito medo, porque ela é muito, muito inteligente; mas a respeito incrivelmente e gostaria que tivéssemos uma vizinha assim em Uppercross.

Anne achou graça no modo como Henrietta demonstrou sua gratidão, e achou graça também que o curso de eventos e os novos interesses das opiniões de Henrietta colocassem sua amiga em posição favorável para qualquer um da família Musgrove. Contudo, teve tempo somente para uma resposta genérica e para desejar que outra mulher como ela estivesse em Uppercross, antes que todos os assuntos cessassem de repente, ao verem Louisa e o capitão Wentworth se aproximando. Eles também tinham vindo para uma caminhada até que o café da manhã estivesse pronto, mas Louisa, lembrando-se logo depois de que tinha alguma coisa para procurar numa loja, convidou todos para voltarem com ela à cidade. Todos se colocaram à sua disposição.

Quando chegaram aos degraus que subiam a partir da praia, um cavalheiro, que naquele momento se preparava para descer, educadamente recuou e parou para lhes dar passagem. Eles subiram e cruzaram com ele. Conforme passavam, o rosto de Anne atraiu-lhe o olhar, e ele a fitou com tal grau de admiração e interesse que ela não foi capaz de ficar insensível. Ela estava com a aparência notavelmente boa; seus traços bem regulares e bonitos tinham recuperado o florescer e o frescor da juventude com o vento agradável que havia soprado sua pele e com a animação do olhar que também tinha provocado. Era evidente que o cavalheiro (um cavalheiro completo em seus modos) a admirou extremamente. O capitão Wentworth fitou-a por um instante de um modo que evidenciou que ele havia percebido isso. Ele lhe direcionou um olhar momentâneo, um olhar vivo, que pareceu dizer: "Aquele homem está admirado por você, e mesmo eu, neste momento, vejo algo de novo em Anne Elliot".

Depois de acompanharem Louisa durante todo o evento dela e se demorarem um pouco mais, eles voltaram à estalagem. Anne, ao passar rapidamente de seu próprio quarto para a sala de jantar, quase trombou com o mesmo cavalheiro enquanto ele saía do dormitório adjacente. Ela conjecturara antes que se tratava de um forasteiro como eles, e tinha determinado que um lacaio de boa aparência, que estava vagando próximo às duas estalagens quando eles retornaram, deveria ser o criado dele. O fato de tanto o mestre quanto o homem estarem de luto amparava a ideia. Agora estava provado que ele pertencia à mesma estalagem que eles, e esse segundo encontro, rápido como foi, novamente comprovou, pelo olhar do cavalheiro, que ele a considerara encantadora e, pela prontidão e justeza de seu pedido de desculpas, que ele era um homem excepcionalmente educado. Ele parecia ter cerca de trinta anos e, embora não fosse bonito, tinha uma fisionomia agradável. Anne sentiu que gostaria de saber quem ele era.

Estavam quase terminando o café da manhã quando o som de uma carruagem (talvez a primeira que ouviram desde a chegada em Lyme) levou metade do grupo à janela. Era a carruagem de um cavalheiro, um *curricle*, vindo do estábulo até a porta da frente — alguém devia estar de partida. Era conduzido por um criado enlutado.

A palavra *curricle* fez Charles Musgrove dar um salto, e ele foi vê-la para comparar com o seu próprio; o criado enlutado atiçou a curiosidade de Anne; e todos os seis se aglomeraram junto à janela a tempo de ver o proprietário do *curricle* saindo pela porta, em meio a reverências e civilidades da criadagem, e tomando seu assento antes de partir.

— Ah! — exclamou o capitão Wentworth. E com uma olhada rápida para Anne: — É o mesmo homem por quem passamos.

As senhoritas Musgroves concordaram; e, tendo todos o observado subir a colina até o perderem de vista, retornaram à mesa de café da manhã. O garçom entrou na sala logo depois.

— Por favor — disse imediatamente o capitão Wentworth —, sabe nos dizer o nome daquele cavalheiro que acabou de sair?

— Sim, senhor. Era o senhor Elliot, cavalheiro de grande fortuna, chegou na noite passada de Sidmouth. Ouso afirmar que o senhor ouviu a carruagem quando estava jantando. Agora ele vai até Crewkherne, a caminho de Bath e Londres.

— Elliot!

Muitos se entreolharam e muitos repetiram o nome antes de a frase terminar, mesmo diante da rapidez sagaz de um garçom. — Minha nossa! — exclamou Mary. — Deve ser nosso primo. Só pode ser nosso senhor Elliot, só pode, é verdade! Charles, Anne, não acham o mesmo? Enlutado, vejam, assim como nosso senhor Elliot deve estar. Que extraordinário! Na mesma estalagem que nós! Anne, não acha que deve ser nosso senhor Elliot, o próximo herdeiro de papai? Por favor, senhor — disse ela, voltando-se para o garçom —, por acaso não ouviu, o criado dele não comentou se ele pertencia à família de Kellynch? — Não, senhora. Ele não mencionou nenhuma família em particular. Mas disse que seu amo era um cavalheiro muito rico e que um dia se tornaria baronete. — Vejam só! — comentou Mary em êxtase. — Exatamente o que eu disse! Herdeiro de Sir Walter Elliot! Tenho certeza de que isso viria à tona se fosse o caso. Garanto-lhes que essa é uma circunstância a qual os criados deles fazem questão de noticiar aonde quer que ele vá. Mas, Anne, imagine só que extraordinário! Gostaria de tê-lo olhado mais. Gostaria que tivéssemos sabido antes quem ele era, de modo que ele nos fosse apresentado. Que pena que não pudemos ser apresentados! Acha que ele tinha a aparência dos Elliots? Mal olhei para ele, estava prestando atenção nos cavalos. Mas acho que ele tinha algo da aparência dos Elliots. Admira-me eu não ter reconhecido o brasão! Oh! A cobertura devia estar tapando o painel, de modo que escondeu o brasão, sem dúvida; senão, tenho certeza de que eu o teria visto. E a libré do criado também: se ele não estivesse enlutado, daria para identificar a família pela libré.

— Ao se somarem todas essas circunstâncias muito extraordinárias — comentou o capitão Wentworth —, devemos considerar como um arranjo da Providência o fato de vocês não terem sido apresentadas ao seu primo.

Quando conseguiu atrair a atenção de Mary, Anne discretamente tentou convencê-la de que o pai delas e o senhor Elliot não tinham, durante muitos anos, estado em bons termos, de modo que a tentativa de se apresentarem não era nem um pouco desejável.

Ao mesmo tempo, contudo, foi-lhe uma gratificação secreta ver o primo e saber que o futuro proprietário de Kellynch era indiscutivelmente um cavalheiro e tinha uma aparência sensata. De modo algum ela mencionaria que o tinha visto duas vezes; felizmente Mary não sabia que ela havia cruzado com ele durante sua caminhada matinal, pois a irmã teria se sentido maltratada pelo fato de ter sido Anne quem de fato o encontrara na passagem e recebera o pedido de desculpas educado enquanto ela mesma jamais estivera perto dele. Não... Aquele breve colóquio deveria permanecer um segredo absoluto.

— E, claro — disse Mary —, você deve mencionar que vimos o senhor Elliot na sua próxima carta para Bath. Acho que meu pai certamente deve saber disso. Conte tudo sobre ele.

Anne evitou uma resposta direta, porque era justamente uma circunstância que ela não só considerava meramente desnecessária de ser comunicada como acreditava que deveria ser suprimida. Da ofensa que tinha sido feita ao pai dela, tantos anos atrás, ela sabia; de qual fora a participação de Elizabeth, ela suspeitava; e de que a simples menção ao senhor Elliot causava irritação nos dois, não restava dúvida. Mary nunca escreveu ela mesma a Bath; toda a labuta de manter uma correspondência lenta e insatisfatória com Elizabeth recaía sobre Anne.

Não fazia muito tempo que o café da manhã havia acabado quando receberam a visita do capitão e da senhora Harville e do capitão Benwick, com quem haviam combinado de fazer a última caminhada deles por Lyme. Eles deveriam partir para Uppercross à uma, e nesse ínterim estariam tão juntos e ao ar livre quanto possível.

Anne sentiu que o capitão Benwick se aproximava dela assim que todos estavam propriamente na rua. A conversa que tiveram na noite anterior não o desestimulou a procurá-la de novo, e eles caminharam juntos por um tempo, discutindo, como antes, sobre o senhor Scott e lorde Byron e tão incapazes como antes — tão incapazes quanto quaisquer outros dois leitores — de concordar plenamente quanto aos méritos dos dois, até que algo provocou uma alteração quase completa no grupo e, em vez do capitão Benwick, ela encontrou o capitão Harville ao seu lado.

— Senhorita Elliot — disse ele com a voz bem baixa —, você praticou uma boa ação ao fazer meu pobre camarada falar tanto. Gostaria que ele tivesse uma companhia assim com mais frequência. Faz mal a ele, sei disso, ser fechado assim. Mas o que podemos fazer? Não conseguimos nos separar.

— Não — disse Anne. — Consigo facilmente ver que isso é impossível. Mas com o tempo, talvez... Sabemos o que faz o tempo em todos os casos de aflição, e o senhor deve se lembrar, capitão Harville, de que seu amigo é o que chamam de viúvo recente. Foi no verão passado, se me lembro bem.

— Ah, verdade — ele soltou um suspiro profundo. — Foi em junho deste ano.

— E ele talvez tenha demorado a saber.

— Não antes da primeira semana de agosto, quando voltava do Cabo para casa. Tinha acabado de embarcar na *Grappler*. Eu estava em Plymouth, temendo receber notícias dele. Ele enviou cartas, mas a *Grappler* tinha recebido ordens para ficar em Portsmouth. Ali as notícias deviam chegar até ele, mas quem é que iria contar? Eu não. Eu teria antes me submetido à pena capital no mastro. Ninguém conseguia contar, mas aquele bom camarada... — ele apontou para o capitão Wentworth.

— A *Laconia* tinha chegado a Plymouth uma semana antes, sem risco de voltar para o mar. Ele abriu mão da oportunidade de descanso, escreveu um pedido de licença e, sem esperar pela resposta, viajou noite e dia até chegar a Portsmouth, remou até a *Grappler* no mesmo instante, e durante uma semana não deixou nosso pobre amigo. Foi isso que ele fez, e ninguém mais poderia ter salvado o pobre James. Imagine, senhorita Elliot, quão querido ele é para nós!

Anne de fato conseguia imaginá-lo perfeitamente e respondeu o que seus próprios sentimentos lhe permitiam ou que os dele pareciam capazes de suportar, pois ele ficou abalado demais para retomar o tópico, e, quando voltou a falar, foi de outra coisa totalmente diferente.

Quando a senhora Harville considerou que, ao chegarem à frente da casa deles, o marido já teria caminhado o suficiente, determinou a direção que o grupo todo deveria tomar em seu último passeio: eles os acompanhariam até a porta da casa deles e então retornariam para arrumar as coisas a fim de voltar para a sua. Pelos seus cálculos, não havia tempo para nada além disso. Porém, quando se aproximaram do Cobb, o desejo de caminhar por ele mais uma vez era tão universal, todos estavam tão dispostos a tanto, e logo Louisa ficou tão determinada, que um atraso de quinze minutos, eles chegaram à conclusão, não faria diferença alguma; assim, depois de toda a amigável despedida e de toda a amigável troca de convites e promessas que se possa imaginar, eles se separaram do capitão e da senhora Harville à porta deles e, ainda acompanhados do capitão Benwick, que parecia pendurado neles até o último instante, seguiram para dar um adeus adequado ao Cobb.

Anne notou que o capitão Benwick novamente se aproximava dela. Os "mares azul-escuro" de lorde Byron não podiam evitar ser citados diante da paisagem que se apresentava, e ela deu-lhe contente toda a sua atenção, no limite de atenção que era possível dar. Logo, a atenção inevitavelmente se desviou para outra coisa.

O vento estava forte demais para que o passeio pela parte mais alta do novo Cobb fosse agradável para as damas, por isso todos concordaram em seguir pelo nível inferior, e estavam todos satisfeitos em descer tranquila e cuidadosamente os degraus, exceto Louisa; ela queria saltar e ser pega pelo capitão Wentworth. Em todas as caminhadas que fizeram, ele tinha de ajudá-la a pular os degraus; a sensação era maravilhosa para ela. A dureza do pavimento sob os pés dela o deixou menos estimulado nesse momento; contudo, ele cedeu. Ela foi baixada em segurança e, para mostrar quanto apreciara, imediatamente subiu correndo os degraus para saltar de novo. Ele lhe recomendou que não fizesse isso, considerou excessiva a altura; mas argumentou e falou em vão. Ela sorriu e disse:

— Estou determinada a pular.

Ele ergueu os braços, mas ela estava meio segundo adiantada e caiu no chão do Baixo Cobb. Quando foi erguida, estava morta! Não havia ferimento, sangue nem uma contusão visível; mas seus olhos estavam fechados, ela não respirava e seu rosto parecia a morte. O horror daquele momento fez todos congelarem ao redor!

O capitão Wentworth, que a tinha erguido, ajoelhou-se com ela nos braços, olhando-a com o rosto tão pálido quanto o dela, numa agonia silenciosa.

— Ela morreu! Ela morreu! — gritava Mary, agarrando-se ao marido e contribuindo para o horror pessoal dele a ponto de deixá-lo imóvel.

No momento seguinte, Henrietta, cedendo a essa mesma convicção, perdeu o juízo também, e teria caído dos degraus se não fosse pelo capitão Benwick e por Anne, que a pegou e a segurou entre eles dois.

— Não há ninguém para me ajudar? — foram as primeiras palavras que explodiram da boca do capitão Wentworth, num tom desesperado, como se toda a sua força tivesse lhe deixado.

— Vá ajudá-lo, vá — gritou Anne. — Pelo amor de Deus, vá ajudá-lo. Consigo segurá-la sozinha. Deixe-me e vá ajudá-lo. Esfregue as mãos dela, esfregue as têmporas. Aqui estão uns sais, leve-os, leve-os.

O capitão Benwick obedeceu, assim como Charles, que no mesmo momento se soltou da esposa, e logo os dois foram ajudar. Louisa foi erguida e sustentada com mais firmeza entre os dois, e tudo o que Anne sugerira foi feito, mas em vão. Enquanto isso, o capitão Wentworth cambaleou até o muro para se apoiar e exclamou na mais amarga agonia:

— Oh, Deus! O pai e a mãe dela!

— Um médico! — disse Anne.

Tal palavra pareceu despertá-lo de imediato. Ele falou apenas "É verdade, é verdade, um médico imediatamente", e estava já saindo em disparada quando Anne sugeriu ansiosa:

— O capitão Benwick. Não seria melhor se o capitão Benwick fosse? Ele sabe onde um médico pode ser encontrado.

Todos que eram capazes de pensar consideraram essa ideia melhor, e num instante (tudo aconteceu muito rápido) o capitão Benwick deixou a figura com aspecto de cadáver aos cuidados do irmão e saiu em direção à cidade em alta velocidade.

Quanto ao lamentável grupo deixado para trás, era difícil dizer quem dos três que permaneciam completamente racionais sofria mais: o capitão Wentworth, Anne ou Charles, que, como um irmão verdadeiramente afeiçoado, abraçava-se a Louisa com soluços pesarosos e só conseguia desviar o olhar de uma irmã para ver a outra num estado tão perturbado quanto o seu, ou para testemunhar as agitações histéricas da esposa, pedindo-lhe uma ajuda que ele não era capaz de dar.

Anne, cuidando de Henrietta com toda a força, o zelo e a consideração que o instinto lhe provia, ainda tentava, em intervalos, confortar os outros: tentava acalmar Mary, animar Charles, aliviar os sentimentos do capitão Wentworth. Os dois homens pareciam aguardar suas orientações.

— Anne, Anne — chamou Charles —, o que devemos fazer agora? O que, pelo amor de Deus, devemos fazer agora?

Os olhos do capitão Wentworth também tinham se voltado para ela.

— Não seria melhor levá-la para a estalagem? Tenho certeza de que sim. Carregue-a com cuidado até a estalagem.

— Sim, sim, para a estalagem — repetiu o capitão Wentworth, relativamente sereno e ansioso por fazer alguma coisa. — Eu mesmo vou carregá-la. Musgrove, cuide das outras.

A esta altura, a notícia do acidente tinha se disseminado por meio dos trabalhadores e pescadores do Cobb, e muitos tinham se aproximado, para o caso de poderem ser úteis, mas, de qualquer modo, a fim de apreciar a visão de uma moça morta... não, de duas moças mortas, pois a história se provou duplamente melhor que a notícia inicial. Para alguns de melhor aparência entre essas boas pessoas, Henrietta foi confiada, pois, embora estivesse parcialmente recuperada, ainda estava desamparada demais; e, desse modo, com Anne andando ao lado dela, e

Charles amparando a esposa, eles seguiram adiante, pisando mais uma vez, com sentimentos inexprimíveis, o chão pelo qual fazia tão pouco tempo — tão, tão pouco tempo —, e com o coração tão leve, que eles haviam passado.

Eles não tinham ainda saído do Cobb quando o casal Harville os encontrou. O capitão Benwick foi visto passando correndo pela casa deles, com um semblante que denunciava que havia algo errado. Eles saíram imediatamente, receberam informações e direções conforme avançavam em direção ao local do acidente. Embora chocado, o capitão Harville trouxe sensatez e calma, que tinham uma utilidade instantânea, e um olhar entre ele e a esposa decidiu o que deveria ser feito. Louisa deveria ser levada para a casa deles; todos deveriam ir para a casa deles e aguardar lá a chegada do médico. Não houve nenhuma hesitação. O capitão foi obedecido, e todos se viram debaixo do seu teto. Enquanto Louisa, sob as instruções da senhora Harville, foi levada para o andar de cima, onde tomou posse da cama da dona da casa, assistência, licores e tônicos foram fornecidos pelo marido dela a todos que necessitassem.

Louisa abriu os olhos uma vez, mas logo os fechou de novo, sem aparentar nenhuma consciência. Contudo, isso tinha bastado como prova de vida à irmã, e Henrietta, ainda que completamente inapta a permanecer no mesmo quarto que Louisa, foi poupada, pela agitação da esperança e do medo, de um novo desfalecimento. Mary também se acalmava.

O médico juntou-se a eles antes do que parecia possível. Eles se sentiram doentes de horror durante o exame, mas o médico não havia perdido a esperança. A cabeça dela sofrera uma contusão grave, porém ele tinha visto recuperações de ferimentos piores; de modo algum estava desesperançado, disse num tom otimista.

O fato de não ter considerado o caso desesperador, nem dito que em poucas horas tudo acabaria, excedeu a princípio as expectativas de todos; pode-se conceber o êxtase de tal alívio e o júbilo profundo e silencioso depois que algumas exclamações fervorosas de gratidão aos céus tinham sido oferecidas.

O tom e o modo como o capitão Wentworth murmurou "Graças a Deus!" não poderiam ser esquecidos por Anne, nem a cena que viu depois, dele sentado próximo a uma mesa, debruçado sobre ela, com os braços cruzados e o rosto escondido, como se tivesse sido subjugado pelos diversos sentimentos de sua alma e tentasse, por meio da oração e da reflexão, acalmá-los.

Os membros de Louisa tinham escapado; não havia ferimentos exceto na cabeça.

Agora, tornava-se necessário ao grupo considerar o que era melhor fazer quanto à situação geral. Já eram capazes de conversar e consultar uns aos outros. Não havia dúvida de que Louisa precisava ficar onde estava, não importasse quão difícil seria aos seus amigos envolver os Harvilles em tal problema. A remoção da moça era impossível. Os Harvilles consentiram e, tanto quanto conseguiram, dispensaram todos os agradecimentos. Eles tinham se antecipado e arrumado tudo antes que os outros começassem a pensar a respeito. O capitão Benwick cederia seu quarto e arranjaria uma cama em outro lugar; a situação toda estava acertada. Eles só estavam preocupados com o fato de que a casa não podia acomodar mais ninguém; mesmo assim, talvez "colocando as crianças no quarto da criada ou montando uma cama improvisada em algum lugar", eles mal suportavam pensar em não achar espaço para mais duas ou três pessoas, supondo que desejassem ficar, embora, no que dissesse respeito a qualquer acompanhamento da senhorita Musgrove, não era preciso a menor preocupação em deixá-la totalmente aos cuidados da senhora Harville. A senhora Harville era uma enfermeira bastante experiente, e também o era sua criada-enfermeira, que havia muito vivia com ela, tendo acompanhado a senhora para todo lado. Com essas duas, a menina não poderia desejar mais assistência, dia e noite. E tudo isso foi dito com uma verdade e uma sinceridade de sentimento irresistíveis.

Charles, Henrietta e o capitão Wentworth mantinham um diálogo que por um tempo era somente uma troca de perplexidade e horror. "Uppercross, a necessidade de alguém ir a Uppercross, de que a notícia fosse dada, como a notícia deveria ser dada ao senhor e à senhora Musgrove, o adiantado da hora naquela manhã, uma hora já passada do horário em que eles deveriam ter saído, a impossibilidade de que chegassem num tempo admissível." A princípio, eles não eram capazes de fazer mais nada além de tais exclamações, porém, pouco depois o capitão Wentworth, fazendo um esforço pessoal, disse:

— Devemos tomar uma decisão sem perder nem mais um minuto sequer. Qualquer minuto é valioso. Alguém deve ir a Uppercross agora mesmo. Musgrove, você ou eu devemos ir.

Charles concordou, mas declarou sua determinação de não sair dali. Ele seria o menor estorvo possível para o capitão e a senhora Harville, mas, quanto a deixar a irmã em tal estado, ele não poderia nem o faria.

Isso estava decidido, e Henrietta inicialmente declarou o mesmo. Ela, contudo, logo foi convencida a mudar de opinião. Qual utilidade de sua presença ali? Dela, que não tinha sido capaz de ficar no mesmo quarto que Louisa ou de olhar para a irmã sem ser acometida por sofrimentos que a deixavam ainda mais inválida! Ela foi forçada a admitir que não teria nenhuma utilidade, mas ainda não estava disposta a ir até que, tocada pela lembrança do pai e da mãe, desistiu; ela aceitou e ficou ansiosa para voltar para casa.

O plano tinha chegado a esse ponto quando Anne, vindo silenciosamente do quarto de Louisa, não pôde evitar ouvir o que se seguiu, visto que a porta da saleta estava aberta.

— Então está resolvido, Musgrove — disse o capitão Wentworth. — Você fica, e eu levo sua irmã para casa. Quanto ao restante, aos demais do nosso grupo, se uma pessoa for ficar para ajudar a senhora Harville, só pode ser uma. A senhora Charles Musgrove vai, com certeza, querer voltar para casa, a fim de ficar com seus filhos. Mas, se Anne quiser ficar, não há ninguém mais apropriado nem mais capaz que Anne.

Ela parou por um momento para se recuperar da emoção de ouvi-lo falar daquele modo dela. Os outros dois concordaram calorosamente com o que ele dissera, e então ela entrou na saleta.

— Tenho certeza de que você quer ficar. Ficar e cuidar dela — emendou ele, virando-se para ela e falando com um ardor, ainda que com uma delicadeza, que pareceu quase restaurar o passado. Ela enrubesceu profundamente, e ele se recompôs e se afastou. Ela estava disposta, pronta e feliz de ficar, e assim se expressou. "Era no que eu estava pensando e o que desejava que pudesse fazer. Um colchão no chão do quarto de Louisa bastaria, se a senhora Harville concordasse."

Mais um detalhe, e tudo pareceu acertado. Embora fosse até desejável que o senhor e a senhora Musgrove se alarmassem previamente com certo atraso, o tempo que os cavalos de Uppercross demorariam para levá-los de volta seria uma prorrogação terrível do suspense; assim, o capitão Wentworth propôs, e Charles Musgrove concordou, que seria bem melhor se ele pegasse emprestado um cabriolé da estalagem e deixasse a carruagem e os cavalos do senhor Musgrove para serem enviados para casa na manhã seguinte, quando poderiam ter a vantagem adicional de levar notícias sobre a noite de Louisa.

O capitão Wentworth agora corria para deixar tudo pronto de sua parte, e para logo ser seguido pelas duas damas. Quando o plano foi descoberto por Mary, porém, foi o fim de toda a paz. Ela ficou bastante infeliz e com muita veemência reclamou um bocado da injustiça de esperarem que ela fosse embora, em vez de Anne; Anne, que não era nada de Louisa, enquanto ela era irmã da doente e tinha mais direito de ficar no lugar de Henrietta! Por que ela não seria tão útil quanto Anne? Ainda por cima, iria embora sem Charles, sem o marido! Não, era cruel demais. Em resumo, ela falou mais do que o marido pôde suportar e, como ninguém mais podia se opor quando ele cedeu, não havia mais o que fazer: a troca de Anne por Mary era inevitável.

Anne jamais se sentira tão relutante em ceder à inveja e às injustas reivindicações de Mary. Contudo não havia jeito, e eles então foram até a cidade; Charles tomando conta da irmã, e o capitão Benwick a acompanhando. Ela reservou um momento para se recordar, enquanto se apressavam, das pequenas circunstâncias que aqueles mesmos lugares tinham testemunhado mais cedo naquela manhã. Ali, ela ouvira os esquemas de Henrietta para o doutor Shirley deixar Uppercross; mais adiante, foi onde ela vira pela primeira vez o senhor Elliot; um instante parecia ser tudo o que agora era oferecido a qualquer um, exceto a Louisa ou àqueles envolvidos em seus cuidados.

O capitão Benwick foi muito atencioso com ela; e, unidos como todos pareciam estar pela aflição do dia, ela sentiu aumentar sua afeição por ele, e lhe foi um prazer até pensar que talvez fosse o caso de manterem contato.

O capitão Wentworth já os estava aguardando com uma carruagem de quatro cavalos estacionada, para a conveniência delas, na parte mais baixa da rua. Entretanto, a surpresa evidente e a frustração que ele demonstrou com a substituição de uma irmã pela outra, a mudança em seu semblante, a perplexidade, as expressões que apareceram e foram encobertas durante o relato de Charles, tudo isso tornou a situação humilhante para Anne, ou ao menos a convenceu de que ela era valorizada somente porque tinha utilidade para Louisa.

Ela esforçou-se para se manter serena e para ser justa. Sem imitar os sentimentos de uma Emma em relação ao seu Henry,[37] ela teria, por

---

37. Referência ao poema "Henry and Emma" [Henry e Emma] (1709), de Matthew Prior (1664-
-1721), inspirado na balada ainda mais antiga "The Nut-Brown Maid" [A aia de cabelo castanho], do bispo Thomas Percy (1729-1811). No poema, Emma não hesita em declarar que seguirá Henry aonde for, tamanho seu sentimento. Henry elenca todos os problemas que enfrentarão e chega inclusive a dizer que tem uma amante, mas Emma afirma que, mesmo na companhia da rival, deseja ficar com o amado. No fim, todos esses problemas e a amante não passavam de uma farsa de Henry para testar o amor de Emma.

ele, cuidado de Louisa com um zelo superior ao que exige a estima; e esperava que ele não fosse tão injusto a ponto de supor que ela declinasse desnecessariamente de ajudar uma amiga.

Nesse meio-tempo, ela se viu na carruagem. Ele havia auxiliado as duas a subir e se colocou entre elas. E foi assim, nessas circunstâncias repletas de espanto e emoção para Anne, que ela deixou Lyme. Como aquele longo período iria passar, como iria afetar os modos deles, que tipo de diálogo teriam, ela não conseguia prever. Porém, tudo aconteceu bem naturalmente. Ele se dedicou a Henrietta, sempre se voltando para ela; e, quando chegava a falar, era sempre com o objetivo de apoiar as esperanças e elevar o ânimo dela. Em geral, a voz e os modos dele estavam calculadamente tranquilos. Poupar Henrietta de agitações parecia ser o princípio governante. Apenas uma vez, quando ela se queixava da última caminhada, imprudente e infeliz, que fizeram pelo Cobb, ele irrompeu em fala, como se tivesse sido subjugado:

— Não fale disso, não fale — implorou. — Oh, Deus! Se eu não tivesse falhado no momento fatal! Se eu tivesse cumprido meu dever! Mas ela é tão ansiosa e tão determinada! Cara e doce Louisa!

Anne se perguntou se ocorria a ele agora questionar a legitimidade de sua opinião anterior a respeito da felicidade universal e da vantagem da firmeza de caráter; e se ele não refletia sobre como essa, assim como todas as outras qualidades morais, não deveria ter proporções e limites. Ela pensou que ele dificilmente não consideraria que um temperamento maleável poderia às vezes ser tão favorável à felicidade quanto um caráter muito resoluto.

Eles seguiram depressa. Anne ficou impressionada ao reconhecer as colinas e os objetos que lhe eram familiares tão cedo. A velocidade, aumentada por algum temor do que pudesse ocorrer na chegada, fez a estrada parecer ter metade do tamanho que no dia anterior. Já caía o crepúsculo, porém, antes que chegassem aos arredores de Uppercross, e houvera um silêncio total entre eles por algum tempo — com Henrietta com a cabeça apoiada num canto e um xale cobrindo o rosto, dando a esperança de que tinha dormido depois de tanto chorar —, quando, à medida que subiam a última colina, Anne viu-se de repente interpelada pelo capitão Wentworth. Com uma voz baixa e cautelosa, ele disse:

— Estive considerando o que seria melhor fazer. Ela não deve aparecer a princípio. Ela não suportaria. Fiquei pensando se não seria melhor você ficar com ela na carruagem enquanto eu vou dar a notícia para o senhor e a senhora Musgrove. Acha que é um bom plano?

Ela respondeu que sim. Ele ficou satisfeito e não disse mais nada.

Entretanto a lembrança do apelo permaneceu um prazer para ela; como uma prova de amizade e de deferência ao julgamento dela, foi um grande prazer; e, quando se tornou uma espécie de despedida entre os dois, seu valor não diminuiu.

Quando o doloroso comunicado em Uppercross encerrou-se, e ele certificou-se de que o pai e a mãe estavam o mais calmos possível, e a filha num estado bem melhor por estar junto deles, o capitão Wentworth anunciou sua intenção de voltar a Lyme na mesma carruagem. Tão logo os cavalos foram alimentados, ele partiu.

Capítulo XIII

O restante do tempo de Anne em Uppercross — somente dois dias — foi passado por inteiro na mansão; e ela teve a satisfação de ser de extrema utilidade ali, tanto como uma companhia direta quanto como auxiliar de todos os preparativos para o futuro, o que, no estado de espírito aflitivo do senhor e da senhora Musgrove, teria sido complicado de fazer.

Receberam uma carta de Lyme logo cedo, na manhã seguinte. Louisa se encontrava praticamente no mesmo estado. Nenhum sintoma pior havia surgido. Charles chegou poucas horas depois com um relato mais recente e detalhado. Ele estava satisfatoriamente alegre. Não era possível esperar uma cura rápida, mas tudo estava indo tão bem quanto a natureza do caso permitia. Ao falar dos Harvilles, ele pareceu incapaz de encontrar palavras para traduzir a gentileza deles, especialmente dos esforços da senhora Harville como enfermeira. "Ela não deixou nada para Mary fazer. Ele e Mary foram convencidos a voltar mais cedo para a estalagem na noite anterior. Mary tinha ficado histérica de novo pela manhã. Quando ele foi embora, ela estava saindo para uma caminhada com o capitão Benwick, o que ele esperava que lhe faria algum bem. Ele quase desejou que ela tivesse retornado para casa no dia anterior. Mas a verdade era que a senhora Harville não deixou nada para ninguém fazer."

Charles voltaria para Lyme naquela mesma tarde, e o pai dele tinha, a princípio, uma vaga intenção de ir junto, porém as damas não consentiram. Isso apenas multiplicaria a dificuldade para os outros e aumentaria a aflição dele próprio. Assim, um esquema muito melhor foi imaginado e colocado em prática. Uma carruagem foi enviada para Crewkherne, e Charles fez retornar uma pessoa bem mais útil, a antiga ama da família, a qual, tendo ajudado a educar todas as crianças e visto a última delas, o relutante e mimado mestre Harry, que foi enviado à escola depois dos irmãos, agora vivia em seu berçário isolado remendando meias e fazendo curativos em todas as feridas e em todos os hematomas que vinham a seu encontro, e a qual, consequentemente, ficou bem feliz de poder ir e ajudar a cuidar da querida senhorita Louisa. Desejos vagos de ir buscar Sarah já haviam antes a senhora Musgrove e Henrietta; porém, sem Anne, isso dificilmente teria sido resolvido ou teria sido considerado prático tão cedo.

Eles ficaram em dívida, no dia seguinte, com Charles Hayter, por causa das informações minuciosas sobre Louisa, que eram essenciais de ser recebidas a cada vinte e quatro horas. Ele tinha resolvido ir a Lyme, e seu relato era também encorajador. Os intervalos com sentidos e consciência pareciam ser mais duradouros. Cada relato confirmava que o capitão Wentworth parecia ter se instalado em Lyme. Anne os deixaria no dia seguinte, um evento que todos ali temiam. "O que fariam sem ela? Eram consoladores terríveis uns para os outros." E tantas coisas assim foram ditas que Anne pensou que o melhor que podia fazer era comunicar-lhes sua opinião pessoal e persuadi-los de irem todos a Lyme de uma vez. Ela teve pouca dificuldade. Logo decidiram que iriam: iriam no dia seguinte, se hospedariam na estalagem ou arranjariam acomodações, e lá ficariam até que a querida Louisa pudesse ser removida. Eles precisavam aliviar o peso das boas pessoas com quem ela estava; talvez ao menos pudessem aliviar a senhora Harville dos cuidados com os próprios filhos; em resumo, estavam tão felizes com a decisão que Anne ficou satisfeita com o que tinha feito, e sentiu que não havia modo melhor de passar sua última manhã em Uppercross que ajudando nos preparativos e adiantando a viagem em uma hora, embora a consequência fosse ser deixada sozinha num lar vazio.

Ela era a última, exceto pelos meninos no chalé; ela era a última que restara de todos aqueles que tinham enchido e animado as duas casas, de todos que deram a Uppercross um aspecto alegre. Poucos dias provocaram uma mudança e tanto!

Se Louisa se recuperasse, tudo ficaria bem de novo. Haveria mais alegria do que antes. Não poderia haver dúvida — na mente de Anne não havia nenhuma — do que se seguiria à recuperação dela. Mais alguns meses, e a sala, agora tão deserta, ocupada somente pela pessoa silenciosa e pensativa dela mesma, seria preenchida de novo por toda aquela felicidade e alegria, tudo o que era brilhante e fulguroso no amor próspero, tudo o que não tinha nada a ver com Anne Elliot!

Uma hora de ócio completo para reflexões como essas, em um dia escuro de novembro, com uma chuvinha grossa que quase borrava os poucos objetos que podiam ser distinguidos das janelas, foi suficiente para tornar o som da carruagem de Lady Russell extremamente bem-vindo. Ainda assim, embora desejasse partir, ela não conseguia deixar a mansão, ou dar um olhar de despedida ao chalé, com sua varanda escura, gotejante e desconsolada, ou até mesmo observar através dos vidros embaçados os últimos aldeões da vila, sem sentir o coração entristecer. Situações passadas em Uppercross haviam tornado tudo ali precioso. O lugar testemunhou várias sensações de dor: antes severa, agora suavizada; e de alguns casos de sentimento abrandado, alguns suspiros de amizade e reconciliação, que nunca mais poderiam ser esperados e que jamais deixariam de lhe ser caros. Ela deixou tudo isso para trás, tudo exceto a lembrança de que tais coisas aconteceram.

Anne não voltara a Kellynch desde que deixara a casa de Lady Russell, em setembro. Não fora necessário, e ela havia conseguido evitar e escapar das poucas ocasiões em que teria sido possível ir a Kellynch Hall. Seu primeiro retorno seria para retomar seu lugar nos quartos modernos e elegantes do Lodge e para alegrar os olhos da senhora dali.

Havia alguma ansiedade misturada à alegria de Lady Russell ao encontrá-la. Ela sabia quem estivera frequentando Uppercross. Mas, felizmente, Anne ou tinha melhorado em corpulência e aparência, ou Lady Russell achou que sim; e Anne, ao receber os elogios na ocasião, divertiu-se ao relacioná-los à admiração silenciosa do primo, e a esperar que tivesse sido abençoada com uma segunda primavera de juventude e beleza.

Quando conversaram, ela logo percebeu uma alteração nos seus pensamentos. Os assuntos com os quais seu coração estivera ocupado ao deixar Kellynch, e os quais sentira que eram menosprezados e fora compelida a sufocar quando esteve entre os Musgroves, agora tinham se tornado um interesse secundário. Ultimamente ela tinha deixado de lado até mesmo o pai, a irmã e Bath. Tais preocupações tinham sido soterradas pelas de Uppercross. E, quando Lady Russell reverteu suas esperanças e seus medos anteriores e falou com satisfação da casa em Camden Place, que tinham alugado, e seu lamento de que a senhora Clay ainda estivesse com eles, Anne se sentiria envergonhada se ficasse evidente que estava pensando mais em Lyme e em Louisa Musgrove e em todos os seus conhecidos lá; quão mais interessante era para ela o lar e a amizade dos Harvilles e do capitão Benwick que a casa do próprio pai em Camden Place e a intimidade de sua própria irmã com a senhora Clay. Na verdade, ela teve de fazer um esforço para responder a Lady Russell mostrando algum interesse por assuntos que, naturalmente, deveriam ser prioridade.

Houve certo constrangimento a princípio na conversa sobre outro assunto. Elas precisavam falar sobre o acidente em Lyme. Não fazia nem cinco minutos que Lady Russell havia chegado, no dia anterior, para um relato completo do acontecimento lhe ser dado; mas ainda assim era preciso falar a esse respeito, ela precisava fazer perguntas, precisava lastimar a imprudência, lamentar o resultado, e o nome do capitão Wentworth precisava ser citado pelas duas. Anne tinha consciência de não ter feito isso tão bem quanto Lady Russell. Ela não era capaz de dizer o nome ou de fitar o olhar de Lady Russell, até que adotou o recurso de lhe contar rapidamente o que pensava sobre a afeição entre ele e Louisa. Quando isso foi revelado, ouvir o nome dele não mais a afligia.

Lady Russell tivera apenas de ouvir com compostura e desejar felicidades aos dois, mas internamente seu coração revirava-se num prazer raivoso, num desprezo satisfeito, de que o homem que aos vinte e três parecera ter compreendido algo do valor de uma Anne Elliot fosse, oito anos depois, cativado por uma Louisa Musgrove.

Os primeiros três ou quatro dias passaram com muita tranquilidade, sem acontecimentos que os marcassem, exceto o recebimento de um ou dois recados vindos de Lyme, que deram um jeito de encontrar Anne, ela não sabia como, e relataram que Louisa havia melhorado bastante. Ao fim desse período, a educação de Lady Russell não poderia mais ser protelada, e as cadentes ameaças do passado retornaram num tom decidido:

— Preciso visitar a senhora Croft. Preciso mesmo passar lá em breve. Anne, você tem coragem de ir comigo e fazer uma visita àquela casa? Será um teste para nós duas.

Anne não recuou; ao contrário, ela sentia de verdade as palavras que disse:

— Acredito que, entre nós duas, você é quem tem mais chances de sofrer. Seus sentimentos estão menos reconciliados com a mudança que os meus. Ao permanecer na vizinhança, habituei-me à ideia.

Ela poderia falar mais sobre o assunto, mas na verdade tinha uma opinião tão boa dos Crofts, considerava o pai tão afortunado com os locatários, sentia que eles eram não só um bom exemplo à paróquia como dariam maior atenção e auxílio aos pobres, de melhor atenção e alívio, que, conquanto se sentisse triste e envergonhada da necessidade de se mudarem, não podia evitar pensar, honestamente, que havia partido quem não merecia ficar, e que Kellynch Hall havia passado para mãos melhores que as dos donos. Essas convicções sem dúvida lhe causavam uma dor particular, de um tipo bastante severo; contudo, evitaram que sentisse a dor que Lady Russell experimentaria ao entrar na casa e passar novamente pelos ambientes tão conhecidos.

Em momentos assim, Anne não tinha força para dizer a si mesma: "Esses aposentos deveriam pertencer somente a nós. Oh, quão degradante é seu uso! Quão indignamente ocupadas! Que uma família antiga tenha sido deslocada! Estranhos tomando seu lugar!". Não, exceto quando pensava na mãe e se lembrava de onde ela costumava se sentar e governar a casa, não tinha um suspiro que fosse para dar.

A senhora Croft sempre a tratava com uma gentileza que lhe dava o prazer de se considerar uma favorita, e, nesse momento, ao recebê-la naquela casa, houve uma atenção particular.

O triste acidente em Lyme logo se tornou o assunto dominante, e, ao comparar os relatos mais recentes que receberam da doente, notavam que as notícias tinham sido escritas no mesmo horário da manhã do dia anterior; que o capitão Wentworth tinha estado em Kellynch na véspera (pela primeira vez desde o acidente) e trouxera a última carta a Anne, cuja procedência ela não tinha sido capaz de descobrir; que ele havia ficado por algumas horas lá antes de voltar a Lyme, sem nenhuma intenção de sair de lá outra vez. Ele havia perguntando especificamente sobre Anne, ela descobriu, e expressara a confiança de que a senhorita Elliot só não estava pior por causa do empenho dela, e descrevera seu empenho como enorme. Isso era muito simpático, e deu a ela mais prazer que qualquer outra coisa.

Quanto à triste catástrofe em si, só poderia ser avaliada de uma forma por duas mulheres equilibradas e sensatas, cujos julgamentos se baseavam em fatos comprovados. Então foi perfeitamente concluído que tinha sido resultado de negligência e imprudência, que os efeitos disso eram muito alarmantes, e que era assustador pensar durante quanto tempo ainda era incerta a recuperação da senhorita Musgrove, e em quão suscetível ela ainda estaria a sofrer por causa da concussão no futuro! O almirante resumiu tudo ao exclamar:

— É, foi mesmo um acontecimento terrível. Que jeito novo esse de um jovem camarada cortejar, quebrando a cabeça da moça, não é mesmo, senhorita Elliot? Quebrando a cabeça a ponto de engessar, de verdade!

Os modos do almirante Croft não tinham bem um tom que agradava a Lady Russell, mas encantavam Anne. O bom coração e a simplicidade de caráter dele eram irresistíveis.

— Deve ser muito difícil para você — disse ele, de repente saindo de um devaneio — vir a esta casa e nos encontrar aqui. Não havia pensado nisso antes, é verdade, mas deve ser bem difícil. Mas não faça cerimônias. Levante-se e passeie por todas as salas, se desejar.

— Em outra hora, senhor. Eu lhe agradeço, mas agora não.

— Bem, quando for do seu agrado. Pode se esgueirar pela sebe quando quiser, então vai descobrir que mantemos nossos guarda-chuvas pendurados na porta. É um bom lugar, não acha? Mas — falou, pensando consigo mesmo — você não vai achar um bom lugar, visto que sempre manteve os seus na sala do mordomo. É, acho que é sempre assim. O jeito de um homem pode ser tão bom quanto o do outro, mas nós sempre gostamos mais do nosso próprio jeito. Por isso, deve julgar por si mesma se seria melhor você passear pela casa ou não. Anne, observando que deveria recusar, assim o fez com muita gratidão.

— Fizemos poucas mudanças aqui — continuou o almirante, depois de pensar por um momento. — Bem poucas. Nós lhes contamos da porta da lavanderia quando estivemos em Uppercross. Essa foi uma excelente melhoria. O que nos admirou foi imaginar como qualquer família neste mundo pudesse suportar, por tanto tempo, a inconveniência de essa porta abrir, como fazia! Você poderá dizer a Sir Walter o que fizemos, e que o senhor Shepherd considera uma das mais importantes melhorias pelas quais esta casa já passou. De fato, devo ser justo conosco e dizer que, das poucas alterações que fizemos, todas foram para melhor. Minha esposa deve levar os créditos por isso, contudo. Fiz muito pouco, exceto dispensar alguns dos espelhos grandes do meu quarto de vestir, o qual pertencia ao seu pai antes. Um homem muito bom, e muito cavalheiresco, tenho certeza, mas acho, senhorita Elliot — ele a fitou com uma reflexão séria —, acho mesmo que ele deve ser um homem vaidoso demais para sua idade. Era uma quantidade tão grande de espelhos! Oh, Deus! Não havia como escapar de si mesmo. Então pedi uma ajuda a Sophy, e logo os mudamos de ambiente. Agora estou bem confortável com meu pequeno espelho de barbear num canto e, no outro, um grandão do qual nunca me aproximo.

Anne, divertindo-se contra sua vontade, ficou aflita demais para responder. E o almirante, temendo não ter sido educado o suficiente, retomou o assunto:

— Na próxima vez que escrever ao seu bom pai, senhorita Elliot, por favor, lhe transmita elogios meus e da senhora Croft. Diga que estamos muito bem instalados aqui e que não encontramos problema algum no lugar. A chaminé da sala de café da manhã esfumaça um pouco, é verdade, mas isso só acontece quando o vento está no sentido norte e sopra com força, o que não costuma ocorrer mais de três vezes no inverno. E, de modo geral, agora que já estivemos na maioria das casas da vizinhança e podemos avaliar, não há nenhuma de que gostamos mais do que desta. Por favor, escreva-lhe isso, junto aos meus elogios. Ele vai ficar contente em saber.

Lady Russell e a senhora Croft estavam bem satisfeitas uma com a outra; mas o relacionamento iniciado por essa visita estava fadado a não se estender no presente, pois, quando foi a vez de os Crofts passarem na casa de Lady Russell, eles anunciaram que viajariam, ficariam fora durante algumas semanas, para visitar familiares no norte do país, e que provavelmente não voltariam para casa antes que Lady Russell tivesse seguido para Bath.

Assim eliminou-se qualquer risco de Anne encontrar o capitão Wentworth em Kellynch Hall ou de vê-lo na companhia da amiga dela. Tudo estava seguro o suficiente, e ela sorriu diante dos diversos sentimentos ansiosos que desperdiçara com o assunto.

Capítulo XIV

Embora Charles e Mary tivessem permanecido em Lyme por muito tempo ainda depois da ida do senhor e da senhora Musgrove do que Anne concebia que fosse desejável, eles foram os primeiros da família a voltar para casa; e tão logo possível após o retorno a Uppercross eles foram para o Lodge. Quando deixaram Louisa, ela já conseguia se sentar, mas sua cabeça, ainda que lúcida, estava extremamente fraca, e seus nervos, suscetíveis ao extremo mais alto de sensibilidade; ainda que se declarasse que, de modo geral, ela estava se recuperando bem, era impossível dizer quando ela poderia suportar a remoção para casa; e o pai e a mãe dela, que deveriam voltar a tempo de acolher os filhos mais novos durante o feriado do Natal, mal tinham a esperança de receber autorização para a levarem junto.

Todos eles ficaram na mesma estalagem. A senhora Musgrove tirava as crianças da senhora Harville de casa o máximo que podia, e todo suprimento possível de Uppercross foi fornecido, de modo a aliviar a inconveniência para os Harvilles, enquanto os Harvilles queriam que eles fossem jantar em sua casa todos os dias. Em resumo, parecia ter havido somente um problema dos dois lados: saber qual deles era o mais generoso e hospitaleiro.

Mary tivera seus achaques, mas, de modo geral, como era evidente pela permanência dela lá por tanto tempo, ela havia encontrado mais para apreciar que para sofrer. Charles Hayter fora a Lyme mais vezes do que agradava à esposa; e, quando eles jantavam com os Harvilles, havia somente uma criada para servir, e a princípio a senhora Harville sempre dera precedência à senhora Musgrove; porém Mary recebera um pedido de desculpa muito elegante quando a senhora Harville descobriu de quem ela era filha; e houvera tantos acontecimentos todos os dias, tantas caminhadas entre a estalagem e a casa dos Harvilles, e ela pegou tantos livros na biblioteca, e os trocou tantas vezes, que a balança certamente havia pendido para Lyme. Ela tinha ido para Charmouth também, e havia tomado banho de mar, e fora à igreja, e havia muito mais pessoas para olhar na igreja de Lyme que na de Uppercross; e tudo isso, somado à sensação de ter sido útil, tinha tornado aquela quinzena realmente agradável.

Anne perguntou sobre o capitão Benwick. O rosto de Mary anuviou-se imediatamente. Charles deu risada. Ela disse:

— Oh! O capitão Benwick está muito bem, acredito eu, mas é um rapaz bem esquisito. Não sei o que ele quer da vida. Nós o convidamos para vir para casa conosco por um ou dois dias; Charles pretendia levá-lo para caçar, e ele parecia bem satisfeito. Da minha parte, achei que estava tudo acertado, quando, de repente, na terça à noite, ele deu um tipo de desculpa bem esquisita: "ele nunca caçou" e ele "tinha entendido errado", e ele tinha prometido isto e prometido aquilo. No fim das contas, descobri que ele não viria. Suponho que temesse achar chato, mas, dou minha palavra, eu achava que éramos animados o suficiente no chalé para um homem de coração partido como o capitão Benwick.

Charles riu de novo e disse:

— Ora, Mary, você sabe muito bem o que foi. Foi tudo culpa sua — ele se voltou para Anne. — Ele imaginava que, se viesse conosco, encontraria você aqui por perto. Ele achava que todos nós vivíamos em Uppercross. E, quando descobriu que Lady Russell morava a três milhas de distância, faltou-lhe ânimo, e ele não teve coragem de vir. Foi isso o que aconteceu, juro pela minha honra. Mary sabe bem disso.

Mary, porém, não achou muita graça. Se por não considerar o capitão Benwick digno, fosse por berço ou por situação, de se apaixonar por uma Elliot, ou se por não querer acreditar que Anne fosse uma atração maior para Uppercross do que ela mesma, só resta adivinhar. A boa vontade de Anne, todavia, não seria reduzida pelo que ouviu. Ela reconheceu que se sentia lisonjeada e continuou com suas perguntas.

— Oh, ele fala bastante de você! — exclamou Charles. — De um modo que...

Ele foi interrompido por Mary.

— Tenho certeza, Charles, de que não o ouvi mencionar Anne duas vezes sequer durante todo o tempo em que estive lá. Tenho certeza, Anne, de que ele nunca fala de você.

— Não — admitiu Charles. — Não sei se ele menciona de um modo geral. Mas é bem evidente que ele a admira muito. A cabeça dele está tomada de alguns livros que ele está lendo sob sua recomendação, e ele deseja conversar com você a respeito deles. Ele descobriu uma coisa ou outra em um dos livros que ele considera... Oh! Não posso fingir que me lembro, mas era algo bem bonito. Eu o ouvi contando tudo a Henrietta, então um "senhorita Elliot" foi dito nos termos mais elevados! E, Mary, afirmo que foi assim, eu mesmo ouvi, e você estava em outro ambiente. "Elegância, doçura, beleza." Oh! Não tinham fim os encantos da senhorita Elliot.

— E eu tenho certeza — replicou Mary calorosamente — de que não faz bem à honra dele, se foi isso mesmo. A senhorita Harville morreu em junho passado. Um coração desses não tem grande valor, não acha, Lady Russell? Estou certa de que concordará comigo.

— Preciso conhecer o capitão Benwick antes de decidir — respondeu Lady Russell, sorrindo.

— E é bem provável que o conheça muito em breve, posso lhe garantir, senhora — disse Charles. — Embora ele não tenha tido nervos para vir conosco nem para sair depois para nos fazer uma visita formal, ele virá sozinho para Kellynch um dia, não tenha dúvida. Eu lhe informei a distância e a estrada, e lhe contei como valia muito a pena ver a igreja. Como ele gosta desse tipo de coisa, pensei que era uma boa desculpa, e ele me escutou com todo o seu discernimento e com toda a sua alma. Tenho certeza, pelos modos dele, que ele logo virá aqui para uma visita. Estou lhe avisando, Lady Russell.

— Qualquer conhecido de Anne me será sempre bem-vindo — foi a resposta gentil de Lady Russell.

— Oh, quanto a ser um conhecido de Anne — interveio Mary —, acredito que ele seja mais um conhecido meu, pois eu o vi todos os dias durante a última quinzena.

— Bem, um conhecido das duas; então, eu terei muita alegria de ver o capitão Benwick.

— Você não achará nada de muito agradável nele, garanto-lhe, senhora. É um dos rapazes mais enfadonhos que já existiram. Por vezes, ele caminhava comigo, de uma ponta a outra da praia, sem dizer uma palavra. Ele não é um rapaz bem-educado, nem um pouco. Tenho certeza de que não vai gostar dele.

— Nesse ponto discordamos, Mary — disse Anne. — Acho que Lady Russell iria gostar dele, sim. Acho que ela ficará tão satisfeita com as ideias dele que logo não verá defeito nenhum em seus modos.

— Também penso isso, Anne — concordou Charles. — Tenho certeza de que Lady Russell iria gostar dele. Ele é bem o tipo de Lady Russell: dê-lhe um livro, e ele passará o dia lendo.

— Sim, isso ele fará! — exclamou Mary, provocando. — Ele vai se sentar e se debruçar sobre seu livro e não vai nem perceber quando uma pessoa falar com ele, ou quando alguém derrubar uma tesoura, ou qualquer coisa que aconteça. Acha que Lady Russell iria gostar disso?

Lady Russell não conseguiu evitar uma risada.

— Minha nossa — disse ela. — Não imaginava que minha opinião a respeito de uma pessoa pudesse envolver tantas hipóteses diferentes, sendo tão firme e prática como me considero. Tenho grande curiosidade de ver a pessoa capaz de suscitar conceitos tão diametralmente opostos. Gostaria que ele fosse induzido a fazer uma visita aqui. E, quando ele a fizer, Mary, pode ter certeza de que darei minha opinião. No entanto, estou determinada a não o julgar antecipadamente.

— Você não vai gostar dele, posso garantir.

Lady Russell começou a falar de outro assunto. Mary falou animadamente de seu encontro, na verdade de seu extraordinário desencontro, com o senhor Elliot.

— Ele é um homem — disse Lady Russell — que eu não desejo ver. A recusa dele de se manter em termos cordiais com o chefe da própria família deixou em mim uma impressão desfavorável muito forte.

Essa decisão foi de encontro ao entusiasmo de Mary e a fez interromper no meio a descrição da fisionomia de Elliot.

Em relação ao capitão Wentworth, apesar de Anne não ter feito nenhuma pergunta, foram dadas voluntariamente informações suficientes. Os ânimos dele tinham se recuperado bastante nos últimos tempos, como era de esperar. Conforme Louisa melhorava, ele também melhorava, e parecia agora praticamente uma criatura diferente do que aparentava ser na primeira semana. Ele não tinha visto Louisa, e estava tão temeroso de que um encontro entre os dois provocasse qualquer consequência danosa a ela que sequer insistiu em fazê-lo; ao contrário, ele parecia ter um plano de ficar fora por uma semana ou dez dias, até que a cabeça dela estivesse mais forte. Ele tinha comentado sobre ir a Plymouth por uma semana, e queria convencer o capitão Benwick a acompanhá-lo; mas, como Charles sustentou até o fim, o capitão Benwick parecia bem mais inclinado a cavalgar até Kellynch.

Não pode haver dúvida de que, desde então, tanto Lady Russell como Anne ocasionalmente pensavam no capitão Benwick. Lady Russell não conseguia ouvir a sineta da porta sem achar que pudesse ser o mensageiro dele; nem Anne conseguia voltar de qualquer caminhada solitária nos gramados do pai, ou qualquer visita de caridade na vila, sem se perguntar se o veria ou ouviria falar dele. O capitão Benwick não veio, entretanto. Ele ou estava menos disposto a fazer isso do que Charles imaginara ou era tímido demais; e, depois de lhe conceder uma semana de clemência, Lady Russell declarou que ele era indigno do interesse que havia começado a instigar.

Os Musgroves regressaram a tempo de receber seus alegres meninos e meninas, vindos da escola, trazendo junto os pequeninos da senhora Harville, de modo a aumentar o barulho em Uppercross e diminuir o de Lyme. Henrietta ficou com Louisa, mas todo o restante da família retornara aos seus aposentos habituais.

Lady Russell e Anne foram cumprimentá-los logo. Anne não pôde deixar de sentir que Uppercross já voltava à vida. Embora nem Henrietta, nem Louisa, nem Charles Hayter, nem o capitão Wentworth estivessem ali, a sala apresentava um contraste tão grande quanto se podia desejar desde a última vez que ela a vira.

Rodeando a senhora Musgrove estavam os pequenos Harvilles, os quais ela diligentemente protegia da tirania das duas crianças do chalé, que haviam chegado depressa para brincar com eles. De um lado, havia uma mesa ocupada por algumas garotas que tagarelavam, cortavam seda e papel dourado; do outro, havia cavaletes e bandejas, que se inclinavam sob o peso de queijo, de cabeça de porco e de tortas frias, perto das quais meninos rebeldes faziam a festa. A cena toda era completada por um fogo ribombante de Natal, que parecia determinado a ser ouvido apesar do barulho de todas as pessoas. Charles e Mary também vieram, é claro, durante a visita delas. O senhor Musgrove fez questão de apresentar seus respeitos a Lady Russell, por isso sentou-se perto dela durante dez minutos, falando bem alto, mas, por causa do clamor das crianças aos seus pés, geralmente em vão. Era uma bela cena familiar.

Anne, julgando pelo seu próprio temperamento, teria considerado que um furacão doméstico como esse era um mau reconstituinte dos nervos, os quais a doença de Louisa devia ter abalado drasticamente. Porém a senhora Musgrove, que se aproximou de Anne com o propósito de agradecê-la diversas vezes, com grande cordialidade, por toda a atenção que ela lhes dera, concluiu uma recapitulação curta de tudo o que ela mesma havia sofrido, observando, com um olhar feliz ao redor, que, depois de tudo o que ela havia passado, nada lhe faria melhor que um pouco de alegria sossegada em casa.

Louisa agora se recuperava rápido. A mãe podia até imaginar que ela conseguiria juntar-se a todos ali antes que os irmãos e as irmãs fossem novamente para a escola. Os Harvilles tinham prometido vir com ela e ficar em Uppercross quando ela retornasse. O capitão Wentworth estava fora no momento, visitando o irmão em Shropshire.

— Espero me lembrar no futuro — disse Lady Russell, assim que tornaram a se sentar na carruagem — de não visitar Uppercross no feriado de Natal.

Todo mundo tem sua preferência em relação a barulho tanto quanto em relação a qualquer outra coisa; e sons podem ser muito inócuos ou muito aflitivos, mais pelo tipo que pela intensidade. Quando Lady Russell, não muito tempo depois, adentrou Bath numa tarde chuvosa e seguia de carruagem pelo longo percurso de ruas desde a Old Bridge até Camden Place em meio à fila de outras carruagens, ela não reclamou nada do ronco pesado de carroças e carrinhos, dos gritos de jornaleiros, padeiros e leiteiros, e do tinido incessante dos tamancos.[38] Não, esses eram barulhos que pertenciam aos prazeres do inverno: o ânimo dela se elevava sob a influência deles; e, assim como a senhora Musgrove, ela sentia, embora não dissesse, que, depois de um longo período no campo, nada lhe faria melhor que um pouco de alegria sossegada.

Anne não compartilhava desses sentimentos. Persistia nela uma aversão bastante determinada, ainda que muito silenciosa, por Bath. Ela captou a primeira visão turva dos vastos prédios, soltando fumaça na chuva, sem nenhum desejo de vê-los melhor; e sentiu que o avanço delas pelas ruas era não só desagradável, mas também rápido demais, pois quem ficaria contente de recebê-la quando chegasse? Anne lembrou-se, com um pesar carinhoso, das agitações de Uppercross e do isolamento de Kellynch.

A última carta de Elizabeth tinha comunicado uma notícia de algum interesse. O senhor Elliot estava em Bath. Ele havia feito uma visita a Camden Place; havia feito uma segunda visita, e uma terceira; fora claramente atencioso. Se Elizabeth ou o pai delas não estivessem enganados, ele estava esforçando-se muito para iniciar um relacionamento com eles e para proclamar o valor da ligação familiar tanto quanto tinha se esforçado antes para mostrar indiferença. Isso seria muito maravilhoso caso fosse verdade; e Lady Russell estava num agradável estado de curiosidade e perplexidade a respeito do senhor Elliot, contrariando o sentimento que ela tão recentemente expressara a Mary, de ele ser "um homem que ela não desejava ver". Ela tinha muita vontade de vê-lo. Se ele realmente estivesse buscando se reconciliar como um complacente ramo da família, ele deveria ser perdoado por ter se desmembrado da árvore paternal.

---

38. *Pattens*, no original. Trata-se de solados altos de madeira com lateral metálica que eram presos aos sapatos de modo a evitar que se sujassem de lama em dias chuvosos, por exemplo.

Anne não estava igualmente animada com a circunstância, mas sentia que preferia ver de novo o senhor Elliot do que não o ver, o que era mais do que ela poderia dizer sobre muitas outras pessoas em Bath.

Ela foi deixada em Camden Place, e Lady Russell seguiu para suas próprias acomodações em Rivers Street.

Capítulo XV

Sir Walter havia alugado uma casa muito boa em Camden Place, com uma localização muito nobre, tal como convém a um homem de condições, e tanto ele quanto Elizabeth estavam acomodados lá e muito satisfeitos.

Anne entrou com o coração pesado, antevendo um aprisionamento de muitos meses e dizendo a si mesma, com ansiedade: "Oh! Quando poderei ir embora?". Um grau de inesperada cordialidade, porém, em sua recepção, lhe fez bem. O pai e a irmã estavam felizes de vê-la, com o intuito de apresentar a casa e a mobília, e a trataram com amabilidade. O fato de haver uma quarta pessoa à mesa de jantar foi considerado uma vantagem.

A senhora Clay estava simpática e muito sorridente, mas suas cortesias e seus sorrisos eram um hábito. Anne sempre sentira que ela fingiria o que era considerado apropriado em sua chegada, mas a gentileza dos outros foi inesperada. Eles estavam evidentemente muito animados, e logo ela ouviria as causas para isso.

Eles não estavam dispostos a ouvi-la. Depois de aguardar por comentários elogiosos sobre como faziam uma falta profunda na antiga vizinhança, os quais Anne não lhes pôde repassar, eles fizeram somente algumas perguntas superficiais antes de dominar totalmente a conversa. Uppercross não provocou nenhum interesse; Kellynch, quase nenhum: era tudo sobre Bath.

Os dois tiveram o prazer de garantir-lhe que Bath tinha mais que atingido as expectativas deles em todos os aspectos. A casa era, sem dúvida, a melhor de Camden Place, as salas de estar eram muito melhores que todas as outras que tinham visto ou de que tinham ouvido falar, e a superioridade também estava no estilo da arrumação e no bom gosto da mobília. A amizade deles era excessivamente buscada. Todos desejavam visitá-los. Evitaram ser apresentados a muita gente, e ainda assim constantemente recebiam cartões de visita de pessoas sobre quem nada sabiam.

Ali havia inúmeros divertimentos! Deveria Anne se surpreender com o fato de o pai e a irmã estarem felizes? Ela talvez não se surpreendesse, mas devia se sentir aliviada pelo fato de o pai não perceber uma degradação na mudança, de não ver nada do que se arrepender em relação aos deveres e à dignidade como proprietário de terras residente, de encontrar tantos motivos para vaidade nas pequenezas de uma cidade; ela devia suspirar, e sorrir, e se maravilhar também — enquanto Elizabeth escancarava as portas dobráveis e andava exultante de uma sala de estar para outra, vangloriando-se do espaço —, diante da possibilidade de que aquela mulher, que havia sido senhora de Kellynch Hall, encontrasse muito do que de se orgulhar entre duas paredes que talvez não tivessem trinta pés de distância uma da outra.

No entanto, isso não era tudo que os deixava felizes. Eles também tinham o senhor Elliot. Anne ouviu muito sobre o senhor Elliot. Não apenas ele fora perdoado como sua família estava encantada com ele. Ele havia ficado em Bath durante uma quinzena (passara por Bath em novembro, a caminho de Londres, quando a informação de que Sir Walter tinha se instalado ali chegara a seus ouvidos, é claro, ainda que ele estivesse na cidade havia somente vinte e quatro horas, mas não conseguiu aproveitar a oportunidade); agora, ele havia passado uma quinzena em Bath, e seu primeiro objetivo ao chegar foi deixar um cartão de visita em Camden Place, seguindo-se a isso tantas tentativas assíduas de se encontrarem que, quando de fato se encontraram, havia tal franqueza de conduta, tal prontidão para se desculpar pelo passado, tal solicitude de ser recebido mais uma vez como um parente, que o bom entendimento anterior foi totalmente restabelecido.

Eles não encontravam um defeito sequer nele. Ele havia explicado extensivamente toda a aparente negligência de sua parte. Tinha sido fruto completo de um equívoco. Ele nunca pretendera se retirar; ele temera ter sido expulso, mas não entendia o motivo, e pudores o mantiveram em silêncio a esse respeito. Diante da sugestão de que tivesse falado de modo desrespeitoso ou indiferente sobre a família e a honra dela, ele ficou bastante indignado. Ele, que sempre se vangloriara de ser um Elliot, e cujos sentimentos em relação a conexões familiares eram rígidos demais para se adequar ao tom independente dos dias atuais. Ele ficou de fato perplexo, mas seu caráter e sua conduta geral iriam refutar tudo. Ele daria referências a Sir Walter de todos aqueles que o conheciam; e certamente o esforço que fizera — no sentido de aproveitar a primeira oportunidade de reconciliação, de restaurar-se à condição de parente e herdeiro presumível — era uma prova importante de suas opiniões referentes à questão.

Também nas circunstâncias do casamento dele se admitiu muitos atenuantes. Esse era um sobre o qual ele não quisera falar; mas um amigo bastante íntimo dele, um certo coronel Wallis, um homem muito respeitado e um perfeito cavalheiro (e não era feio, acrescentou Sir Walter), que vivia em grande estilo em Marlborough Buildings, e que tinha, a pedido próprio, sido aceito no círculo deles por meio do senhor Elliot, mencionara uma ou duas coisas relativas ao casamento que provocaram uma mudança crucial na má impressão que tinham dele.

O coronel Wallis conhecia o senhor Elliot havia muito tempo, também havia conhecido a esposa dele, e compreendera perfeitamente a história toda. Era certo que ela não pertencia a uma família importante, mas era bem-educada, prendada, rica e excessivamente apaixonada pelo seu amigo. Esse fora o feitiço. Ela o havia procurado. Sem isso, nem todo o dinheiro dela teria tentado Elliot, e assim Sir Walter se assegurou de que ela fora uma excelente mulher. Esse foi o grande motivo que aliviou a situação. Uma mulher excelente, com uma grande fortuna, apaixonada por ele! Sir Walter pareceu aceitar isso como um pedido de desculpas completo; e, apesar de Elizabeth não ver a circunstância sob uma luz tão favorável, ela permitiu que fosse um grande atenuante.

O senhor Elliot os havia visitado repetidas vezes, havia jantado com eles uma vez, claramente encantando com a distinção de ter sido convidado, visto que eles, geralmente, não davam jantares; encantado, em resumo, por toda a prova de atenção que recebera como primo, e depositando toda a sua felicidade em estar com relações íntimas em Camden Place.

Anne ouviu, porém sem entender direito. Concessões, grandes concessões, ela sabia, deveriam ser feitas às ideias daqueles que falaram. Ela ouvia como se tudo tivesse sido embelezado. Tudo aquilo que soava extravagante e irracional no progresso de reconciliação só poderia ter origem na linguagem dos relatores. Ainda assim, ela tinha a sensação de que havia algo além das aparências superficiais, no desejo do senhor Elliot, depois de um intervalo de tantos anos, de ser bem recebido entre eles. Sob uma visão material, ele não tinha nada a ganhar ao ficar em bons termos com Sir Walter; nem tinha nada a arriscar com uma situação de divergência. Era bem provável que ele já fosse o mais rico dos dois, e a propriedade de Kellynch com certeza seria dele, bem como o título. Ele era um homem sensato, e parecia ser um homem *muito* sensato; qual seria o seu objetivo? Ela só poderia oferecer uma solução: era, talvez, por causa de Elizabeth. Pode ter havido uma afeição verdadeira no passado, embora a conveniência e o acaso tivessem-no conduzido por outro caminho; e, agora que ele podia satisfazer a si mesmo, talvez quisesse dispor sua atenção a ela. Elizabeth sem dúvida era bem bonita, com modos muito educados e elegantes, e seu espírito talvez nunca tenha sido compreendido pelo senhor Elliot, que à época a conhecera apenas em público, e era ele ainda muito novo. Como o temperamento e a compreensão dela tolerariam a investigação mais perspicaz dele agora era outro motivo de preocupação, e bem assustador. Com muito fervor ela desejou que ele não fosse muito gentil nem muito observador, caso Elizabeth fosse seu propósito. Que Elizabeth estava disposta a pensar que era, e que sua amiga, a senhora Clay, encorajava a ideia, parecia evidente por um ou dois olhares trocados entre as duas enquanto se falavam das visitas frequentes do senhor Elliot.

Anne mencionou as vezes em que o avistou em Lyme, mas eles não lhe deram muita atenção. "Oh, sim! Talvez tivesse sido o senhor Elliot. Eles não sabiam. Talvez fosse ele." Eles não foram capazes de ouvi-la descrevê-lo. Descreveram-no eles mesmos, especialmente Sir Walter. Ele fez justiça à aparência muito cavalheiresca dele, seu ar elegante e estiloso, o belo formato do rosto, o olhar sensível; mas, ao mesmo tempo, "lamentava que ele fosse tão queixudo, um defeito que o tempo parecia ter pronunciado mais; nem ele poderia dizer que, em dez anos, quase todos os traços dele não tivessem mudado para pior. O senhor Elliot parecia pensar que ele (Sir Walter) tinha exatamente a mesma aparência de quando eles se viram pela última vez"; contudo, Sir Walter não foi capaz de devolver completamente o elogio, o que o havia constrangido. Ele não pretendia reclamar, porém. O senhor Elliot tinha uma aparência melhor que a da maioria dos homens, e ele não fazia objeção a ser visto com o rapaz em nenhum lugar.

O senhor Elliot e seus amigos em Marlborough Buildings foram o assunto da noite inteira. "O coronel Wallis fora tão impaciente para ser apresentado a eles! E o senhor Elliot, tão ansioso para que isso acontecesse!" E havia uma senhora Wallis, conhecida somente pela descrição, pois estava na expectativa, aguardando confinada em casa a chegada de seu bebê; mas o senhor Elliot a descreveu como "uma mulher muito charmosa, muito digna de ser recebida em Camden Place", e tão logo ela se recuperasse eles seriam apresentados. Sir Walter pensava muito na senhora Wallis; diziam que ela era uma mulher muito bela, linda. "Ele ansiava por vê-la. Esperava que ela compensasse os diversos rostos sem graça que ele via continuamente nas ruas. O pior de Bath era o número de mulheres sem graça. Ele não pretendia dizer que não havia ali beldades, mas a quantidade de mulheres sem graça era fora de proporção. Ele tinha frequentemente observado, conforme caminhava, que um rosto bonito seria seguido por trinta, ou trinta e cinco, assustadores; uma vez, quando permanecera numa loja em Bond Street, ele havia contado passarem oitenta e sete mulheres, uma depois da outra, sem que houvesse um rosto tolerável entre eles. Tinha sido uma manhã gelada, era verdade, com uma geada cortante sob cujo teste dificilmente uma mulher entre mil passaria. Mas, ainda assim, sem dúvida havia uma multidão terrível de mulheres feias em Bath. E os homens! Esses eram infinitamente piores. Eram espantalhos que enchiam as ruas! Era evidente quão pouco habituadas estavam as mulheres à visão de qualquer coisa tolerável, pelo efeito que um homem de aparência decente produzia. Ele nunca havia andado a lugar algum de braços dados com o coronel Wallis (que era uma bela figura militar, embora tivesse cabelos claros) sem notar que o olhar de todas as mulheres caía sobre ele; com certeza, o olhar de todas as mulheres caía sobre o coronel Wallis". Quanta modéstia de Sir Walter! Ele não escapou, contudo. A filha dele e a senhora Clay se uniram para sugerir que o companheiro do coronel Wallis talvez tivesse uma aparência tão boa quanto a do coronel Wallis, e sem dúvida ele não tinha cabelos claros.

— Como está Mary? — perguntou Sir Walter, no alto de seu bom humor. — Da última vez que a vi, ela estava com o nariz vermelho, mas espero que isso não ocorra todo dia.

— Oh! Não, isso deve ter sido bem ocasional. Em geral, ela tem estado com a saúde muito boa e com a aparência muito boa desde o dia de São Miguel Arcanjo.

— Se não achasse que isso a faria se aventurar a sair em ventos cortantes e ferir a pele, eu lhe enviaria um *chapéu* e uma capa novos.

Anne estava considerando se deveria arriscar sugerir que um roupão ou uma coberta não estavam sujeitos a esse tipo de mau uso quando uma batida à porta interrompeu tudo. "Uma batida à porta! E tão tarde! Eram dez horas. Será que era o senhor Elliot? Sabiam que ele iria jantar em Lansdown Crescent. Era possível que ele passasse por ali no caminho para casa, para perguntar como estavam todos. Eles não conseguiam imaginar quem mais poderia ser. A senhora Clay achava decididamente que se tratava da batida à porta típica do senhor Elliot." A senhora Clay tinha razão. Com toda a pompa que um mordomo e um lacaio podiam oferecer, o senhor Elliot foi conduzido para dentro da sala.

Era o mesmo, exatamente o mesmo homem, com nenhuma diferença exceto os trajes. Anne recuou um pouco, enquanto os outros recebiam os cumprimentos e a irmã dela recebia um pedido de desculpa pela visita num horário tão fora do comum, mas "ele não poderia estar tão próximo dali sem desejar saber se nem ela nem a amiga tinham pegado uma gripe no dia anterior", etc., etc.; e tudo foi dito educadamente, e recebido educadamente, mas a vez de Anne viria em seguida. Sir Walter falou da filha mais nova: "senhor Elliot, permita-lhe que eu lhe apresente minha filha mais nova" (não havia ocasião para se lembrar de Mary); e Anne, sorrindo e enrubescendo, com grande lisonja mostrou ao senhor Elliot o belo semblante que ele de modo algum havia esquecido, e ela instantaneamente viu, divertida diante do pequeno sobressalto de surpresa dele, que ele não tinha a menor ideia de quem ela era então. Ele parecia completamente atônito, mas não mais atônito que satisfeito: seus olhos brilharam! E com a mais perfeita espontaneidade ele festejou o parentesco, aludiu ao passado e rogou que já fosse considerado um conhecido. Sua aparência era tão boa quanto parecera em Lyme, sua fisionomia melhorava ao falar, e seus modos eram exatamente o que deveriam ser, tão polidos, tão suaves, tão particularmente agradáveis, que ela só poderia compará-los, em excelência, aos modos de uma outra pessoa. Não eram iguais, mas eram, talvez, igualmente bons.

Ele sentou-se com eles, o que fez a conversa melhorar muito. Não poderia haver dúvida de que se tratava de um homem sensato. Dez minutos foram suficientes para se certificar disso. Seu tom, suas expressões, a escolha de assunto, o entendimento sobre quando se deveria parar: era tudo operação de uma mente sensata e perspicaz. Tão logo conseguiu, ele começou a falar com ela sobre Lyme, procurando comparar opiniões a respeito do lugar, mas tentando especialmente falar da circunstância de serem hóspedes na mesma estalagem ao mesmo tempo; explicou a rota que fizera, entendeu um pouco da dela e lamentou que tivesse perdido aquela oportunidade de cumprimentá-la. Ela fez um breve relato de seu grupo e do que foram fazer em Lyme. O arrependimento dele aumentou conforme ouvia. Ele tinha passado uma noite inteira solitária no quarto ao lado do deles; ouvira vozes e um júbilo contínuo; considerara que deveria ser um grupo de pessoas muito agradáveis, desejara estar com eles, mas certamente sem a menor suspeita de que tinha certo direito de se apresentar. Se ele ao menos tivesse perguntado quem eram as pessoas daquele grupo! O nome Musgrove teria lhe revelado o bastante. "Bem, isso serviria para curá-lo de uma prática absurda de jamais perguntar algo numa estalagem, que ele havia adotado, quando era mais novo, pelo princípio de que não era educado ser curioso."

— As ideias que um rapaz de vinte e um ou vinte e dois anos — disse ele — tem sobre as maneiras que deve ter para que tenha distinção são mais absurdas, acredito eu, que as de qualquer outro grupo de seres do mundo. A tolice dos artifícios que frequentemente utilizam só é comparável à tolice do que pretendem alcançar.

No entanto ele não deveria estar direcionando suas reflexões somente a Anne, e ele sabia disso. Logo estava mais uma vez difundido entre os outros, e era apenas durante intervalos que ele podia retornar a Lyme.

Seus questionamentos, entretanto, produziram um relato extenso da cena em que ela estivera envolvida logo após a partida dele do lugar. Tendo sido aludido "um acidente", ele precisava ouvir o restante. Quando fez perguntas, Sir Walter e Elizabeth também começaram a perguntar, mas o modo como o faziam era diferente. Ela só conseguia comparar o senhor Elliot com Lady Russell, no desejo de realmente compreender o que havia se passado, e no nível de preocupação pelo que ela devia ter sofrido ao testemunhar tudo.

Ele passou uma hora com eles. O pequeno e elegante relógio na cornija da lareira tinha batido "onze horas com seus sons estridentes", e o guarda noturno começava a ser ouvido a distância dizendo o mesmo, antes que o senhor Elliot ou qualquer um deles parecesse sentir que ele estivera ali por tempo o bastante.

Anne não conseguia imaginar como fora possível que sua primeira noite em Camden Place pudesse ter ido tão bem.

Capítulo XVI

Se havia um ponto em que Anne, ao retornar à sua família, teria ficado mais feliz do que em verificar se o senhor Elliot estava apaixonado por Elizabeth, era se certificar de que o pai dela não estava apaixonado pela senhora Clay; e quanto a isso ela estava bem longe de se sentir tranquila depois de algumas horas em casa. Ao descer para o café da manhã no dia seguinte, ela descobriu que houve uma simulação bem-feita da dama, que disse pretender deixá-los. Ela imaginava que a senhora Clay tivesse dito "agora que a senhorita Anne chegou, suponho que minha presença aqui não seja muito desejada", pois Elizabeth respondia, num tipo de sussurro: — Não há motivo nenhum para isso, de verdade. Garanto-lhe que não acho isso. Comparada a você, ela não significa nada para mim.

E Anne chegou a tempo de ouvir o pai dizer:

— Minha querida senhora, não é preciso. Até o momento você não viu nada de Bath. Você só tem estado aqui para nos ajudar. Não pode fugir de nós agora. Deve ficar para conhecer a senhora Wallis, a bela senhora Wallis. Sei bem que, para a sua mente elegante, a contemplação da beleza é uma verdadeiro prazer.

Ao falar, ele parecia ter tanta sinceridade que Anne não ficou surpresa em ver a senhora Clay olhar disfarçadamente para Elizabeth e para ela mesma. Seu semblante talvez pudesse expressar cautela, mas o elogio "mente elegante" não pareceu instigar um pensamento sequer na irmã. A dama não tinha opção exceto ceder a tais súplicas conjuntas, então prometeu ficar.

Ao longo da mesma manhã, Anne e o pai acabaram ficando sozinhos, e ele começou a elogiá-la em virtude da aparência melhorada. Ele pensou que ela estava "menos magra no corpo e nas bochechas; a pele e a cútis tinham melhorado muito: estavam mais claras, mais frescas. Ela vinha usando algo em particular?"

— Não, nada.

— Só Gowland[39] — ele supôs.

— Não, nada mesmo.

— Ah! — Ele ficou surpreso com isso e acrescentou: — Com certeza, o melhor a fazer é você continuar como está. Não há como você

---

39. A loção Gowland era usada para eliminar manchas e sardas.

ficar melhor do que está. Ou eu talvez possa recomendar Gowland, o uso constante de Gowland, durante os meses de primavera. A senhora Clay tem usado sob minha recomendação, e é visível o resultado. Veja como levou embora as sardas dela.

Se ao menos Elizabeth estivesse ali para ouvir isso! Um elogio tão pessoal talvez a atingisse, especialmente porque não parecia a Anne que as sardas tinham sido suavizadas. Mas é preciso dar chance a tudo. O mal desse casamento seria reduzido bastante se Elizabeth também se casasse. Quanto a ela mesma, sempre poderia comandar uma casa com Lady Russell.

A mente serena e os modos educados de Lady Russell foram postos à prova nesta altura, nas suas relações em Camden Place. Ver a visão da senhora Clay sob tanta distinção, enquanto Anne era tão menosprezada, era uma provocação perpétua para ela ali, e a aborrecia muito quando estava longe — ou tanto quanto uma pessoa em Bath que bebe suas águas, consegue todas as novas publicações e mantém um círculo social bastante amplo tem tempo para se aborrecer.

Conforme Lady Russell conhecia melhor o senhor Elliot, ela ficava mais indulgente, ou mais indiferente, em relação aos outros. Os modos dele o recomendavam imediatamente, e, ao conversarem, ela descobriu uma solidez sustentando com tanta firmeza a superficialidade que, a princípio, como disse a Anne, ela estava pronta para exclamar "Seria este o senhor Elliot?", e de fato não conseguia imaginar um homem mais agradável ou estimável. Ele reunia tudo: boa compreensão, opiniões justas, conhecimento do mundo e um coração caloroso. Ele tinha sentimentos fortes a respeito de ligação familiar e honra familiar, sem orgulho nem fraqueza; vivia com a liberalidade de um homem rico, sem se exibir; fazia seu próprio julgamento de tudo o que era essencial, sem desafiar a opinião pública em nenhum ponto de decoro prático. Era seguro, atento, moderado, franco; nunca se deixava levar pelos ânimos ou pelo egoísmo, o que indicava uma forte convicção; e, apesar disso, tinha uma sensibilidade ao que era amável e gracioso e valorizava todas as alegrias de uma vida doméstica, as quais pessoas de falso entusiasmo e agitação intensa raramente possuem. Ela tinha certeza de que ele não fora feliz no casamento. O coronel Wallis disse isso, e Lady Russell viu; mas não havia sido uma infelicidade a ponto de amargurar sua mente nem (ela logo começou a suspeitar) de impedi-lo de considerar uma segunda opção. A satisfação dela quanto ao senhor Elliot prevaleceu sobre toda a praga da senhora Clay.

Agora já fazia alguns anos desde que Anne começara a entender que ela e a sua grande amiga por vezes podiam pensar de modo muito diferente; por isso não a surpreendeu que Lady Russell não visse nada de suspeito ou de inconsistente, nada que exigisse mais motivos do que estavam aparentes, no desejo enorme do senhor Elliot por uma reconciliação. No ponto de vista de Lady Russell, era perfeitamente natural que o senhor Elliot, num período maduro de sua vida, sentisse que era um objetivo muito desejável, e estar em bons termos com o chefe de sua família iria recomendá-lo muito entre todas as pessoas sensatas. Era o processo mais simples do mundo, do tempo atuando numa cabeça naturalmente perspicaz e que tinha apenas errado no auge da juventude. Anne, entretanto, ousou sorrir diante disso, e por fim mencionou "Elizabeth". Lady Russell ouviu e a fitou, e então deu somente esta resposta cautelosa:

— Elizabeth! Muito bem. O tempo vai dizer.

Era uma referência ao futuro, ao qual Anne, depois de um pouco de observação, sentiu que deveria se render. Ela não conseguia distinguir nada no presente. Naquela casa, Elizabeth deveria vir primeiro, e ela tinha o hábito de atrair as atenções gerais como "senhorita Elliot" que qualquer atenção a outra pessoa parecia quase impossível. Era preciso lembrar também que o senhor Elliot era viúvo não havia nem sete meses. Uma ligeira demora de sua parte era bem perdoável. Na verdade, Anne não conseguia ver a fita de luto no chapéu dele sem temer que era ela a imperdoável por atribuir a ele tais conjecturas; pois, embora o casamento dele não tivesse sido feliz, ainda assim se mantivera por tantos anos que ela não seria capaz de compreender uma recuperação muito rápida do abalo terrível que era vê-lo extinguido.

Não obstante como tudo terminasse, ele era, sem sombra de dúvida, o conhecido mais agradável que tinham em Bath. Ela não via ninguém que se comparasse a ele, e era uma grande satisfação conversar de vez em quando com ele sobre Lyme, lugar que ele parecia ter um desejo tão vívido de ver de novo, de conhecer mais, quanto ela. Eles repassaram os detalhes daquele primeiro encontro diversas vezes. Ele deu a entender que a tinha olhado com fervor. Ela o sabia bem, e se lembrava também do olhar de outra pessoa.

Nem sempre eles concordavam. Ela percebeu que ele dava mais valor à posição social e à importância do nome familiar que ela. Não era mera complacência; ele tinha uma preferência pela questão que o fazia adentrar calorosamente nas diligências do pai e da irmã com um assunto que ela considerava não merecer a atenção deles. O jornal de Bath anunciou, certa manhã, a chegada da viscondessa viúva Dalrymple e da filha dela, a ilustre senhorita Carteret; com isso, toda a tranquilidade de Camden Place foi levada embora por muitos dias, pois as Dalrymples (muito infelizmente, na opinião de Anne) eram primas dos Elliots, e a preocupação agora era sobre como poderiam ser apresentadas a eles adequadamente.

Anne nunca tinha visto o pai e a irmã em contato com a nobreza, e teve de admitir que ficou decepcionada. Ela esperava mais das ideias elevadas que eles tinham da própria situação de vida e ficou abatida a ponto de emitir um desejo que jamais previra: um desejo de que eles fossem mais orgulhosos; pois "nossas primas, Lady Dalrymple e a senhorita Carteret" e "nossas primas, as Dalrymples" soaram nos seus ouvidos o dia inteiro.

Sir Walter certa vez estivera na companhia do falecido visconde, mas não tinha visto mais ninguém da família. E as dificuldades do caso se ampliavam por ter havido uma interrupção completa na troca de cartas formais desde a morte do tal falecido visconde, quando, em consequência de uma doença perigosa de Sir Walter na mesma época, houve uma omissão desafortunada por parte de Kellynch. Nenhuma carta de condolências foi enviada à Irlanda. A negligência voltou e recaiu sobre a cabeça do pecador, pois, quando a pobre Lady Elliot morreu, nenhuma carta de condolência foi recebida em Kellynch, e, consequentemente, houve razão mais que suficiente para apreender que os Dalrymples consideravam a relação encerrada. Como ter esse aflitivo ponto corrigido e ser admitidos novamente como primos era a questão: e era uma questão que, de um modo mais racional, nem Lady Russell nem o senhor Elliot consideravam desimportante. Valia a pena sempre preservar as relações familiares, valia a pena sempre buscar boas companhias; Lady Dalrymple tinha alugado uma casa por três meses em Laura Place, onde residiria com elegância. Ela estivera em Bath um ano antes, e Lady Russell tinha ouvido falar que se tratava de uma mulher encantadora. Era muito desejável que a relação fosse restaurada, se tal coisa fosse possível, sem nenhuma perda de dignidade por parte dos Elliots.

Sir Walter, entretanto, escolheria seus próprios meios, e por fim escreveu uma carta muito elegante cheia de explicações, arrependimento e súplica à sua ilustre prima. Nem Lady Russell nem o senhor Elliot apreciaram a carta, mas ela cumpriu seu objetivo de trazer três linhas rabiscadas da viscondessa viúva. "Ela estava muito honrada e ficaria feliz em conhecê-los." Os amargores da questão estavam resolvidos; que viessem agora as doçuras. Eles visitaram Laura Place e pegaram cartões de visita da viscondessa viúva Dalrymple e da ilustre senhorita Carteret para posicionarem onde ficassem mais visíveis na casa; e as frases "nossas primas em Laura Place" e "nossas primas Lady Dalrymple e a senhorita Carteret" eram ditas a todo mundo.

Anne sentia vergonha. Se Lady Dalrymple e sua filha tivessem um dia sido muito agradáveis, ainda assim ela sentiria vergonha em consequência da agitação que as duas criaram; mas elas não eram nada. Não havia superioridade nos modos, nos talentos nem no intelecto. Lady Dalrymple conquistara o epíteto de "uma mulher encantadora" porque tinha sempre um sorriso e uma resposta educada para dar a todos. A senhorita Carteret tinha menos ainda a dizer, e assim era tão sem graça e tão esquisita que jamais teria sido aceita em Camden Place não fosse pela sua nascença.

Lady Russell confessou que tinha esperado algo melhor, mas, mesmo assim, "era uma relação que valia a pena". Quando Anne arriscou dar sua opinião sobre elas ao senhor Elliot, ele concordou que as duas em si não tinham nada de especial, porém sustentou que, por serem parentes, por serem uma boa companhia, por serem pessoas que reuniriam boa companhia, elas tinham seu valor. Anne sorriu e respondeu:

— Minha ideia de uma boa companhia, senhor Elliot, é a companhia de pessoas inteligentes e bem informadas, com quem é possível conversar bastante. É isso o que chamo de boa companhia.

— Você está enganada — replicou gentilmente o senhor Elliot. — Companhia assim não é boa; é ótima. Boa companhia exige somente berço, educação e boas maneiras, e no quesito educação não é muito exigente. Berço e boas maneiras são essenciais, mas certa instrução não é, de modo algum, algo perigoso para uma boa companhia; pelo contrário, far-lhe-ia muito bem. Minha prima Anne balança a cabeça. Não está satisfeita. É exigente. Querida prima — ele disse, sentando-se ao lado dela —, você é quem mais tem direito de ser exigente entre quase todas as mulheres que conheço, mas isso basta? Isso a fará feliz? Não seria mais sábio aceitar a sociedade dessas boas damas de Laura Place e apreciar todas as vantagens da relação o máximo possível? Pode confiar numa coisa: elas serão as primeiras a deixar Bath neste inverno, e, como classe social é classe social, todos saberem que vocês são parentes delas trará benefícios ao fixar sua família (nossa família, permita-me dizer) no grau de consideração pelo qual devemos ansiar.

— Sim — suspirou Anne. — Todos saberão, de fato, que somos parentes delas! — Então, recompondo-se e sem desejar receber uma resposta, acrescentou: — Acho mesmo que houve empenho demais na busca pelo relacionamento. Suponho — ela sorriu — que tenho mais orgulho que qualquer um de vocês. Confesso, porém, que me envergonha estarmos tão ansiosos pela confirmação do parentesco, o que, pode ter certeza, é uma questão perfeitamente indiferente para elas.

— Perdoe-me, querida prima, você está sendo injusta com seus próprios direitos. Em Londres, talvez, em seu atual estilo de vida tranquilo, pode ser como diz. Contudo, em Bath, Sir Walter Elliot e sua família serão sempre pessoas que vale a pena conhecer: sempre serão aceitos como amigos.

— Bem — disse Anne —, eu com certeza tenho orgulho, orgulho demais, para apreciar uma recepção que depende inteiramente de posição social.

— Adoro sua indignação — disse ele. — É muito natural. Mas aqui está você em Bath, e o objetivo é se estabelecer aqui com toda a honra e a dignidade que devem pertencer a Sir Walter Elliot. Você fala de orgulho... Chamam-me de orgulhoso, eu sei, e não pretendo desejar ser outra coisa. Pois o nosso orgulho, se fosse investigado, teria o mesmo objetivo, não tenho dúvida, embora de tipos que talvez pareçam um pouco diferentes. Num ponto, tenho certeza, querida prima — prosseguiu ele com a voz baixa, ainda que não houvesse ninguém mais na sala —, num ponto tenho certeza de que devemos sentir a mesma coisa. Devemos sentir que todo acréscimo ao círculo social do seu pai, seja de mesma classe ou de classes superiores, servirá para desviar seus pensamentos a respeito de quem está abaixo dele. — Ele olhou, ao falar, para o assento que antes fora ocupado pela senhora Clay: uma indicação suficiente do que ele queria dizer. Embora Anne não acreditasse que tivessem o mesmo tipo de orgulho, ficou satisfeita com o fato de ele não gostar da senhora Clay, e sua própria consciência admitiu que o desejo dele de promover a busca do pai dela por relacionamentos melhores era mais do que perdoável na proposta de derrotá-la.

Capítulo XVII

Enquanto Sir Walter e Elizabeth assiduamente desfrutavam de sua boa sorte em Laura Place, Anne retomava uma relação de uma categoria muito diferente.

Ela havia visitado uma antiga governanta, de quem ouvira que uma velha colega de escola estava em Bath, à qual devia sua atenção tanto pela gentileza do passado quanto pelo sofrimento do presente. A senhorita Hamilton, agora senhora Smith, havia lhe demonstrado gentileza em um desses períodos da vida em que mais precisara. Anne fora para a escola infeliz, de luto pela perda da mãe, a quem amava profundamente, sentindo a separação de casa e sofrendo como uma garota de catorze anos, com muita sensibilidade e ânimos não muito elevados, sofreria num período como esse; e a senhorita Hamilton, três anos mais velha, mas que, pela ausência de parentes próximos e de um lar estabelecido, ainda ficaria na escola por mais um ano, tinha sido útil e generosa para ela de um modo que reduzira consideravelmente sua tristeza, e por isso nunca poderia ser lembrada com indiferença.

A senhorita Hamilton tinha deixado a escola e se casado não muito tempo depois, diziam que com um homem rico, e isso era tudo o que Anne sabia sobre ela até então, quando o relato da governanta trouxe à tona a situação dela com informações mais exatas, porém bastante diferentes.

Ela era viúva e pobre. O marido tinha sido extravagante e, em sua morte, dois anos antes, deixara os negócios terrivelmente comprometidos. Ela tivera de lidar com dificuldades de todo tipo e, além dessas aflições, foi tomada por uma febre reumática grave, a qual, por fim, atingira suas pernas e a deixara aleijada. Ela viera a Bath por causa disso e estava em acomodações próximas às termas romanas, vivendo de um modo bastante humilde, incapaz até de pagar pelo conforto de uma criada e, é claro, quase totalmente excluída da sociedade.

A amiga em comum revelara a satisfação que uma visita da senhorita Elliot daria à senhora Smith, e assim Anne não perdeu tempo e foi. Ela não mencionou em casa o que tinha ouvido nem o que pretendia fazer. Isso não suscitaria nenhum interesse. Só consultou Lady Russell, que conhecia profundamente seus sentimentos e que ficou muito feliz por levá-la o mais perto das acomodações da senhora Smith, em Westgate Buildings, que Anne desejasse.

A visita foi feita, a relação foi restabelecida, o interesse de uma pela outra foi mais que reavivado. Os primeiros dez minutos tiveram seus constrangimentos e suas emoções. Doze anos tinham se passado desde a última vez que se viram, e cada uma apresentava uma pessoa de algum modo diferente daquela que a outra imaginara. Doze anos tinham transformado Anne, de uma garota de quinze anos florescente, silenciosa e imatura, em uma mulher pequena e elegante de vinte e sete anos, com toda a beleza exceto o viço da juventude, e com modos tão deliberadamente corretos quanto eram invariavelmente gentis. Doze anos transformaram a bela e crescida senhorita Hamilton, em toda a glória de saúde e confiança de superioridade, numa viúva pobre, enferma e desamparada, que recebia a visita de uma antiga protegida como um favor. Porém tudo o que havia de desconfortável no encontro logo se dissipou, e restou somente o charme interessante de recordarem antigas amizades e conversarem sobre os velhos tempos.

Anne encontrou na senhora Smith o bom senso e os modos agradáveis com os quais ela quase se atrevera a contar, e uma disposição para o diálogo e para a alegria além de sua expectativa. Nem os esbanjamentos do passado — e ela tivera uma vida bastante material —, nem as restrições do presente, nem a doença ou a tristeza pareciam ter fechado seu coração ou destruído sua animação.

Durante uma segunda visita, ela falou com bastante franqueza, e a admiração de Anne aumentou. Ela dificilmente conseguia imaginar uma situação mais triste que a da senhora Smith. A amiga tinha gostado muito do marido: ela o tinha interessado. Ela era acostumada à abundância: não mais. Ela não tinha filhos para que se reconectasse à vida e à felicidade, nem parentes para ajudá-la a administrar os negócios confusos, nem saúde para tornar todo o restante suportável. Suas acomodações eram limitadas a uma saleta barulhenta e um quarto escuro nos fundos, sem possibilidade de ir de um para o outro sem ajuda — e era possível manter somente uma criada na casa —, e ela jamais saía da casa exceto para ser levada para as termas. Ainda assim, apesar disso tudo, Anne tinha motivo para acreditar que ela tivesse só pequenos momentos de languidez e depressão, e horas de ocupação e divertimento. Como era possível? Ela olhou, observou, refletiu e finalmente determinou que esse não era um caso somente de coragem ou de resignação. Um espírito submisso poderia ser paciente, um entendimento forte proporcionaria resolução, mas ali havia algo mais. Ali havia aquela elasticidade da mente, aquela disposição para ser confortado, aquele poder de prontamente transformar o mau em bom e de buscar ocupações que a distraíssem, o que era próprio da natureza. Era o presente mais especial dos céus, e Anne via a amiga como um daqueles exemplos que, por uma designação misericordiosa, parecem projetados para contrabalançar qualquer outra necessidade.

Houvera um tempo, contara-lhe a senhora Smith, em que o ânimo dela quase havia falhado. Ela não podia se considerar uma inválida agora, se comparasse seu estado atual com aquele em que chegara a Bath. Então, ela era de fato uma figura lamentável, pois tinha contraído uma gripe durante a viagem e mal tomara posse das acomodações antes que ficasse mais uma vez confinada à cama, sofrendo com uma dor severa e constante; e tudo isso entre estranhos, com a necessidade absoluta de uma enfermeira regular e finanças particularmente inadequadas na ocasião para cobrir qualquer despesa extra. Ela sobrevivera, contudo, e podia dizer com sinceridade que a situação a tinha feito bem. Isso havia ampliado seus confortos ao fazê-la sentir que estava em boas mãos. Ela tinha visto demais do mundo para esperar uma conexão súbita e desinteressada em qualquer lugar, mas sua doença havia lhe provado que sua senhoria tinha uma reputação a zelar e não se aproveitaria dela; e ela tinha sido especialmente afortunada com a enfermeira, que era irmã da senhoria, uma enfermeira por profissão que tinha sempre um lar naquela casa quando não estava empregada e que calhou de estar livre bem a tempo de atendê-la.

— Ela — disse a senhora Smith —, além de me auxiliar de um modo muito admirável, provou-se ser realmente uma relação inestimável. Tão logo pude usar minhas mãos, ela me ensinou a tricotar, o que tem sido um grande divertimento. E ela me indicou como fazer caixinhas de costura, almofadas para alfinetes e porta-cartões, com os quais você sempre me encontra ocupada, e os quais me provêm os meios de fazer uma caridade para uma ou duas famílias muito pobres desta vizinhança. Ela mantém um círculo social amplo, profissionalmente, é claro, entre pessoas que podem comprar, e distribui minha mercadoria. Ela sempre acha a hora certa de oferecer. O coração de todo mundo fica aberto, sabe, quando se escapou recentemente de uma dor grave ou quando se está recuperando a bênção da saúde, e a enfermeira Rooke compreende perfeitamente o momento de falar. É uma mulher perspicaz, inteligente e sensível. A linha dela é uma que vê a natureza humana, e ela tem muito bom senso e é muito observadora, o que, como companheira, a torna infinitamente superior a milhares

140

daqueles que, tendo recebido somente "a melhor educação do mundo", não sabem nada em que valha a pena prestar atenção. Chame de fofoca se quiser, mas, quando a enfermeira Rooke tem meia hora livre para me conceder, sempre tem algo a reportar que é divertido e útil: algo que nos faz conhecer melhor a nossa espécie. Todo mundo gosta de saber o que está acontecendo, de estar por dentro das últimas modas frívolas e tolas. Para mim, que vivo tão sozinha, conversar com ela, garanto-lhe, é um prazer.

Anne, longe de pretender argumentar contra tal deleite, respondeu:

— Consigo facilmente acreditar nisso. Mulheres dessa classe têm boas oportunidades, e, se são inteligentes, talvez valha mesmo a pena ouvir o que têm a dizer. Tantas variedades de natureza humana que elas têm o hábito de testemunhar! E não é somente nas tolices que elas são instruídas, pois ocasionalmente se veem em circunstâncias que podem ser interessantes ou comoventes. Quantos exemplos devem passar diante delas de um amor ardente, desinteressado, desprendido, de heroísmo, coragem, paciência, resignação; de todos os conflitos e todos os sacrifícios que enobrecem a maioria de nós. Quartos de doentes podem com frequência proporcionar o valor encontrado nos livros.

— Sim — disse a senhora Smith, meio em dúvida. — Às vezes, podem mesmo, mas temo que tais lições nem sempre tenham um estilo tão elevado como você descreve. Vez ou outra, a natureza humana pode ser grandiosa em momentos de dificuldade, mas, de modo geral, é a fraqueza, e não a força, que aparece no quarto de um doente; é do egoísmo e da impaciência, em vez da generosidade e da coragem, que se ouve falar. Há tão pouca amizade verdadeira no mundo! E, infelizmente — ela disse com a voz baixa e trêmula —, há muitos que se esquecem de pensar com seriedade até que seja quase tarde demais.

Anne viu a tristeza desses sentimentos. O marido não tinha sido quem deveria, e a esposa fora levada àquela parte da humanidade que a fazia considerar o mundo pior do que esperava que fosse. Porém, não passava de uma emoção momentânea da senhora Smith; ela a dispensou e logo retomou com um tom diferente:

— Não acredito que a situação atual da minha amiga senhora Rooke vá me proporcionar algo de interessante ou edificante. Ela está apenas cuidando da senhora Wallis de Marlborough Buildings, uma mulher bonita, tola, dispendiosa e de muito estilo; nada mais, acredito eu. E, é claro, ela não terá nada para relatar a não ser a respeito de rendas e ornamentos. Pretendo lucrar com a senhora Wallis, contudo. Ela possui bastante dinheiro, e a minha intenção é que ela compre todos os objetos mais caros que tenho em mãos agora.

Anne já tinha visitado a amiga várias vezes antes que a existência desta fosse conhecida em Camden Place. Enfim, tornou-se necessário falar dela. Sir Walter, Elizabeth e a senhora Clay retornaram certa manhã de Laura Place com um convite inesperado de Lady Dalrymple para aquela mesma noite, e Anne já estava comprometida a passar a noite em Westgate Buildings. Ela não lamentava ter tal desculpa. Eles só foram convidados, ela tinha certeza, porque Lady Dalrymple, mantida em casa por causa de uma gripe forte, estava satisfeita de se utilizar do relacionamento que tinha sido imposto sobre ela. Anne recusou o convite em seu nome com grande animação: "Estava comprometida a passar a noite com uma antiga colega de escola". Eles não tinham muito interesse em nada relativo a Anne, mas ainda assim fizeram perguntas o suficiente de modo que ficou claro de quem se tratava essa antiga colega de escola. Elizabeth foi desdenhosa, e Sir Walter, severo.

— Westgate Buildings! — exclamou ele. — E quem é que a senhorita Anne Elliot vai visitar em Westgate Buildings? Uma senhora Smith! Uma senhora Smith viúva; e quem era seu marido? Um dos cinco mil senhores Smiths cujos nomes se encontram em todo lugar. E qual é o atrativo? Que está velha e doente. Dou minha palavra, senhorita Anne Elliot, você tem a preferência mais absurda! Tudo que enoja outras pessoas, como más companhias, aposentos miseráveis, ar viciado, relações repugnantes, lhe é convidativo. Mas com certeza você pode adiar essa velha senhora para amanhã. Ela não está tão próxima do fim, presumo, a ponto de não esperar viver mais um dia. Quantos anos ela tem? Quarenta?

— Não, senhor, ela tem trinta e um. Mas não acho que eu possa adiar meu compromisso, porque esta é a única noite dos próximos dias que convém tanto para ela quanto para mim. Ela irá às termas amanhã, e pelo resto da semana, você sabe, nós temos compromissos.

— Mas o que Lady Russell pensa dessa relação? — perguntou Elizabeth.

— Ela não vê nada que deva ser recriminado — respondeu Anne. — Pelo contrário, ela a aprova e geralmente tem me levado quando vou visitar a senhora Smith.

— Em Westgate Buildings devem ter ficado muito surpresos com a aparição de uma carruagem seguindo pela sua rua — observou Sir

Walter. — É verdade que a viúva de Sir Henry Russell não tem títulos que distinguam seu brasão, mas ainda assim é uma carruagem muito bonita, e sem dúvida é distinta o suficiente para transportar uma senhorita Elliot. Uma senhora Smith viúva, acomodada em Westgate Buildings! Uma pobre viúva, mal capaz de viver, entre trinta e quarenta anos. Uma mera senhora Smith, uma senhora Smith qualquer, de todas as pessoas e de todos os nomes deste mundo, foi escolhida para ser amiga da senhorita Anne Elliot e para ser preferida por ela em vez de suas próprias relações familiares entre a nobreza da Inglaterra e da Irlanda! Senhora Smith! Que nome!

A senhora Clay, que tinha estado presente enquanto tudo isso se passava, agora considerou mais conveniente sair da sala, e Anne poderia dizer muito, e sentiu muita vontade de falar algumas palavras em defesa de amigos *dela*, cujas reivindicações não diferiam muito das dos amigos deles, mas seu senso de respeito pessoal pelo pai a impediu. Ela não respondeu nada. Deixou que ele mesmo percebesse que a senhora Smith não era a única viúva em Bath com idade entre trinta e quarenta anos com poucos meios para viver e sem um sobrenome de respeito.

Anne manteve seu compromisso, os outros mantiveram o deles, e é claro que ela soube na manhã seguinte que eles haviam passado uma noite maravilhosa. Ela tinha sido a única ausência do grupo, pois Sir Walter e Elizabeth não estavam somente eles mesmos a serviço da sua senhoria como também tinham ficado felizes de ser incumbidos de buscar outros, e tiveram o trabalho de convidar tanto Lady Russell como o senhor Elliot; o senhor Elliot resolvera deixar o coronel Wallis mais cedo, e Lady Russell reorganizara todos os seus compromissos da noite de modo que pudesse atendê-la. Anne recebeu de Lady Russell o relato de tudo o que uma noite dessas poderia proporcionar. Para ela, o mais interessante era que a amiga e o senhor Elliot tinham conversado bastante; que sua presença tinha sido desejada, sua ausência lamentada, ao mesmo tempo que ela havia sido louvada por faltar em virtude de tal causa. Suas visitas gentis e compassivas à antiga colega de escola, doente e abatida, pareceram ter encantado muito o senhor Elliot. Ele a considerou uma jovem dama das mais extraordinárias: em seu temperamento, seus modos, sua mente, um modelo de excelência feminina. Ele alcançava até mesmo Lady Russell na discussão dos méritos dela; e Anne não poderia ser levada a saber tanto pela amiga, não poderia descobrir que um homem sensato a tinha em tão alta conta, sem sentir várias daquelas sensações agradáveis que a amiga pretendia criar.

Lady Russell agora estava perfeitamente decidida em sua opinião a respeito do senhor Elliot. Ela estava muito convencida da pretensão dele de conquistar Anne com o tempo, bem como de que ele era digno dela, e começava a calcular a quantidade de semanas que o libertaria de todas as restrições remanescentes do luto, deixando-o livre para demonstrar seus poderes de sedução. Ela não falou a Anne com metade da certeza que sentia em relação a esse assunto; arriscou pouco além de dicas do que poderia acontecer no futuro, de um possível afeto da parte dele, de como essa aliança era desejável supondo que o afeto fosse real e correspondido. Anne a ouviu sem responder com exclamações calorosas; ela apenas sorriu, enrubesceu e gentilmente balançou a cabeça.

— Não sou nenhuma casamenteira, como você bem sabe — disse Lady Russell —, visto que tenho consciência demais da incerteza de todos os eventos e projetos humanos. Só pretendo dizer que, se o senhor Elliot em algum momento lhe cortejar e se você estiver disposta a aceitá-lo, acho que existiria toda a possibilidade de serem felizes juntos. Todos considerariam uma aliança bastante apropriada, mas acho que seria também uma união bem feliz.

— O senhor Elliot é um homem extremamente agradável, e em muitos aspectos eu o tenho em alta conta — disse Anne. — Mas não combinaríamos.

Lady Russel deixou passar o comentário e apenas replicou:

— Confesso que poder vê-la como futura senhora de Kellynch, como a futura Lady Elliot, ansiar para vê-la ocupando o lugar de sua querida mãe, sucedendo-a em todos os direitos e em toda a popularidade dela, bem como em todas as virtudes, seria a maior satisfação possível para mim. Você é a figura de sua mãe em fisionomia e disposição; e, se me deixarem imaginar você tal como ela era, em situação, em nome, em residência, presidindo e abençoando no mesmo lugar, e superior a ela somente na condição de ser mais valorizada ainda, minha querida Anne, isso me daria mais prazer do que normalmente teria a esta altura da minha vida!

Anne se viu obrigada a virar-se, levantar-se, andar até uma mesa distante e, debruçando-se ali numa atividade fingida, tentar conter os sentimentos que essa imagem instigou. Por alguns momentos sua imaginação e seu coração foram enfeitiçados. A ideia de se tornar quem sua mãe havia sido; de ter o precioso nome "Lady Elliot" revivido nela mesma; de retornar a Kellynch e poder chamar-lhe novamente de seu lar, seu lar para sempre, era um charme ao qual ela não conseguia resistir de imediato.

Lady Russell não disse outra palavra, disposta a deixar o assunto operar sozinho e acreditando que, se o senhor Elliot pudesse, nesse momento, falaria por si mesmo!... Ela acreditava, em resumo, no que Anne não acreditava. A mesma imagem de o senhor Elliot falando por si mesmo levou Anne a se recompor. O charme de Kellynch e de "Lady Elliot" se esvaneceu por completo. Ela jamais poderia aceitar um pedido de casamento dele. E não era só que seus sentimentos ainda fossem contrários a todos os homens exceto um; seu julgamento, numa consideração séria das possibilidades de tal caso, estava contra o senhor Elliot.

Embora estivessem em contato havia um mês, ela não acreditava que conhecia de verdade o caráter dele. Que ele era um homem sensato, um homem agradável, que ele falasse bem, professasse belas opiniões, parecesse julgar adequadamente como um homem de princípio, tudo isso era bastante claro. Ele certamente sabia o que era correto, e ela não poderia identificar nenhum dever moral que ele claramente transgredisse; mesmo assim, ela teria temido responder pela conduta dele. Ela não confiava no passado, talvez nem no presente. Os nomes que ocasionalmente eram citados, de antigos amigos, as alusões a antigas práticas e objetivos sugeriam suspeitas não favoráveis ao que ele tinha sido. Ela compreendia que tinham havido maus hábitos, que foram comuns viagens aos domingos[40] e que houvera um período de sua vida (e provavelmente um não tão curto assim) em que ele tinha sido no mínimo negligente em relação a todos os assuntos sérios. Embora ele agora pudesse pensar de modo bem diferente, quem poderia responder pelos sentimentos verdadeiros de um homem astuto e cauteloso, com idade suficiente para apreciar um caráter justo? Como algum dia poderia se confirmar que a mente dele tinha sido limpa de verdade?

O senhor Elliot era racional, discreto, elegante, mas não era aberto. Jamais havia uma erupção de emoção, não havia o ardor de indignação ou encanto diante do mal ou do bem dos outros. Isso, para Anne, era uma imperfeição, sem dúvida. Suas impressões iniciais eram insolúveis. Ela valorizava as personalidades sinceras, compassivas e calorosas mais que todas as outras. Ardor e entusiasmo ainda a cativavam. Ela sentia que podia confiar muito mais na sinceridade daqueles que às vezes pareciam ou diziam algo descuidado ou imprudente do que na daqueles cuja presença de espírito nunca variava, cuja língua nunca feria.

---

40. O que significava que ele não frequentava a igreja regularmente.

O senhor Elliot era agradável de modo geral. Variados como eram os temperamentos na casa do pai dela, ele agradava a todos. Ele tolerava muito bem, ficava bem, muito bem, com todo mundo. Ele conversara com ela com certo grau de franqueza a respeito da senhora Clay; parecia ter visto totalmente o que a senhora Clay pretendia e parecia desdenhá-la; a senhora Clay, no entanto, o considerava tão agradável quanto qualquer outra pessoa.

Lady Russell enxergava menos ou mais do que sua amiga mais nova, pois não vislumbrava nada que instigasse desconfiança. Ela não era capaz de imaginar um homem mais em conformidade ao que deveria ser que o senhor Elliot; nem sentimento nenhum lhe era mais doce que a esperança de vê-lo receber a mão de sua querida Anne na igreja de Kellynch no curso do outono seguinte.

Capítulo XVIII

Era começo de fevereiro, e Anne, tendo já passado um mês em Bath, começava a ansiar por notícias de Uppercross e Lyme. Ela queria saber bem mais do que Mary comunicava. Fazia três semanas desde a última informação. Ela sabia apenas que Henrietta tinha voltado para casa e que Louisa, apesar de considerarem rápida sua recuperação, ainda estava em Lyme. Certa noite, Anne estava pensando muito seriamente neles todos quando uma carta de Mary, mais volumosa que o normal, lhe foi entregue; e, para acelerar o prazer e a surpresa, com os cumprimentos do almirante e da senhora Croft.

Os Crofts deviam estar em Bath! Era uma circunstância que a interessava. Eles eram pessoas para quem o coração dela se voltava muito naturalmente.

— O que é isso? — gritou Sir Walter. — Os Crofts chegaram a Bath? Os Crofts que alugaram Kellynch? O que eles lhe trouxeram?

— Uma carta do chalé de Uppercross, senhor.

— Oh! Essas cartas são passaportes muito convenientes. Elas garantem uma apresentação. Eu iria visitar o almirante Croft de qualquer modo, porém. Sei qual é meu dever como senhorio.

Anne não conseguia mais ouvir; não pôde nem mesmo contar como se esquecera de observar a pele do pobre almirante; sua carta a absorvia. Ela tinha sido iniciada vários dias antes.

1º de fevereiro

Minha querida Anne,

Não peço desculpa pelo meu silêncio pois sei quão pouco as pessoas pensam em cartas em lugares como Bath. Você deve estar muito feliz para ligar para Uppercross, lugar que, como bem sabe, não provê muito sobre o que escrever. Tivemos um Natal bem tedioso; o senhor e a senhora Musgrove não organizaram nenhum jantar durante todo o feriado. Não considero os Hayters como gente importante. O feriado, porém, enfim acabou: acho que nenhuma criança jamais teve um tão longo assim. Tenho certeza de que eu não tive. A casa foi esvaziada ontem, exceto pelos pequenos Harvilles; mas você ficará surpresa de saber que eles nunca voltaram para casa. A senhora Harville deve ser uma mãe bem esquisita para ficar longe deles por tanto tempo. Não consigo entender. Eles não são crianças boazinhas, em minha opinião, mas a senhora Musgrove parece gostar deles quase tanto, se não mais, quanto gosta dos próprios netos. Que clima terrível tivemos! O mau tempo talvez não seja sentido em Bath, com suas ruas pavimentadas, mas no campo o impacto é grande. Não recebi visita de nenhuma criatura desde a segunda semana de janeiro, exceto a de Charles Hayter, que tem aparecido muito mais vezes do que é convidado. Cá entre nós, acho que é uma pena que Henrietta não tenha ficado em Lyme junto com Louisa, pois isso a teria deixado fora do caminho dele. A carruagem partiu hoje para buscar Louisa e os Harvilles e trazê-los amanhã. Não fomos convidados a jantar com eles, entretanto, até o dia seguinte; a senhora Musgrove está com muito medo de ela se cansar da viagem, o que não é muito provável, considerando o cuidado que vai receber, e seria muito mais conveniente, para mim, jantar lá amanhã. Fico contente que ache o senhor Elliot tão agradável e gostaria de conhecê-lo também. Porém estou com minha sorte de costume: sempre estou longe quando algo desejável acontece, sempre sou a última da minha família a ser notada. Que período imenso a senhora Clay tem estado com Elizabeth! Será que ela não pretende ir embora nunca? Contudo, talvez, se ela fosse deixar um quarto vago, nós não seríamos convidados. Diga-me o que pensa disso. Não espero que meus filhos sejam convidados, sabe. Posso muito bem deixá-los na Casa-Grande por um mês ou seis semanas. Acabei de saber que os Crofts estão indo para Bath quase imediatamente; eles acham que o almirante tem gota.[41] Charles ouviu isso quase sem querer; eles não foram educados o suficiente a ponto de me avisar ou de se oferecer a levar alguma coisa. Não acho que eles sejam muito bons vizinhos. Nunca os vemos, e esse é realmente um exemplo de grosseira falta de atenção. Charles manda também seu amor e tudo o mais.

De sua afetuosa irmã,

Mary M.

Lamento dizer que não estou nem um pouco bem, e Jemima acabou de me contar que o açougueiro disse que há uma terrível dor de garganta por toda parte. Arrisco a dizer que vou pegar a doença, e minhas dores de garganta, você sabe, são sempre piores que as de todo mundo.

Assim terminava a primeira parte, a qual tinha sido depois enfiada num envelope que continha muito mais.

---

41. Doença que causa inflamação nas articulações; artrite.

Tinha mantido minha carta aberta para poder enviar meu relato de como Louisa suportou a viagem, e agora estou extremamente feliz de ter feito isso, pois tenho muito a acrescentar. Em primeiro lugar, recebi um bilhete da senhora Croft ontem, oferecendo-se para levar qualquer coisa a você; era um bilhete muito gentil e amigável, de fato, remetido a mim, exatamente como deveria. Poderei então escrever uma carta tão longa quanto eu desejar. O almirante não parece muito doente, e espero sinceramente que Bath lhe faça o bem que ele busca. Ficarei contente de verdade de tê-los de volta. Nossa vizinhança não pode perder uma família tão simpática. Mas, agora, sobre Louisa. Tenho algo a comunicar que vai chocá-la, e não vai ser pouco. Ela e os Harvilles chegaram com segurança na terça, e naquela noite fomos perguntar como ela estava, e ficamos bastante surpresos de não achar ali o capitão Benwick, porque ele tinha sido convidado junto aos Harvilles. E sabe qual era o motivo? Nem mais nem menos do que ele estar tão apaixonado por Louisa que decidiu não arriscar ir a Uppercross até que tivesse uma resposta do senhor Musgrove. Estava tudo resolvido entre os dois antes que ela viesse para casa, e ele havia escrito para o pai dela por intermédio do capitão Harville. É verdade, palavra de honra! Não é surpreendente? Eu ficaria no mínimo surpresa se você tivesse percebido alguma pista disso, porque eu nunca percebi. A senhora Musgrove afirma solenemente que não sabia de nada. Estamos todos muito satisfeitos, no entanto, pois, embora não seja equivalente a ela se casar com o capitão Wentworth, é infinitamente melhor que Charles Hayter. O senhor Musgrove enviou o consentimento dele, e o capitão Benwick deve chegar hoje. A senhora Harville diz que o marido sente muito por causa de sua pobre irmã; porém Louisa é muito querida pelos dois. De fato, a senhora Harville e eu concordamos que a amamos mais por termos cuidado dela. Charles se pergunta o que dirá o capitão Wentworth. Mas, se você se lembra, eu nunca achei que ele estivesse ligado a Louisa; nunca vi nenhuma insinuação disso. E esse é o fim, como você vê, de acharem que o capitão Benwick é um admirador seu. Como Charles pôde ter enfiado algo assim na cabeça sempre foi incompreensível a mim. Espero que ele seja mais agradável agora. Com certeza, não é um ótimo casamento para Louisa Musgrove, mas é um milhão de vezes melhor que se casar com algum dos Hayters.

Mary não precisava recear que a irmã estivesse preparada em qualquer instância para essa notícia. Em toda a sua vida, ela nunca havia ficado tão perplexa. O capitão Benwick e Louisa Musgrove! Era quase maravilhoso demais para acreditar nisso, e foi com um esforço enorme que ela conseguiu permanecer na sala, manter um ar de tranquilidade e responder às perguntas triviais do momento. Felizmente para ela, não eram muitas. Sir Walter quis saber se os Crofts haviam viajado com quatro cavalos, e se era provável que eles se situassem numa parte de Bath adequada para uma visita da senhorita Elliot e dele mesmo, mas sua curiosidade não passou muito disso.

— Como está Mary? — perguntou Elizabeth, sem aguardar pela resposta. — E, diga-me, o que traz os Crofts a Bath?

— Eles vieram por causa do almirante. Acredita-se que ele esteja com gota.

— Gota e decrepitude! — exclamou Sir Walter. — Pobre cavalheiro velho!

— Eles têm algum conhecido aqui? — quis saber Elizabeth.

— Não sei, mas acho difícil que, nesse período de vida do almirante e com sua profissão, ele tenha muitos conhecidos em um lugar como este.

— Suspeito — disse Sir Walter com frieza — que o almirante Croft será mais conhecido em Bath como o locatário de Kellynch Hall. Elizabeth, devemos arriscar levar ele e a esposa a Laura Place?

— Oh, não! Acho que não. Dada nossa situação com Lady Dalrymple, como primos, devemos ser muito cuidadosos para não a envergonhar com relações que ela pode não aprovar. Se não fôssemos parentes, não faria diferença, mas, como primos, devemos ser muito escrupulosos quanto a qualquer proposta nossa. É melhor deixarmos os Crofts encontrar seu próprio nível. Há diversos homens de aparência estranha andando por aí, os quais, disseram-me, são marinheiros. Os Crofts vão se relacionar com eles!

Essa foi a parcela de interesse de Sir Walter e Elizabeth na carta. Depois que a senhora Clay pagou seu tributo de um pouco mais de atenção, perguntando sobre a senhora Charles Musgrove e seus belos meninos, Anne se viu livre.

Em seu quarto, ela tentou compreender tudo. Ora, Charles se perguntaria mesmo como o capitão Wentworth se sentiria com relação a isso! Talvez ele tivesse saído de campo, tivesse desistido de Louisa, tivesse deixado de amá-la, tivesse descoberto que não a amava. Ela não podia suportar a ideia de traição ou leviandade, ou nada parecido com má-fé entre ele e o amigo. Ela não podia suportar que uma amizade como a deles se rompesse tão injustamente.

O capitão Benwick e Louisa Musgrove! A animada, de conversa alegre, Louisa Musgrove, e o deprimido, reflexivo, sensível e amante da leitura capitão Benwick: cada um parecia ser tudo o que não combinaria com o outro. Suas mentes eram tão diferentes! Onde poderia haver atração? A resposta logo se apresentou. Tinha sido por acaso. Eles conviveram durante diversas semanas; tinham estado no mesmo pequeno grupo familiar; desde o retorno de Henrietta, deviam ter dependido um do outro quase completamente; Louisa, que já se recuperava da doença, estava mais atraente, e o capitão Benwick não era inconsolável. Esse era um ponto do qual Anne não tinha sido capaz de evitar suspeitar antes. E, em vez de cair na mesma conclusão de Mary a respeito do atual curso dos acontecimentos, eles pareciam somente confirmar a ideia de que ele tinha sentido uma aurora de ternura por ela. Ela não pretendia, entretanto, extrair muito mais disso para contentar sua vaidade além do que Mary teria admitido. Estava convencida de que qualquer moça toleravelmente agradável que o tivesse escutado e parecesse se apiedar dele teria recebido o mesmo elogio. Ele tinha um coração afetuoso. Precisava amar alguém.

Ela não via motivo para eles não serem felizes. Desde o início, Louisa tinha um fervor por tudo relacionado à marinha, e eles logo ficariam ainda mais parecidos. Ele ganharia alegria, e ela aprenderia a ser uma entusiasta de Scott e lorde Byron — não, isso provavelmente já tinha sido aprendido, é claro que eles tinham se apaixonado com base na poesia. A ideia de Louisa Musgrove ter virado uma pessoa de gosto literário e reflexão sentimental era divertida, mas ela não tinha dúvida de que era esse o caso. O dia em Lyme e a queda do Cobb podiam ter influenciado a saúde dela, os nervos, a coragem, a personalidade para toda a vida, tão completamente quanto pareciam ter influenciado o destino dela.

A conclusão de tudo isso era que, se a mulher que estivera vulnerável aos méritos do capitão Wentworth poderia se dispor a preferir outro homem, não havia nada no noivado que instigasse um espanto duradouro; e, se o capitão Wentworth não perdera amigo nenhum com isso, certamente não havia nada pelo que lamentar. Não, não era lamento o que fez o coração de Anne sem querer bater mais forte, e trouxe cor a suas bochechas quando ela pensou no capitão Wentworth livre e solto. Ela tinha sentimentos que estava com vergonha de investigar. Eram parecidos demais com alegria, uma alegria sem sentido!

Ela ansiava por ver os Crofts. Quando, porém, o encontro aconteceu, ficou claro que nenhum boato dessa notícia os tinha alcançado. A visita cerimoniosa foi feita e devolvida; Louisa Musgrove foi citada, bem como o capitão Benwick, sem sequer um meio sorriso.

Os Crofts se estabeleceram em acomodações em Gay Street, perfeitamente do agrado de Sir Walter. Ele não tinha vergonha alguma de conhecê-los, e, de fato, pensava e falava bem mais a respeito do almirante do que o almirante algum dia pensara ou falara dele.

Os Crofts conheciam quase tanta gente em Bath quanto eles poderiam desejar, e consideravam a relação com os Elliots uma mera formalidade, sem a mínima chance de proporcionar-lhes qualquer prazer. Trouxeram o hábito campestre de sempre estarem juntos. Recomendaram ao almirante que caminhasse para evitar a gota, e a senhora Croft parecia compartilhar tudo com ele, passando a caminhar excessivamente, para o bem dele. Anne os via sempre que saía de casa. Lady Russell a levava em sua carruagem quase toda manhã, e ela nunca deixava de pensar neles nem nunca deixava de vê-los. Conhecendo os sentimentos deles como ela conhecia, era-lhe uma imagem muito atraente de felicidade. Ela sempre os observava tanto quanto podia, encantada por imaginar que sabia sobre o que eles conversavam enquanto caminhavam lado a lado numa independência feliz, ou igualmente encantada por ver o cumprimento afetuoso do almirante quando encontrava um velho amigo, e por notar a avidez de conversa deles quando ocasionalmente se formava um pequeno grupo de oficiais navais, com a senhora Croft parecendo tão inteligente e entusiasmada quanto qualquer oficial ao redor dela.

Anne estava ocupada demais com Lady Russell para sair sozinha. Contudo, aconteceu exatamente isso numa manhã, cerca de uma semana ou dez dias depois da chegada dos Crofts, quando foi melhor para ela deixar a amiga, ou a carruagem da amiga, na parte mais baixa da cidade e voltar sozinha para Camden Place. Ao chegar à Milsom Street, ela teve a sorte de encontrar o almirante. Ele estava sozinho, parado diante da vitrine de uma loja de gravuras, com as mãos nas costas, contemplando ansioso uma gravura, e ela não só poderia ter passado por ele sem ser vista como foi obrigada a tocá-lo e a cumprimentá-lo antes de obter sua atenção. Quando ele a notou e a reconheceu, entretanto, foi com sua franqueza e seu bom humor habituais.

— Ah! É você? Obrigado, obrigado. É assim que me trata um amigo. Aqui estou eu, veja só, fitando uma imagem. Não consigo nunca passar por esta loja sem parar. Mas que coisa é esta aqui, passando-se por barco! Dê uma olhada. Viu alguma semelhança? Que camaradas estranhos devem ser os grandes pintores daqui, para imaginar que alguma pessoa arriscaria a vida sobre uma barqueta velha e deformada dessas! Ainda assim, eis dois cavalheiros em pé ali em cima, extremamente à vontade, e olhando ao redor para as pedras e para as montanhas como se não fossem afundar no momento seguinte, que é certamente o que vai acontecer. Pergunto-me onde esse barco foi construído! — Ele deu muita risada. — Eu não arriscaria passar nem por uma lagoa nisso. Bem — disse, virando-se —, aonde está indo? Posso ir a algum lugar por você, ou com você? Posso lhe ser útil de alguma forma?

— Não é preciso, obrigada, a não ser que me dê o prazer de sua companhia durante o pequeno trecho que nossos caminhos compartilham. Estou indo para casa.

— Isso eu farei, com todo o meu coração, e irei além. Sim, sim, faremos uma agradável caminhada juntos, e tenho algo para lhe contar enquanto andamos. Aqui, aceite meu braço... Ótimo. Não me sinto confortável sem uma mulher aí. Meu Deus! Que barco é esse? — disse, dando uma última olhada para a gravura enquanto começavam a andar.

— Você disse que tem algo para me contar?

— Sim, eu tenho, contarei agora mesmo. Mas aí vem um amigo, o capitão Brigden. Vou só lhe dizer "como vai?" ao passarmos, entretanto. Não vou parar. Como vai? Brigden admirou-se por ver outra pessoa comigo que não minha esposa. Ela, pobrezinha, está presa em casa por causa da perna. Está com uma bolha em um dos calcanhares, larga como uma moeda de três xelins.[42] Se olhar do outro lado da rua, vai ver o almirante Brand se aproximando com o irmão. São camaradas ensebados, os dois. Fico contente que não estejam deste lado da rua. Sophy não os tolera. Eles me pregaram uma peça lamentável certa vez: fugiram com alguns dos meus melhores homens. Vou lhe contar a história toda em outro momento. Ali vem o velho Sir Archibald Drew com o neto. Olhe, ele nos viu; fez o gesto de beijar a mão para você, pensa que é minha esposa. Ah! A paz veio cedo demais para esse jovenzinho. Pobre e velho Sir Archibald! O que está achando de Bath, senhorita Elliot? A cidade me agrada bastante. Estamos sempre nos encontrando com um antigo amigo ou outro; as ruas estão repletas deles toda manhã, é certo que sempre teremos muitas conversas. Depois, nós

---

42. A moeda de três xelins tinha um diâmetro de quase quatro centímetros.

nos afastamos de todos e nos fechamos em nossas acomodações, e nos arrastamos para nossas cadeiras, onde ficamos tão confortáveis quanto se estivéssemos em Kellynch; ora, como estávamos acostumados a ficar até mesmo em North Yarmouth e Deal. Não gostamos menos das nossas acomodações aqui, garanto-lhe, pois nos recorda das primeiras que tivemos em North Yarmouth. O vento sopra por um dos guarda--louças do mesmo jeito.

Quando estavam um pouco mais adiante, Anne se aventurou a insistir novamente pelo que ele tinha a comunicar. Ela esperava que, ao saírem de Milsom Street, sua curiosidade seria sanada, mas foi obrigada a aguardar, pois o almirante tinha decidido que não começaria a contar até terem alcançado o caminho mais longo e mais silencioso de Belmont; como ela não era a senhora Croft, precisava deixá-lo fazer como preferisse. Assim que estavam subindo Belmont, ele iniciou:

— Bem, agora você vai ouvir algo que a surpreenderá. Porém, antes de tudo, deve me dizer o nome da moça sobre quem vou falar. Aquela moça, sabe, com quem todos nós ficamos muito preocupados. A senhorita Musgrove, a quem tudo isso aconteceu. O nome de batismo dela... Sempre me esqueço do nome de batismo dela.

Anne ficou envergonhada de parecer compreender tão depressa quanto ela de fato compreendeu, mas agora poderia seguramente sugerir o nome "Louisa".

— Isso, isso, senhorita Louisa Musgrove, é esse o nome. Gostaria que as jovens damas não tivessem uma quantidade tão grande de nomes de batismo. Eu nunca esqueceria se todas fossem Sophy ou algo do tipo. Bem, essa senhorita Louisa, todos achávamos, sabe, que ela se casaria com Frederick. Ele a estava cortejando havia semanas. A única coisa que nos perguntávamos era o que eles estavam esperando, até que toda a situação em Lyme aconteceu; então, ficou evidente que eles deveriam aguardar até que o cérebro dela estivesse recuperado. Porém, mesmo nesse momento, houve algo de estranho no modo como as coisas prosseguiram. Em vez de ficar em Lyme, ele foi para Plymouth, e depois foi ver Edward. Quando nós voltamos de Minehead, ele já estava na casa de Edward, e não saiu de lá desde então. Não o vemos desde novembro. Nem mesmo Sophy consegue entender. Entretanto, agora a situação se modificou de uma forma muito estranha, pois essa moça, essa mesma senhorita Musgrove, em vez de se casar com Frederick, vai se casar com James Benwick. Você conhece James Benwick.

— Um pouco. Conheço um pouco o capitão Benwick.

— Bem, ela vai se casar com ele. Ora, é provável que já estejam casados, pois não sei pelo que deveriam esperar.

— Achei o capitão Benwick um rapaz muito agradável — disse Anne. — E soube que ele tem um caráter excelente.

— Oh! Sim, sim, não há uma palavra a se dizer contra James Benwick. É somente um comandante, é verdade; ganhou a patente no verão passado, e estes são maus tempos para subir na vida, mas ele não tem nenhuma outra falha, que eu saiba. É um camarada excelente, de bom coração, garanto-lhe. E um oficial muito ativo e zeloso, também, mais do que você poderia imaginar, talvez, visto que aquele tipo de comportamento manso não lhe faz justiça.

— Na verdade, o senhor está bem enganado nesse ponto. Eu jamais suporia desânimo em virtude do comportamento do capitão Benwick. Eu considerei seus modos particularmente agradáveis, e afirmo que são modos que agradariam a todos de maneira geral.

— Bem, bem, as damas são as melhores juízas. Mas James Benwick é delicado demais, em minha opinião; e, embora provavelmente por causa de nossa parcialidade, Sophy e eu não conseguimos deixar de pensar que os modos de Frederick são melhores que os dele. Há algo a respeito de Frederick que combina mais com nosso gosto.

Anne ficou confusa. Pretendia somente se opor à ideia comum demais de animação e delicadeza serem incompatíveis, e não representar os modos do capitão Benwick como os melhores que poderiam haver. Depois de uma breve hesitação, ela começou a dizer:

— Eu não estava iniciando uma comparação entre os dois amigos... — Porém o almirante a interrompeu.

— E a coisa toda é verdade. Não é mera fofoquinha. Soubemos pelo próprio Frederick. Sua irmã recebeu uma carta dele ontem, na qual ele nos relata tudo, e ele tinha acabado de receber uma carta de Harville, escrita no local, em Uppercross. Imagino que estejam todos em Uppercross.

Era uma oportunidade à qual Anne não era capaz de resistir. Assim, ela disse:

— Espero, almirante, espero que não haja nada no estilo da carta do capitão Wentworth que tenha preocupado o senhor e a senhora Croft. Parecia mesmo, no outono passado, que havia uma ligação entre ele e Louisa Musgrove, mas espero que se compreenda como algo que se desgastou dos dois lados igualmente, e sem ofensa. Espero que da carta dele não emane o ar de um homem ludibriado.

— Nem um pouco, nem um pouco. Não há nenhum ataque ou queixa do começo ao fim.

Anne baixou o rosto para esconder o sorriso.

— Não, não. Frederick não é um homem de choramingar e reclamar. Ele tem personalidade demais para isso. Se a garota prefere outro homem, é melhor que fique com ele.

— Com certeza. O que eu quis dizer é que espero não haver nada no modo de escrita do capitão Wentworth que o faça supor que ele se sente ludibriado pelo amigo, que possa ser deduzido, sabe, mesmo que não tenha sido dito. Eu ficaria muito triste se uma amizade como a que existia entre ele e o capitão Benwick fosse destruída, ou mesmo ferida, por uma circunstância do tipo.

— Sim, sim, eu compreendo. Mas não há nada dessa natureza na carta. Ele não faz o menor ataque a Benwick, não diz nada além de "Eu me espanto com isso. Tenho uma razão particular para me espantar com isso.". Não, você não imaginaria, pelo modo como escreve, que ele algum dia pensara nessa senhorita (qual é mesmo o nome dela?) para si mesmo. De um jeito bem elegante, ele torce para que os dois sejam felizes juntos; e não há nenhum rancor nisso, acho eu.

Anne não ficou plnamente convencida do que o almirante pretendia transmitir, mas teria sido inútil insistir nas perguntas. Assim, ela se satisfez com observações costumeiras ou sua atenção silenciosa, e o almirante seguiu conforme desejava.

— Pobre Frederick! — disse ele, por fim. — Agora precisa começar tudo de novo com outra pessoa. Penso que devemos trazê-lo para Bath. Sophy precisa lhe escrever e implorar que venha a Bath. Aqui há muitas garotas bonitas, tenho certeza. Não faria sentido voltar a Uppercross, pois aquela outra senhorita Musgrove, que eu saiba, está prometida ao primo, o jovem pároco. Não acha, senhorita Elliot, que é melhor tentar fazê-lo vir a Bath?

Capítulo XIX

Enquanto o almirante Croft fazia essa caminhada com Anne e expressava seu desejo de que o capitão Wentworth viesse a Bath, o capitão Wentworth já estava a caminho. Antes que a senhora Croft lhe tivesse escrito, ele chegou, e na próxima vez que Anne saiu de casa ela o viu.

O senhor Elliot acompanhava as duas primas e a senhora Clay. Eles estavam em Milsom Street. Havia começado a chover, não muito, mas o suficiente para tornar desejável um abrigo para as mulheres, e o suficiente para que a senhorita Elliot desejasse ter a vantagem de ser levada para casa na carruagem de Lady Dalrymple, a qual foi vista parada a uma pequena distância: assim, ela, Anne e a senhora Clay entraram na Molland's,[43] enquanto o senhor Elliot foi falar com Lady Dalrymple para lhe solicitar ajuda. Ele logo retornou a elas, bem-sucedido, é claro: Lady Dalrymple ficaria muito contente de levá-las para casa, e as chamaria dentro de poucos minutos.

A carruagem de sua senhoria era uma caleche, que não conseguia levar mais de quatro pessoas com algum conforto. A senhorita Carteret estava com a mãe; consequentemente não era razoável esperar acomodações para todas as três damas de Camden Place.

Não havia dúvida quanto à senhorita Elliot. Quem quer que fosse sofrer alguma inconveniência, ela não deveria sofrer nenhuma, mas levou um pouco de tempo para resolver a questão de cortesia entre as outras duas. A chuva era insignificante, e Anne era muito sincera ao dizer que preferia ir a pé com o senhor Elliot. Mas a chuva era insignificante para a senhora Clay também, que mal admitiria que estivesse caindo uma gota sequer, e suas botas eram tão grossas... bem mais grossas que as da senhorita Anne. Em resumo, a cortesia dela a deixou quase tão ansiosa para ir andando com o senhor Elliot quanto Anne, e a questão foi discutida entre elas com uma generosidade tão educada e tão determinada que os outros foram obrigados a resolver pelas duas: a senhorita Elliot sustentando que a senhora Clay já estava meio gripada, e o senhor Elliot deliberando que as botas da prima de Anne eram na verdade as mais grossas.

Ficou resolvido, portanto, que a senhora Clay iria com o grupo na carruagem. Tinham acabado de chegar a essa conclusão quando Anne,

---

43. Confeitaria de Bath famosa na época de Austen.

que estava sentada à janela, avistou, incontestável e distintamente, o capitão Wentworth andando na rua.

Seu espanto foi perceptível apenas para si mesma, porém ela sentiu de imediato que era a criatura mais tola, mais incompreensível e ridícula do mundo! Por poucos minutos, ela não viu nada diante dela: era tudo confusão. Estava perdida e, quando conseguiu recobrar os sentidos, descobriu que os outros ainda aguardavam a carruagem, e que o senhor Elliot (sempre prestativo) tinha acabado de sair em direção à Union Street numa tarefa para a senhora Clay.

Agora ela sentia uma grande inclinação para ir até a porta da rua; queria ver se chovia. Por que suspeitaria de ter outro motivo? O capitão Wentworth devia estar fora de vista. Ela levantou-se do assento, ela iria; metade dela não deveria sempre ser tão mais sábia que a outra metade, ou sempre suspeitar que a outra fosse pior do que era. Ela foi ver se chovia. Ela acabou recuando, contudo, num momento, pela entrada do próprio capitão Wentworth, em meio a um grupo de cavalheiros e damas, evidentemente seus conhecidos, com os quais ele devia ter se encontrado um pouco adiante, na Milsom Street. Ele ficou obviamente mais chocado e confuso ao vê-la do que ela jamais observara antes; ele parecia ter ficado ruborizado. Pela primeira vez desde que retomaram a convivência, ela sentiu que, dos dois, era ela quem menos demonstrava emoção. Ela tivera vantagem sobre ele ao se preparar alguns momentos antes. Todos os efeitos iniciais avassaladores, cegantes e desconcertantes da intensa surpresa já haviam passado por ela. Ainda assim, ela tinha muito que sentir! Era agitação, dor, prazer — algo entre deleite e tormento.

Ele lhe falou, então virou-se. Seu comportamento tinha um caráter de constrangimento. Ela não podia dizer que ele estava frio nem que era amigável, nem, com tanta certeza, nada além de constrangido.

Depois de um breve intervalo, porém, ele se aproximou dela e lhe falou de novo. Questionamentos mútuos sobre pessoas em comum se passaram; nenhum deles, provavelmente, tornou-se mais sábio pelo que ouviu, e Anne seguiu continuamente com a impressão de que ele estava menos à vontade que antes. Eles haviam, pelo fato de terem passado tanto tempo juntos, achado um meio de falar um com o outro com uma porção considerável de aparente indiferença e tranquilidade; mas ele não conseguia fazer isso agora. O tempo o havia mudado, ou Louisa o havia mudado. Havia consciência de algum tipo. Sua aparência era muito boa, não era como se ele estivesse sofrendo por saúde ou por sentimento, e ele falou de Uppercross, dos Musgroves, ora, até mesmo de

Louisa, e lançou inclusive um olhar momentâneo de malícia quando a citou. Ainda assim, o capitão Wentworth não estava confortável, não estava à vontade, não era capaz de fingir que estava.

Não surpreendia, mas doía em Anne perceber que Elizabeth não admitiria conhecê-lo. Ela percebeu que ele viu Elizabeth, que Elizabeth o viu, que ambos tinham se reconhecido; estava convencida de que ele se preparou para ser admitido como um conhecido e que até esperava isso, mas sofreu a mágoa de ver a irmã lhe dar as costas com uma frieza inalterada.

A carruagem de Lady Dalrymple, pela qual a senhorita Elliot aguardava com cada vez mais impaciência, apareceu; o criado entrou e a anunciou. Começava a chover de novo, e de modo geral houve um atraso, e um alvoroço, e uma conversação, que devia fazer com que toda a pequena multidão na loja entendesse que Lady Dalrymple vinha buscar a senhorita Elliot. Enfim, a senhorita Elliot e sua amiga, acompanhada apenas pelo criado (pois o primo não havia retornado), se afastaram; e o capitão Wentworth, que as observava, virou-se novamente para Anne e, com seus modos, mais que com palavras, ofereceu-lhe o braço.

— Agradeço muito — foi a resposta dela —, mas não irei com elas. A carruagem não consegue acomodar tantas pessoas. Vou a pé; prefiro andar.

— Mas está chovendo.

— Oh! Quase nada. Nada que me incomode.

Depois de uma pausa, ele disse:

— Apesar de eu ter chegado somente ontem, já me equipei apropriadamente para Bath, veja só — ele apontou para um guarda-chuva novo. — Gostaria que você o usasse, se está tão determinada a andar, embora eu ache que seria mais prudente me deixar chamar uma liteira.

Ela ficou muito agradecida, mas recusou todas as ofertas, repetindo sua convicção de que a chuva logo cessaria e acrescentando:

— Estou só esperando o senhor Elliot. Ele estará aqui num instante, tenho certeza.

Ela mal falara essas palavras quando o senhor Elliot entrou. O capitão Wentworth lembrou-se perfeitamente dele. Não havia diferença entre ele e o homem que havia parado nos degraus de Lyme, admirando Anne conforme ela passava, exceto no ar, na expressão e na maneira de parente e amigo privilegiado. Ele se aproximou com avidez; parecia ver e pensar somente nela, pediu desculpa pela demora, lamentou tê-la deixado esperando e ansiou por levá-la para casa sem mais demora e antes que a chuva se intensificasse. No momento seguinte, eles saíram juntos da loja, de braços dados, e um olhar gentil e constrangido, junto com um "Tenha uma boa manhã!", foi tudo o que ela teve tempo de fazer ao passar.

Assim que estavam fora de vista, as damas do grupo do capitão Wentworth começaram a falar deles.

— O senhor Elliot não desgosta da prima ou é impressão minha?

— Oh, não, isso é bastante claro. Dá para adivinhar o que vai acontecer ali. Ele está sempre junto, praticamente vive com a família, acredito. Que homem de boa aparência!

— Sim. E a senhorita Atkinson, que jantou com ele uma vez na casa dos Wallis, conta que ele é o homem mais agradável com quem ela já esteve.

— Ela é bonita, eu acho. Anne Elliot. Bem bonita quando se presta atenção. Não é a opinião da maioria, mas confesso que eu a admiro mais que à irmã.

— Oh, eu também!

— E eu também. Não tem comparação. Mas os homens estão todos doidos pela senhorita Elliot. Anne é delicada demais para eles.

Anne teria ficado particularmente agradecida ao primo se ele tivesse andado ao seu lado por todo o caminho até Camden Place sem dizer uma palavra. Ela nunca havia considerado tão difícil ouvi-lo, embora nada pudesse exceder a preocupação e o cuidado dele, e embora os assuntos fossem principalmente aqueles que costumavam ser sempre interessantes: elogios afetuosos, íntegros e distintos em relação à Lady Russell, e insinuações altamente racionais contra a senhora Clay. Mas naquele exato momento ela só conseguia pensar no capitão Wentworth. Não conseguia entender os sentimentos atuais dele, não sabia se ele estava de fato sofrendo muito de decepção ou não; e, até que esse ponto fosse resolvido, ela não conseguiria se tranquilizar.

Ela desejava, com o tempo, recuperar a sensatez e o juízo; mas ai!, ai!, precisava confessar a si mesma que ainda não se encontrava sensata.

Outra circunstância que era muito essencial que ela soubesse se referia à quantidade de tempo que ele pretendia permanecer em Bath. Ele não havia mencionado isso, ou ela não se lembrava. Ele poderia estar só de passagem. Mas era mais provável que ele tivesse vindo para ficar. Nesse caso, tão sujeito quanto todo mundo estava de se encontrar com todo mundo em Bath, Lady Russell iria muito provavelmente vê-lo em algum lugar. Ela o reconheceria? Como seria?

Ela já tinha sido obrigada a contar a Lady Russell que Louisa Musgrove iria se casar com o capitão Benwick. Havia lhe custado enfrentar a surpresa de Lady Russell; e agora, se ela por algum acaso fosse vista na companhia do capitão Wentworth, seu conhecimento imperfeito do assunto poderia acrescentar uma sombra de preconceito contra ele.

Na manhã seguinte, Anne saiu com a amiga e, durante a primeira hora, ficou num tipo de incessante e temerosa vigilância por ele, em vão. Enfim, ao descer de volta a Pulteney Street, ela o distinguiu na calçada da direita a uma distância tal que dava para vê-lo da maior parte da rua. Havia muitos outros homens com ele, muitos grupos caminhando na mesma direção, mas não havia como confundi-lo. Ela olhou instintivamente para Lady Russell, mas não com uma ideia louca de que ela o pudesse reconhecer tão depressa quanto ela mesma. Não, não era de se supor que Lady Russell o percebesse até que estivessem frente a frente com ele. No entanto, a cada minuto ela olhava ansiosa para a amiga. Quando se aproximou o momento de apontá-lo, embora não se atrevesse a olhar de novo (por causa do próprio semblante, era melhor não ser vista), ela ainda estava perfeitamente consciente de que os olhos de Lady Russell viravam na direção exata dele — que ela, em suma, observava-o atentamente. Anne podia entender completamente o tipo de fascínio que ele devia causar na mente de Lady Russell, a dificuldade que ela devia ter de desviar o olhar, o espanto que ela devia sentir por oito ou nove anos terem passado por ele, em climas estrangeiros e em serviço ativo também, sem lhe roubar qualquer encanto pessoal!

Enfim, Lady Russell virou a cabeça de volta. "Como será que falaria dele agora?"

— Você vai se perguntar — disse ela — o que eu estava fitando por tanto tempo. No entanto eu estava olhando umas cortinas, sobre as quais Lady Alicia e a senhora Frankland me falaram ontem à noite. Elas descreveram as cortinas da sala de estar de uma das casas deste lado da calçada, e nesta parte da rua, como sendo as mais bonitas e mais bem penduradas de todas em Bath, mas não conseguiam se lembrar do número exato, e venho tentando descobrir qual seria. Confesso, porém, que não vejo cortina alguma por aqui que corresponda à descrição.

Anne suspirou, e enrubesceu, e sorriu, com piedade e desdém, tanto da amiga quanto dela mesma. A parte que a irritou mais foi que, com todo esse desperdício de preocupação e cautela, ela perdeu o momento certo de reparar se ele as tinha visto.

Um ou dois dias se passaram sem que algo acontecesse. O teatro e os salões, onde ele mais provavelmente estaria, não eram de bom gosto o suficiente para os Elliots, cujas diversões noturnas encontravam-se unicamente na estupidez elegante de festas particulares, com as quais eles ficavam cada vez mais comprometidos. Anne, cansada de tal estagnação, doente por não saber nada, e achando-se fortalecida por sua força não ter sido posta à prova, estava muito impaciente pelo concerto daquela noite. Era um concerto em benefício a uma pessoa apadrinhada por Lady Dalrymple. É claro que eles deveriam ir. Esperava-se que fosse ser muito bom, de fato, e o capitão Wentworth sempre gostou muito de música. Se ela ao menos pudesse ter uma conversa de poucos minutos com ele de novo, talvez ficasse satisfeita; em relação ao poder de iniciar a conversa, ela sentia ter toda a coragem para o caso de a oportunidade ocorrer. Elizabeth tinha dado as costas a ele, Lady Russell o tinha negligenciado; ela sentia que lhe devia atenção.

Ela tinha parcialmente prometido à senhora Smith que passaria a noite com ela; mas, numa visita rápida, deu uma desculpa e adiou o encontro, com uma promessa mais firme de uma visita mais longa na manhã seguinte. A senhora Smith deu-lhe um consentimento bem-humorado.

— Fique à vontade — disse ela. — Só me conte tudo quando vier. Quem estará com você?

Anne citou todos os nomes. A senhora Smith não respondeu nada, mas, quando a amiga estava saindo, disse com uma expressão meio séria, meio maliciosa:

— Bem, desejo de coração que o concerto seja tão bom quanto espera. E não deixe de vir amanhã, se puder, pois começo a ter o pressentimento de que talvez eu não receba mais tantas visitas suas.

Anne ficou assustada e confusa, mas, depois de permanecer ali na expectativa, viu-se obrigada, e não lamentava isso, a ir embora depressa.

Capítulo XX

Sir Walter, suas duas filhas e a senhora Clay foram os primeiros de todo o grupo a chegar aos salões naquela noite; e, como deveriam aguardar Lady Dalrymple, pararam perto de uma das lareiras do Salão Octogonal.[44] Contudo, mal haviam se acomodado quando a porta foi novamente aberta e o capitão Wentworth entrou sozinho. Anne era quem estava mais próxima e, dando alguns passos à frente, falou-lhe prontamente. Ele estava preparado para fazer apenas uma reverência e seguir adiante, mas o gentil "Como vai?" dela o fez desviar da linha reta e aproximar-se, retribuindo-lhe o cumprimento, apesar da presença intimidatória do pai e da irmã ao fundo. Eles estarem ao fundo era um amparo a Anne, pois, como não podia ver suas expressões, sentia-se apta a fazer tudo o que acreditava ser certo.

Enquanto falavam, um sussurro entre o pai dela e Elizabeth chegou aos seus ouvidos. Ela não conseguia distinguir as palavras, mas podia imaginar o assunto; e, quando o capitão Wentworth fez uma reverência a distância, ela compreendeu que o pai havia julgado bem lhe conceder um reconhecimento, e ela se virou a tempo de ver com o canto do olho uma mesura leve de Elizabeth. Isso — embora fosse tardio, relutante e descortês — ainda assim era melhor que nada, e seu ânimo melhorou.

Depois de falarem do clima, de Bath e do concerto, a conversa começou a desvanecer-se, e tão pouco foi dito no fim que ela esperava que ele fosse embora a qualquer momento, mas ele não foi; ele parecia não ter pressa alguma de deixá-la. Nesse momento, com um ânimo renovado e um pequeno sorriso, um pequeno rubor, ele disse:

— Mal a vi desde aquele nosso dia em Lyme. Receio que você tenha sofrido pelo choque, sobretudo por não ter se deixado dominar por ele naquela hora.

Ela lhe garantiu que não.

— Foi uma ocasião assustadora — disse ele. — Um dia assustador!

— E ele passou a mão nos olhos, como se a lembrança ainda fosse dolorosa demais, porém, logo depois, com um meio sorriso de novo, acrescentou: — O dia produziu alguns efeitos, entretanto. Houve algumas

---

44. Um dos salões entre os quatro interconectados que compõem os Assembly Rooms (salões de assembleia), espaços inaugurados em 1771 em Bath, onde a sociedade inglesa se encontrava para participar de bailes e concertos, tomar chá, jogar cartas, etc.

consequências que podem ser consideradas como o oposto completo de assustadoras. Quando você teve a presença de espírito de sugerir que Benwick seria a pessoa mais adequada para buscar o médico, eu não fazia ideia de que eventualmente ele iria se tornar um dos mais preocupados com a recuperação dela.

— Sem dúvida, eu também não imaginava. Mas parece... Espero que seja uma união muito feliz. Há dos dois lados bons princípios e bom temperamento.

— Sim — disse ele, olhando não exatamente para a frente. — Mas aí, penso eu, acabam as semelhanças. Com todo o meu coração, desejo-lhes a felicidade e me alegro com qualquer circunstância que favoreça isso. Eles não têm dificuldade alguma para enfrentar em casa, nenhuma oposição, nenhum capricho, nenhum impedimento. Os Musgroves comportam-se como eles mesmos, com grande honra e gentileza, somente ansiosos com verdadeiros corações de pais para promover o conforto da filha. Tudo isso está muito, muito mesmo a favor da felicidade deles. Talvez mais que...

Ele parou. Uma recapitulação repentina pareceu lhe ocorrer e lhe permitir sentir o gosto da emoção que enrubescia as bochechas de Anne e fixava os olhos dela no chão. Contudo, ele limpou a garganta e prosseguiu assim:

— Confesso que penso existir uma disparidade, e uma disparidade bem grande, num ponto não menos essencial que a mente. Acho Louisa Musgrove uma garota muito amável, de temperamento doce, e nem um pouco estúpida, mas Benwick é algo mais. Ele é um homem sábio, um homem de leitura; e confesso que encaro a afeição dele por ela com alguma surpresa. Se tivesse sido um efeito de gratidão, se ele tivesse aprendido a amá-la, porque acreditava que ela o preferia, teria sido outra coisa. Mas não tenho motivo para supor que tenha sido isso. Parece, ao contrário, que foi um sentimento perfeitamente espontâneo e natural da parte dele, e isso me surpreende. Um homem como ele, na situação dele! Com o coração dilacerado, ferido, quase partido! Fanny Harville era uma criatura muito superior, e a afeição que ele tinha por ela era enorme. Um homem não se recupera facilmente de um sentimento como esse por tal mulher! Ele não pode; ele não consegue.

Fosse pela consciência de que, não obstante, o amigo tinha se recuperado, ou por alguma outra consciência, ele não prosseguiu. E Anne, que, apesar da voz emocionada com a qual a última parte tinha sido proferida e apesar de todos os variados barulhos da sala, a batida quase incessante da porta, e o zumbido incessante de pessoas entrando, tinha distinguido cada palavra, ficou chocada, satisfeita, confusa e começou a respirar bem rápido e a sentir uma centena de coisas ao mesmo tempo. Era impossível para ela adentrar em tal assunto; ainda assim, depois de uma pausa, sentindo a necessidade de falar e não tendo o menor desejo de mudar completamente de assunto, desviou-o somente para dizer:

— Você ficou um bom tempo em Lyme, não?

— Cerca de quinze dias. Não consegui ir embora até que houvesse praticamente certeza de que Louisa estava bem. Eu estava muito preocupado com o acidente para ficar em paz tão depressa. Foi minha culpa, só minha. Ela não teria se comportado com tanta obstinação se eu não tivesse sido fraco. O campo que cerca Lyme é muito bonito. Andei e cavalguei bastante e, quanto mais eu via, mais achava o que admirar.

— Eu gostaria muito de rever Lyme — disse Anne.

— É mesmo? Eu não teria adivinhado que você pudesse ter encontrado alguma coisa em Lyme que inspirasse esse sentimento. O horror e a angústia nos quais você foi envolvida, o estiramento da mente, o desgaste da alma! Eu teria imaginado que suas últimas impressões de Lyme fossem de forte aversão.

— As últimas horas lá foram muito dolorosas, sem dúvida — respondeu Anne. — Mas, quando a dor desaparece a lembrança com frequência se torna um prazer. Uma pessoa não ama menos um lugar por ter sofrido ali, a não ser que tenha sido só sofrimento, nada além de sofrimento, o que de modo algum foi o caso em Lyme. Ficamos ansiosos e aflitos somente durante as últimas duas horas, entretanto antes disso houve muito divertimento. Tanta novidade e beleza! Eu viajei tão pouco que todo novo lugar seria interessante para mim; mas há uma beleza verdadeira em Lyme. Em suma — então corou de leve por causa de umas recordações —, de um modo geral, minhas impressões do lugar são muito agradáveis.

Conforme ela concluía, a porta de entrada foi aberta de novo, e apareceu ali justamente o grupo pelo qual aguardavam. "Lady Dalrymple, Lady Dalrymple!" foi o som de alegria, e, com todo o entusiasmo compatível com uma ansiosa elegância, Sir Walter e suas duas damas deram um passo à frente para ir ao encontro dela. Lady Dalrymple e a senhorita Carteret, conduzida pelo senhor Elliot e pelo coronel Wallis, que por acaso tinha chegado quase no mesmo instante, adentraram o salão. Os outros se juntaram a eles, e era um grupo no qual Anne descobriu-se necessariamente incluída. Ela foi separada do capitão Wentworth.

Aquela conversa interessante, quase interessante demais, deveria ser interrompida por um tempo, mas leve era a penitência em comparação com a alegria que aquilo provocou! Ela havia descoberto nos últimos dez minutos mais sobre os sentimentos dele em relação à Louisa, mais sobre todos os sentimentos dele, do que ousava imaginar; e ela cedeu às demandas do grupo, às cortesias exigidas no momento, com primorosas, embora agitadas, sensações. Ela estava de bom humor com todos. Tivera ideias que a deixaram disposta a ser cortês e gentil com todos, e a se apiedar de todo mundo pelo fato de serem menos felizes que ela mesma.

As agradáveis emoções foram um pouco abrandadas quando, ao se afastar do seu grupo para voltar a falar com o capitão Wentworth, ela viu que ele havia ido embora. Ela se virou a tempo de vê-lo entrar no Salão de Concertos. Ele havia partido... ele havia sumido; ela sentiu um arrependimento momentâneo. Mas "eles se encontrariam de novo. Ele a procuraria, ele a acharia antes que a noite tivesse acabado, e, no momento, talvez, era bom que mantivessem alguma distância. Ela precisava de um pequeno intervalo para se recompor".

Com a aparição de Lady Russell pouco depois, o grupo ficou completo, e tudo o que restou foi organizarem-se e prosseguirem para o Salão de Concertos, assumindo um ar de toda a importância, atraindo muitos olhares, provocando muitos sussurros e incomodando tantas pessoas quanto pudessem.

Muito, muito felizes estavam tanto Elizabeth quanto Anne Elliot quando elas entraram na sala. Elizabeth, de braços dados com a senhorita Carteret e encarando as costas largas da viscondessa viúva Dalrymple à sua frente, não desejava nada que não parecesse estar ao seu alcance; e Anne... mas seria um insulto à natureza da felicidade de Anne fazer uma comparação com a da irmã: a origem de uma era só vaidade egoísta; e da outra, era só afeição generosa.

Anne não viu nada, não pensou nada a respeito do esplendor do salão. Sua felicidade vinha de dentro. Seus olhos brilhavam, suas bochechas coravam; mas ela sequer notou. Estava pensando apenas na última meia hora, e, conforme seguiam para os assentos, sua mente a repassou rapidamente. A escolha dele de assuntos, suas expressões e, mais ainda, seus modos e seu aspecto tinham sido tais que ela só poderia ver sob uma única luz. A opinião dele da inferioridade de Louisa Musgrove, uma opinião que ele parecera ansioso para dar, seu espanto quanto ao capitão Benwick, seus sentimentos em relação a um primeiro e intenso afeto; frases que iniciara e não conseguira terminar, o desviar dos olhos e um olhar expressivo, tudo, tudo declarava que seu coração se voltava de novo para ela, enfim; que raiva, ressentimento, o desejo de evitá-la não existiam mais; e que eram substituídos não apenas por amizade ou estima, mas pela ternura do passado. Sim, alguma porção da ternura do passado! Ela não podia considerar que sua mudança significasse menos que isso. Ele devia amá-la.

Eram esses pensamentos, junto às decorrentes visões, que a ocupavam e agitavam demais para deixá-la com qualquer poder de observação; e ela atravessou o salão sem captar um vislumbre dele, sem nem mesmo tentar distingui-lo. Quando os assentos foram determinados e eles todos foram devidamente acomodados, ela olhou ao redor para ver se por acaso ele havia ficado na mesma parte do salão, mas não; o olhar dela não o podia alcançar; e, porque o concerto havia acabado de começar, ela precisava se permitir ser feliz de um modo mais contido durante um tempo.

O grupo foi dividido e distribuído em dois bancos contíguos: Anne estava com aqueles que ficaram no primeiro, e o senhor Elliot tinha tramado muito bem, com o auxílio do amigo, coronel Wallis, para se sentar ao lado dela. A senhorita Elliot, cercada pelas primas e o principal alvo do galanteio do coronel Wallis, estava muito satisfeita.

A mente de Anne estava no estado mais favorável para o entretenimento daquela noite; era ocupação suficiente, nada mais: ela tinha sentimentos pela ternura, ânimo para a alegria, atenção para o científico e paciência para o fastidioso; e nunca gostara tanto de um concerto, ao menos durante o primeiro ato. Próximo ao encerramento, no intervalo que sucedera uma canção italiana, ela explicou as palavras da música ao senhor Elliot. Havia apenas uma ficha do concerto para os dois.

— Isto — disse ela — é quase o sentido, ou melhor dizendo, o significado das palavras, pois certamente o sentido de uma canção de amor italiana não deve ser discutido, mas é o mais próximo do significado que consigo fornecer, já que não pretendo compreender o idioma. Não sou uma estudante de italiano muito boa.

— Sim, sim, estou vendo. Estou vendo que você não sabe nada do assunto. Tem conhecimento suficiente do idioma somente para traduzir, com uma olhada, estes versos italianos invertidos, transpostos e truncados, para um inglês claro, compreensível e elegante. Não precisa dizer mais nada sobre sua ignorância. Eis aqui a prova completa.

— Não vou contrapor uma cortesia tão amável, mas eu lamentaria ser posta à prova por alguém proficiente de verdade.

— Não tive o prazer de visitar Camden Place por muito tempo — respondeu ele — sem saber alguma coisa sobre a senhorita Anne Elliot; e eu a considero uma pessoa que é modesta demais para que o mundo todo conheça metade de seus talentos, e talentosa demais para que a modéstia seja natural em qualquer outra mulher.

— Que vergonha! Que vergonha. Esta adulação é excessiva. Esqueci o que escutaremos a seguir — disse ela, virando a ficha.

— Talvez — disse o senhor Elliot, falando baixo — eu conheça seu caráter há mais tempo do que você imagina.

— É mesmo? Como pode? Você só pôde conhecê-lo depois que vim a Bath, exceto se você tiver ouvido sobre mim anteriormente por intermédio de minha família.

— Eu a conhecia por meio de relatos muito antes de você chegar a Bath. Eu tinha ouvido descrições de você por intermédio daqueles que a conhecem intimamente. Faz muitos anos que a conheço pelo caráter. Sua pessoa, sua disposição, seus talentos, seus modos... tudo me foi descrito, tudo me foi apresentado.

O senhor Elliot não ficou desapontado com o interesse que esperava instigar. Ninguém é capaz de resistir ao charme de um mistério assim. Ter sido descrita tanto tempo antes para um conhecido recente por uma pessoa anônima é irresistível, e Anne foi tomada de curiosidade. Ela tentou imaginar e lhe perguntou com ansiedade, mas em vão. Ele ficou encantado de ser questionado, mas não revelaria quem havia sido. "Não, não. Talvez em outra hora, mas não agora. Ele não citaria nenhum nome agora; entretanto, esse tinha sido o fato, ele lhe assegurou. Muitos anos antes, ele ouvira uma descrição da senhorita Anne Elliot que havia inspirado nele a noção dos seus mais elevados méritos, e havia despertado nele a mais entusiasmada curiosidade de conhecê-la."

Anne não conseguia pensar em ninguém tão provável de ter falado sobre ela com tamanha parcialidade havia tantos anos do que o senhor Wentworth de Monkford, irmão do capitão Wentworth. Ele podia ter estado na companhia do senhor Elliot, mas ela não teve coragem de perguntar.

— O nome de Anne Elliot — disse ele — há muito tem uma sonoridade interessante para mim. Há muito tempo esse nome produz um encanto sobre minha imaginação; e, se pudesse ousar, exprimiria meus desejos de que esse nome nunca se alterasse.

Tais, ela acreditava, foram suas palavras. Porém, mal havia recebido o som delas quando sua atenção foi tomada por outros sons imediatamente atrás de si, que tornaram banal todo o restante. Seu pai e Lady Dalrymple conversavam.

— Um homem de boa aparência — disse Sir Walter. — De muito boa aparência.

— Um rapaz bem bonito, é verdade! — respondeu Lady Dalrymple.

— Mais altivo do que normalmente se vê em Bath. Irlandês, suponho?

— Não. Sei apenas o nome dele. É um conhecido de cumprimentos, somente. Wentworth: capitão Wentworth da marinha. A irmã dele é casada com meu locatário em Somersetshire, os Crofts, que alugam Kellynch.

Antes que Sir Walter tivesse alcançado esse ponto, os olhos de Anne haviam capturado a direção certa e avistado o capitão Wentworth, em pé entre um grupo de homens a certa distância. Assim que os olhos dela recaíram sobre ele, os dele pareciam estar desviando dela. Parecia isso. Como se ela tivesse chegado um instante depois, tarde demais; e, pelo tempo que ousou observar, ele não a olhou novamente. Porém a apresentação estava retomando, e ela foi forçada a parecer restabelecer sua atenção à orquestra e olhar para a frente.

Quando ela conseguiu olhar novamente, ele havia mudado de lugar. Ele não poderia ter se aproximado nem se quisesse, de tão cercada e fechada que ela estava; mas ela preferiria ter encontrado seu olhar.

A fala do senhor Elliot também a angustiava. Ela não tinha mais nenhum prazer em conversar com ele. Ela desejou que ele não estivesse tão perto.

O primeiro ato acabou. Agora, ela torcia para que houvesse alguma alteração favorável; e, depois de um período de nada a dizer entre o grupo, alguns deles decidiram sair à procura de um chá. Anne foi uma das poucas que decidiram não se mover. Ela permaneceu no assento, assim como Lady Russell; mas teve o prazer de se livrar do senhor Elliot. Ela não pretendia, nem mesmo por consideração a Lady Russell, recuar de uma conversa com o capitão Wentworth se ele lhe desse a oportunidade. Ela se convenceu pelo semblante de Lady Russell de que a amiga o tinha visto.

Ele não veio, no entanto. Anne por vezes imaginou tê-lo distinguido a distância, mas ele não voltou. O ansioso intervalo foi consumido de forma improdutiva. Os outros retornaram, o salão se encheu de novo, bancos foram reivindicados e recuperados, e outra hora de prazer ou de penitência deveria ser encarada, outra hora de música provocaria encantos ou bocejos, conforme um gosto real ou forjado por ela prevalecesse. Para Anne, o período trazia principalmente a perspectiva de uma hora de agitação. Ela não poderia deixar o salão em paz sem ver o capitão Wentworth mais uma vez, sem a troca de um olhar amigável. Ao se reacomodarem, houve muitas mudanças, cujo resultado foi favorável a ela. O coronel Wallis recusou-se a sentar-se de novo, e o senhor Elliot foi convidado por Elizabeth e pela senhorita Carteret, de um modo que não poderia ser recusado, a se sentar entre as duas; e, por algumas remoções, e uma pequena maquinação própria, Anne foi capaz de se alocar bem mais perto do fim do banco do que estivera antes, muito mais ao alcance de um passante. Ela não foi capaz de fazer isso sem se comparar com a senhorita Larolles, a inimitável senhorita Larolles;[45] mas, ainda assim, fez isso sem um resultado muito mais feliz; embora, devido à saída prematura de seus vizinhos próximos, o que pareceu boa sorte, ela se encontrou no extremo do banco antes do encerramento do concerto.

Tal era sua situação, com um espaço vago à disposição, quando o capitão Wentworth foi avistado de novo. Ela o viu não tão distante. Ele a viu também; porém, tinha um semblante sério e parecia hesitante, e só em passos muito lentos ele enfim se aproximou dela o bastante para lhe falar. Ela sentiu que havia algum problema. A mudança era indubitável. A diferença entre o seu aspecto atual e como estivera no Salão Octogonal era gritante. Por quê? Ela pensou no pai, em Lady Russell. Será que houvera alguma desagradável troca de olhares? Ele foi solene ao comentar o concerto, parecia mais como o capitão Wentworth de Uppercross; disse que estava decepcionado, havia esperado um canto melhor; em resumo, devia confessar que não lamentaria quando o concerto terminasse. Anne respondeu, falando tão bem em defesa da apresentação, mas também tão agradável em sua concessão aos sentimentos dele, que a expressão dele melhorou, e ele replicou quase com um sorriso. Conversaram por alguns minutos mais. A melhora se manteve, e ele até olhou para o banco, como se visse um lugar ali que valesse a pena ocupar, quando naquele momento um toque no ombro obrigou Anne a

---

45. Personagem de *Cecilia, or Memoirs of an Heiress* (Cecília, ou Memórias de uma herdeira), de Frances Burney, publicado em 1782. A senhorita Larolles, nesse romance de costumes, buscava assentos em apresentações teatrais que fossem próximos das pessoas que desejava encontrar.

se virar. Era o senhor Elliot. Ele pediu desculpas, mas ela era requerida para explicar italiano de novo. A senhorita Carteret estava muito ansiosa para ter uma ideia geral do que seria cantado a seguir. Anne não podia recusar, porém jamais se sacrificara em prol da cortesia com um ânimo mais sofredor.

Alguns minutos, embora tão poucos quanto possível, foram inevitavelmente consumidos. E, quando se tornou dona de si novamente, quando pôde se virar e olhar para onde olhara antes, foi abordada pelo capitão Wentworth com um tipo de despedida reservada, no entanto apressada. "Ele precisava desejar-lhe boa-noite; estava indo embora; devia chegar em casa o mais rápido que pudesse."

— Não acha que por esta música vale a pena ficar? — perguntou Anne, subitamente invadida por uma ideia que a deixou ainda mais ansiosa de encorajá-lo.

— Não! — respondeu ele, enfaticamente. — Não há nada pelo que valha a pena ficar. — E imediatamente foi embora.

Ciúme do senhor Elliot! Era o único motivo compreensível. O capitão Wentworth tinha ciúme da afeição dela! Ela não poderia acreditar nisso uma semana antes... três horas antes! Por um momento, a satisfação foi extraordinária. Mas, oras!, os pensamentos seguintes eram muito diferentes. Como tal ciúme poderia ser amenizado? Como a verdade poderia alcançá-lo? Como, com todas as desvantagens peculiares de suas respectivas situações, iria ele conhecer seus verdadeiros sentimentos? Era um tormento pensar nas atenções do senhor Elliot. O mal que provocaram era incalculável.

Capítulo XXI

Anne lembrou-se com prazer na manhã seguinte da promessa de visitar a senhora Smith, pois isso a manteria fora de casa no horário em que o senhor Elliot provavelmente passaria lá, e evitar o senhor Elliot era quase um objetivo prioritário. Ela sentia muita boa vontade em relação a ele. Apesar do dano causado pelas suas atenções, ela lhe devia gratidão e estima, talvez compaixão. Não podia evitar pensar demais nas circunstâncias extraordinárias em que se conheceram, no direito que ele parecia ter de atrair sua atenção, por todas as circunstâncias, pelos próprios sentimentos dele, pela opinião prematura dele com relação a ela. Era tudo muito extraordinário; lisonjeiro, mas doloroso. Havia muito de que se arrepender. Como ela se sentiria caso não houvesse um capitão Wentworth no cenário não era uma pergunta que valia ser feita; pois havia um capitão Wentworth; e, fosse a conclusão do suspense atual boa ou ruim, seu afeto seria dele para sempre. Sua união, ela acreditava, não poderia apartá-la mais de outros homens que sua separação definitiva.

Jamais poderiam ter passado pelas ruas de Bath reflexões mais bonitas de amor alvoroçado e de lealdade eterna do que as ostentadas por Anne enquanto ia de Camden Place a Westgate Buildings. Era quase suficiente para espalhar purificação e perfume por todo o caminho.

Ela tinha certeza de que teria uma recepção agradável, e sua amiga parecia nesta manhã particularmente agradecida por ela ter vindo, parecia não ter esperado que ela viesse, embora estivesse combinado.

Um relato do concerto foi solicitado de imediato; e as lembranças de Anne do concerto eram felizes o suficiente para animar suas feições e fazê-la alegrar-se por falar a respeito. Tudo o que podia contar o fez com muita boa vontade, mas esse tudo era pouco para alguém que tivesse estado lá, e nada satisfatório para uma inquiridora como a senhora Smith, que já tinha ouvido, por uma via alternativa de uma lavadeira e de um garçom, bem mais do sucesso geral e do resultado da noite do que Anne podia relatar, e que agora perguntava em vão sobre vários detalhes da companhia. Todo mundo de alguma importância ou notoriedade em Bath era bem conhecido de nome pela senhora Smith.

— Os pequenos Durands estavam lá, pelo que entendi — disse ela —, com suas bocas abertas para captar a música, como filhotinhos de pardal, incapazes de voar, prontos para ser alimentados. Eles nunca perdem um concerto.

— Sim. Eu mesma não os vi, mas escutei o senhor Elliot dizer que estavam no salão.

— E os Ibbotsons, estavam lá? E as duas novas beldades, com o oficial irlandês alto, que é prometido a uma delas?

— Não sei. Acho que não estavam.

— E a velha Lady Mary Maclean? Não preciso perguntar sobre ela. Ela jamais perde um, sabe. Você deve tê-la visto. Ela devia estar no seu círculo, pois, como você foi com Lady Dalrymple, ficaram nos assentos de honra, perto da orquestra, é claro.

— Não, era isso que eu temia. Teria sido bastante desagradável para mim em todos os sentidos. Mas felizmente Lady Dalrymple sempre escolhe ficar mais distante, e fomos excepcionalmente bem acomodados, quero dizer, para escutar; não posso dizer para ver, porque parece que eu vi muito pouco.

— Oh! Você viu o suficiente para sua própria diversão. Eu entendo. Existe uma espécie de diversão privada a ser conhecida mesmo em uma multidão, e foi isso o que você teve. Vocês já eram um grupo grande, não precisavam de nada mais.

— Mas eu devia ter olhado melhor ao redor — disse Anne, consciente, enquanto falava, de que não houvera falta de vontade de olhar ao redor, e sim que o alvo tinha sido limitado.

— Não, não, você tinha coisa melhor a fazer. Não precisa me dizer que passou uma noite encantadora. Eu vejo em seus olhos. Vejo perfeitamente como as horas se passaram: que você sempre tinha algo agradável para ouvir. Nos intervalos do concerto, era a conversa.

Anne deu um meio sorriso e disse:

— Você vê isso nos meus olhos?

— Sim, eu vejo. Seu semblante me informa com perfeição que ontem à noite você estava na companhia da pessoa que você considera a mais agradável do mundo, a pessoa que lhe interessa no presente momento mais do que todo o resto do mundo junto.

Um rubor espalhou-se pelas bochechas de Anne. Ela não foi capaz de dizer nada.

— Sendo esse o caso — continuou a senhora Smith, depois de uma breve pausa —, espero que acredite que eu sei valorizar sua gentileza em me visitar nesta manhã. É muita bondade sua vir aqui e se sentar comigo quando deve ter demandas tão mais aprazíveis para tomar seu tempo.

Anne não ouviu nada disso. Ainda estava imersa no espanto e na confusão instigados pela percepção da amiga, incapaz de imaginar como qualquer relato do capitão Wentworth pudesse ter chegado a ela. Depois de outro curto silêncio...

— Diga-me — disse a senhora Smith —, o senhor Elliot sabe de sua relação comigo? Ele sabe que estou em Bath?

— O senhor Elliot! — repetiu Anne, erguendo o olhar surpresa. Uma reflexão por um momento lhe mostrou o erro que cometera. Ela o percebeu de imediato e, recuperando a coragem com uma sensação de segurança, logo acrescentou, com mais compostura: — Você conhece o senhor Elliot?

— Éramos bem próximos — respondeu a senhora Smith com seriedade —, mas parece que a relação se desgastou agora. Faz um bom tempo que nos conhecemos.

— Eu não fazia ideia disso. Você não o mencionou antes. Se eu soubesse, teria tido o prazer de falar a ele a seu respeito.

— Para dizer a verdade — emendou a senhora Smith, retomando seu habitual aspecto alegre —, é exatamente esse o prazer que desejo que tenha. Quero que fale de mim para o senhor Elliot. Quero que use o prestígio que tem com ele. Ele pode ser de uma ajuda essencial para mim; e, se você tiver a bondade, minha querida senhorita Elliot, de tornar esse um objetivo seu, é claro que dará certo.

— Eu ficaria extremamente feliz. Espero que não duvide da minha disposição de ser de qualquer ajuda para você — disse Anne —, mas suspeito que esteja considerando que eu tenha uma autoridade mais elevada sobre o senhor Elliot, um direito maior de influenciá-lo, do que é o caso. Estou certa de que, de um jeito ou de outro, você absorveu tal ideia. Porém, deve me considerar somente uma familiar do senhor Elliot. Se sob essa luz existir alguma coisa que você acredite que a prima dele possa honestamente lhe solicitar, peço que não hesite em fazer uso dos meus préstimos.

A senhora Smith lhe lançou um olhar penetrante, então disse sorrindo:

— Vejo que fui um pouco precipitada. Peço desculpa. Eu devia ter aguardado o comunicado oficial. Mas agora, minha querida senhorita Elliot, como uma velha amiga, me dê uma pista a respeito de quando devo falar. Semana que vem? Tenho certeza de que até a próxima semana terei permissão para acreditar que tudo estará resolvido, e assim poderei elaborar meus próprios esquemas egoístas sobre a sorte do senhor Elliot.

— Não — respondeu Anne. — Nem na semana que vem, nem na seguinte, nem na outra. Garanto-lhe que nada do tipo em que está pensando estará acertado na próxima semana. Não vou me casar com o senhor Elliot. Gostaria de saber por que imagina que irei.

A senhora Smith a fitou de novo, olhou-a seriamente, sorriu, balançou a cabeça e exclamou:

— Ora, como gostaria de entendê-la! Como gostaria de saber em que está envolvida! Tenho uma ideia bastante firme de que você não pretende ser cruel quando o momento certo chegar. Até que chegue de fato, você sabe, nós, mulheres, nunca pretendemos aceitar ninguém. É uma coisa entre nós, que todos os homens serão recusados... até que proponham. Mas por que você seria cruel? Deixe-me advogar a favor do meu... não posso chamá-lo de atual amigo, mas sim de antigo amigo. Onde pode procurar por um casamento mais adequado? Onde poderia esperar achar um homem mais cavalheiresco, mais agradável? Permita-me recomendar o senhor Elliot. Tenho certeza de que você só ouve boas coisas a respeito dele por intermédio do coronel Wallis; e quem poderia conhecê-lo melhor que o coronel Wallis?

— Minha querida senhora Smith, a esposa do senhor Elliot morreu não faz mais que meio ano. Não se deveria supor que estivesse cortejando qualquer pessoa.

— Oh! Se são essas suas únicas objeções — clamou a senhora Smith maliciosamente —, o senhor Elliot está salvo, e não vou mais quebrar a cabeça por causa dele. Não se esqueça de mim quando estiver casada, é só isso que peço. Deixe-o saber que sou sua amiga, então ele vai pensar considerar pequeno o incômodo necessário para me ajudar, o que é muito natural da parte dele agora, com tantos negócios e compromissos; é muito natural, talvez. Noventa e nove por cento das pessoas fariam o mesmo. É claro, ele não deve estar ciente da importância disso para mim. Bem, minha querida senhorita Elliot, acredito e confio que você será muito feliz. O senhor Elliot tem consciência para compreender o valor de uma mulher assim. Sua paz não será naufragada como a minha tem sido. Você está segura quanto a todas as questões materiais, e segura quanto ao caráter dele. Ele não seguirá um mau caminho; não será enganado por outros até se arruinar.

— Não — disse Anne. — Posso facilmente acreditar em tudo isso a respeito do meu primo. Ele parece ter um temperamento calmo e decidido, nem um pouco influenciável por impressões perigosas. Eu tenho muito respeito por ele. Não tenho motivo, por nada do que passou pela minha observação, para pensar o contrário. No entanto, eu não o conheço há muito tempo, e ele não é um homem, penso eu, a quem se possa conhecer intimamente tão rápido. Será que este modo como falo dele, senhora Smith, consegue convencê-la de que ele não significa nada para mim? Com certeza, falo com calma o bastante. Dou minha palavra, ele não significa nada para mim. Se ele um dia pedir minha mão (e não tenho muita razão para imaginar que ele tenha qualquer ideia nesse sentido), eu não vou aceitá-lo. Garanto-lhe que não vou. Garanto-lhe: o senhor Elliot não tem a menor participação, como você está supondo, em qualquer prazer que o concerto de ontem à noite me proporcionou; não é o senhor Elliot que...

Ela parou, arrependida, com um rubor intenso, de que tivesse insinuado demais; mas menos que isso dificilmente teria bastado. A senhora Smith dificilmente teria acreditado tão depressa no fracasso do senhor Elliot senão pela percepção de haver outro alguém. Desse modo, ela se convenceu imediatamente, e fingiu não ter notado mais nada. E Anne, ansiosa para escapar de mais perguntas, ficou impaciente para saber por que a senhora Smith teria imaginado que ela iria se casar com o senhor Elliot; onde ela podia ter recebido essa ideia, ou de quem ela teria ouvido isso.

— Conte-me como essa ideia lhe ocorreu.

— Essa ideia me ocorreu pela primeira vez — respondeu a senhora Smith — assim que soube quanto tempo vocês estavam passando juntos, e supus que era a coisa mais provável do mundo que todas as pessoas próximas a vocês desejassem isso; e, pode confiar, todos os seus conhecidos têm essa mesma opinião. Mas eu nunca tinha ouvido falar disso até dois dias atrás.

— E falaram mesmo disso?

— Você notou a mulher que abriu a porta quando você veio me visitar ontem?

— Não. Não foi a senhora Speed, como de costume, ou a criada? Não observei ninguém em particular.

— Era minha amiga, a senhora Rooke, a enfermeira Rooke, que, a propósito, tinha uma grande curiosidade de ver você, e ficou encantada por poder abrir-lhe a porta. Ela veio de Marlborough Buildings somente no domingo, e foi ela quem me contou que você iria se casar com o senhor Elliot. Ela tinha ouvido da própria senhora Wallis, o que não lhe pareceu uma má fonte. Ela sentou-se comigo durante uma hora na noite de domingo e me passou a história completa.

176

— A história completa! — repetiu Anne, dando risada. — Ela não poderia contar uma história tão longa assim, penso eu, sobre um pequeno parágrafo com notícias infundadas.

A senhora Smith não disse nada.

— Porém — continuou Anne depois de um tempo —, embora não seja verdade que eu tenha qualquer privilégio com o senhor Elliot, ficaria extremamente feliz de lhe ser útil de qualquer modo que puder. Devo mencionar que você está em Bath? Devo levar alguma mensagem?

— Não, obrigada. Não, com certeza não. No calor do momento e sob uma impressão equivocada, talvez eu tivesse tentado provocar seu interesse em algumas circunstâncias, mas agora não. Não, obrigada, eu não tenho nada com que incomodá-la.

— Acho que você comentou que conhece o senhor Elliot há muitos anos, certo?

— Sim.

— Não antes de ele se casar, suponho.

— Isso; ele não era casado quando eu o conheci.

— E... vocês eram muito próximos?

— Íntimos.

— Veja só! Então me conte como ele era nessa época da vida. Tenho uma grande curiosidade de saber como o senhor Elliot era quando rapaz. Ele era parecido com o que é hoje?

— Faz três anos que não vejo o senhor Elliot — foi a resposta da senhora Smith, dada com tamanha gravidade que era impossível insistir no assunto; e Anne sentiu não ter ganhado nada além de um aumento de sua curiosidade.

As duas ficaram em silêncio; a senhora Smith, muito pensativa. Enfim:

— Peço desculpa, minha querida senhorita Elliot — exclamou ela em seu tom natural de cordialidade. — Peço desculpa pelas respostas curtas que lhe dei, mas estive indecisa quanto ao que deveria fazer. Estive hesitando e refletindo sobre o que deveria contar. Havia muitas coisas a serem pesadas. Ninguém gosta de ser intrometido, de dar más impressões, de caluniar. Mesmo a superfície plena de união familiar parece digna de ser preservada, ainda que não haja nada de sólido por baixo. Entretanto, tomei uma decisão; acho que estou certa; acho que você precisa conhecer o verdadeiro caráter do senhor Elliot. Embora eu acredite plenamente que você, neste momento, não tenha a menor intenção de aceitá-lo, não há como prever o que pode acontecer. Pode ser que, em algum momento, seus sentimentos por ele mudem. Portanto, ouça a verdade agora, enquanto ainda é imparcial. O senhor Elliot é um homem sem coração e sem consciência; uma criatura ardilosa, cautelosa e de sangue-frio, que pensa apenas em si; que, para seu próprio benefício ou bem-estar, seria culpado de qualquer crueldade ou qualquer perfídia que pudesse ser perpetrada sem risco para sua reputação geral. Ele não tem piedade pelos outros. Aqueles a quem foi o principal causador da ruína, ele pode negligenciar e abandonar sem o menor remorso. Ele está completamente fora do alcance de qualquer sentimento de justiça ou compaixão. Oh! Ele tem o coração enegrecido; esvaziado e enegrecido!

O semblante perplexo e a exclamação pasma de Anne a fizeram fazer uma pausa, e de um modo mais calmo ela acrescentou:

— Minhas expressões a espantam. Deve perdoar uma mulher ferida e brava. Contudo, tentarei me controlar. Não vou ofendê-lo. Só lhe contarei o que sei sobre ele. Os fatos falarão por si só. Ele era um amigo íntimo do meu marido, que nele confiava e o amava, que o considerava um homem tão bom quanto ele mesmo. A intimidade tinha se estabelecido antes do nosso casamento. Eu os conheci como amigos muito íntimos, e logo eu também fiquei excessivamente satisfeita com o senhor Elliot, e tinha a opinião mais elevada sobre ele. Aos dezenove, você sabe, uma pessoa não pensa muito seriamente; mas o senhor Elliot me parecia tão bom quanto outros, e muito mais agradável que a maioria dos outros, e estávamos quase sempre juntos. Ficávamos principalmente na cidade, vivendo em bom estilo. Na época, era ele quem estava em circunstâncias inferiores; ele era o pobre, estava em acomodações em Temple, e isso era o máximo que ele podia fazer para sustentar a aparência de cavalheiro. Ele tinha um lar conosco sempre que quisesse, era sempre bem-vindo, era como um irmão para nós. Meu pobre Charles, que tinha a alma mais excelente, mais generosa do mundo, teria repartido sua última moeda com ele. Sei que sua carteira estava aberta para ele, sei que ele frequentemente o ajudava.

— Isso devia ser próximo daquele exato período da vida do senhor Elliot — disse Anne — que sempre instigou minha curiosidade em particular. Devia ser próximo da mesma época em que meu pai e minha irmã o conheceram. Eu não o conheci nessa época, só ouvi falar dele. Entretanto havia alguma coisa em sua conduta na época, em relação ao meu pai e à minha irmã, e depois nas circunstâncias do casamento dele, que jamais consegui conectar direito aos tempos atuais. Parecia anunciar um tipo diferente de homem.

— Sei de tudo, sei de tudo isso — falou a senhora Smith. — Ele foi apresentado a Sir Walter e à sua irmã antes que eu o tivesse conhecido, mas o ouvi falar constantemente dos dois. Sei que ele foi convidado e encorajado, e sei que ele escolheu não ir. Posso satisfazê-la, talvez, em pontos sobre os quais você não imaginaria. Quanto ao casamento dele, eu soube de tudo à época. Eu estava por dentro de todos os prós e contras; eu era a amiga a quem ele confiava suas esperanças e seus planos; e, embora eu não tivesse conhecido a esposa dele antes, visto que a posição social inferior de fato tornava isso impossível, ainda assim eu a conheci durante toda a sua vida depois, ou pelo menos até antes dos dois últimos anos de vida dela, e posso responder a qualquer questão que você desejar fazer.

— Não — disse Anne. — Não tenho nenhuma pergunta particular sobre ela. Eu sempre achei que eles não formavam um casal feliz. Porém eu gostaria de saber por que, naquele período da vida, ele teria desdenhado da relação com meu pai como o fez. Meu pai certamente estava disposto a recebê-lo de um modo muito gentil e digno. Por que o senhor Elliot recuou?

— O senhor Elliot — respondeu a senhora Smith —, nessa época da vida, tinha um único objetivo em mente: fazer sua fortuna, e por um processo bem mais rápido do que ocorreria por intermédio da lei. Ele estava determinado a enriquecer por meio do casamento. Ele estava determinado, pelo menos, a não arruinar isso com um casamento imprudente. Sei que ele acreditava (se era justo ou não, é claro que não sou capaz de julgar) que seu pai e sua irmã, nas cortesias e nos convites, estavam planejando uma união entre o herdeiro e a jovem dama, e era impossível que essa união tivesse satisfeito as ideias dele de riqueza e independência. Foi esse o motivo dele para recusar, posso lhe garantir. Ele me contou a história toda. Ele não tinha segredos comigo. Era curioso que, tendo acabado de deixá-la para trás em Bath, meu primeiro e principal conhecido ao me casar fosse justamente seu primo; e que, por intermédio dele, eu continuasse ouvindo falar do seu pai e da sua irmã. Ele descrevia uma senhorita Elliot, e eu pensava com muita afeição na outra.

— Será que — replicou Anne, tendo de repente uma ideia — você por vezes falou de mim ao senhor Elliot?

— Com certeza, e com muita frequência. Eu costumava me vangloriar da minha própria Anne Elliot, e garantia que você era uma criatura bem diferente da...

Ela se interrompeu bem a tempo.

— Isso justifica algo que o senhor Elliot me disse ontem à noite — disse Anne. — Isso explica tudo. Descobri que ele costumava ouvir falar de mim. Não conseguia compreender como. Que imaginações loucas uma pessoa tem quando seu próprio eu está envolvido em algo! Quão certo é o equívoco dela! Todavia, peço desculpa, eu a interrompi. O senhor Elliot se casou, então, totalmente por causa do dinheiro? E foi essa circunstância, provavelmente, que a princípio abriu seus olhos para o caráter dele?

A senhora Smith hesitou um pouco.

— Oh! Esse tipo de coisa é comum. Quando a pessoa vive no mundo, o fato de um homem ou uma mulher se casar por dinheiro é comum demais para espantar alguém como deveria. Eu era muito jovem, e me associava somente com jovens, e éramos um grupo imprudente e alegre, sem nenhuma regra estrita de conduta. Vivíamos pela diversão. Penso diferente hoje em dia: o tempo, a doença e a tristeza me deram outras noções; mas, naquela época, devo confessar que não vi nada de irrepreensível no que o senhor Elliot estava fazendo. "Fazer o que fosse melhor para si mesmo" parecia um dever.

— Mas não era ela uma mulher de classe muito baixa?

— Sim; ao que eu fiz objeção, mas ele não se importava. Dinheiro, dinheiro, era tudo o que ele queria. O pai dela era criador de gado, o avô tinha sido açougueiro, mas tudo isso não era nada. Ela era uma boa mulher, tinha recebido uma educação decente, foi apresentada à sociedade pelos primos, caiu sem querer na companhia do senhor Elliot e se apaixonou; e não havia nenhuma dificuldade e nenhum escrúpulo da parte dele quanto ao berço dela. A única preocupação dele foi disposta em confirmar o montante real da fortuna dela, antes de firmar um compromisso. Pode ter certeza de que, qualquer estima que o senhor Elliot possa ter pela própria situação de vida atual, quando rapaz ele não valorizava nem um pouco. A perspectiva da propriedade de Kellynch era algo, mas toda a honra da família ele considerava sem valor. Com frequência eu o ouvi declarar que, se títulos de baronete estivessem à venda, qualquer um poderia obtê-los por cinquenta libras, incluindo-se brasão de armas e divisa, nome e libré. Mas não pretendo repetir metade do que costumava ouvi-lo dizer a esse respeito. Não seria justo. Ainda assim, você precisa ter provas, pois tudo isso não passa de afirmações, e provas você terá.

— Na verdade, minha querida senhora Smith, eu não as quero — emendou Anne. — Você não afirmou nada de contraditório à forma como o senhor Elliot parecia ser alguns anos atrás. Isso tudo é a confirmação do que costumávamos ouvir e acreditar. Estou mais curiosa para saber por que ele se comportaria de modo tão diferente agora.

— Para a minha satisfação, porém, se você tiver a bondade de tocar a sineta para chamar Mary... Fique! Tenho certeza de que terá a bondade ainda maior de ir você mesma até meu quarto e me trazer uma caixinha ornamentada que está na prateleira superior do armário.

Anne, vendo que a amiga estava seriamente decidida quanto a isso, fez o que ela pediu. A caixa foi trazida e depositada na frente dela, e a senhora Smith, suspirando e a destrancando, disse:

— Isto está cheio de papéis que pertencem a ele, ao meu marido. Uma pequena porção de tudo o que tive de cuidar quando eu o perdi. A carta que estou procurando foi escrita pelo senhor Elliot para ele antes do nosso casamento, e aconteceu de ter sido guardada; o motivo é algo difícil de imaginar. Contudo ele era descuidado e nem um pouco sistemático, assim como outros homens, com coisas desse tipo. Quando chegou o momento de eu examinar seus papéis, encontrei esta caixa com outras cartas, ainda mais triviais, de pessoas diferentes espalhadas aqui e ali, enquanto várias cartas e memorandos de importância real foram destruídos. Aqui está; eu não quis queimá-la, pois, ainda que na época estivesse bem pouco satisfeita com o senhor Elliot, eu estava determinada a preservar todo documento que provasse nossa intimidade anterior. Agora tenho outro motivo para me alegrar de poder trazer isso à tona.

Esta era a carta remetida ao "distinto senhor Charles Smith, de Tunbridge Wells", datada no distante julho de 1803, em Londres:

Caro Smith,

Recebi o que me enviou. Sua generosidade quase me arrebata. Gostaria que a natureza tivesse feito mais corações como o seu, mas vivi vinte e três anos no mundo e não encontrei nenhum igual. No momento, acredite em mim, não preciso dos seus serviços, pois tenho dinheiro de novo. Dê-me os parabéns: eu me livrei de Sir Walter e da senhorita. Eles voltaram a Kellynch e quase me fizeram jurar que os visitaria no próximo verão; porém minha primeira visita a Kellynch será com um agrimensor, para me dizer como obter a maior vantagem com a casa num leilão. Entretanto não é improvável que o baronete se case de novo, ele é suficientemente tolo para tanto. Se ele se casar, porém, vão me deixar em paz, o que talvez seja um equivalente aceitável para a reversão da herança. Ele está pior que no ano passado.

Gostaria de ter qualquer outro nome que não Elliot. Tenho repulsa dele. O nome Walter posso abandonar, graças a Deus! E desejo que você jamais me insulte de novo com meu segundo W, de modo que, para o resto da minha vida, serei verdadeiramente seu amigo,

Wm. Elliot.

Tal carta não pôde ser lida sem fazer Anne enrubescer, e a senhora Smith, notando a cor intensa no rosto dela, falou:

— A linguagem, eu sei, é altamente desrespeitosa. Embora eu tenha me esquecido das palavras exatas, tenho a perfeita impressão do sentido geral. Isso, todavia, lhe mostra quem é esse homem. Revela as declarações dele para meu pobre marido. É possível haver algo mais forte?

Anne não conseguiu se recuperar imediatamente do choque e da humilhação de descobrir que tais palavras foram aplicadas ao pai. Ela foi obrigada a se recordar de que ter visto a carta foi uma violação das leis da honra, que ninguém deveria ser julgado ou conhecido por tais testemunhos, que nenhuma correspondência particular suportaria o olhar dos outros, antes que pudesse recuperar a calma o suficiente para devolver a carta sobre a qual refletia para falar:

— Obrigada. Isto é uma prova inquestionável, sem dúvida; prova de tudo o que você estava dizendo. Mas por que se relacionar conosco agora?

— Posso explicar isso também — disse a senhora Smith sorrindo.

— Pode mesmo?

— Sim. Eu lhe mostrei como o senhor Elliot era doze anos atrás e vou lhe mostrar como ele é agora. Não posso, desta vez, apresentar uma prova escrita, mas posso dar um testemunho oral tão autêntico quanto desejar do que ele quer atualmente e do que está fazendo agora. Ele não é um hipócrita. Ele quer mesmo se casar com você. Suas atenções presentes à sua família são muito sinceras, vêm mesmo do coração. Vou lhe dizer qual é minha fonte segura: o amigo dele, coronel Wallis.

— Coronel Wallis! Você o conhece?

— Não. A informação não veio até mim numa linha tão direta assim, ela se desviou uma ou duas vezes, mas nada que importe. O curso do rio é tão puro como a nascente; e os pequenos detritos que ele recolhe nas curvas são facilmente descartados. O senhor Elliot fala sem reservas ao coronel Wallis das opiniões que tem a seu respeito. O dito coronel Wallis, eu imagino que tenha um tipo de caráter sensato, cauteloso e perspicaz; mas o coronel Wallis tem uma esposa muito bonita e tola, a quem ele conta coisas que não deveria, e lhe repete tudo o que ouve. Ela, com os ânimos transbordantes em sua recuperação, repete tudo à enfermeira; e a enfermeira, sabendo da minha relação com você, muito naturalmente traz tudo para mim. Na noite do domingo, minha boa amiga senhora Rooke me fez mergulhar fundo nos segredos de Marlborough Buildings. Quando falei de uma história completa, portanto, veja que eu não estava romantizando tanto quanto você supôs.

— Minha querida senhora Smith, sua fonte é incompleta. Não vai servir. O fato de o senhor Elliot ter qualquer opinião a meu respeito não vai nem ao menos explicar os esforços que ele fez para se reconciliar com meu pai. Isso tudo aconteceu antes de eu vir a Bath. Eu os encontrei em termos bastante amigáveis ao chegar.

— Sei que sim. Sei perfeitamente bem, mas...

— Ora, senhora Smith, não podemos esperar obter informações fidedignas por tal via. Fatos ou opiniões que passam pelas mãos de tantas pessoas, que podem ser mal compreendidos pela tolice de uma e pela ignorância de outra, dificilmente guardam ainda muita verdade.

— Só me escute. Logo será capaz de lhe dar o devido crédito ao ouvir algumas particularidades que você mesma pode contradizer ou confirmar imediatamente. Ninguém supunha que você fosse o principal objetivo dele. Ele a viu, de fato, antes de vir a Bath, e a admirou, mas sem saber que era você. Assim diz minha informante, pelo menos. É verdade? Ele a viu no verão ou no outono passado, "em algum lugar do oeste", para usar as palavras dela, sem saber que era você?

— Ele me viu, certamente. Até agora é tudo verdade. Foi em Lyme. Isso aconteceu em Lyme.

— Bem — prosseguiu a senhora Smith, triunfante —, dê à minha amiga o devido crédito por ter estabelecido corretamente o primeiro ponto. Ele a viu então em Lyme e gostou de você a ponto de ficar extremamente satisfeito de reencontrá-la em Camden Place, como a senhorita Anne Elliot; e, a partir desse momento, não tenho dúvida, ele passou a ter dois motivos para fazer suas visitas. Mas havia outro, anterior, o qual vou explicar agora. Se houver qualquer coisa na minha história que você souber ser falsa ou improvável, interrompa-me. O relato que chegou até mim diz que a amiga de sua irmã, a dama que agora está ficando com vocês, a qual já ouvi você mencionar, veio a Bath com a senhorita Elliot e com Sir Walter em setembro (em suma, quando eles vieram para cá), e que desde então está ficando com vocês; que se trata de uma mulher inteligente, insinuante e bonita, humilde e correta, que, de um modo geral, por sua condição e por suas maneiras, passa a impressão, entre os conhecidos de Sir Walter, de ter a pretensão de se tornar Lady Elliot; estes também se espantam com o fato de que a senhorita Elliot pareça tão cega em relação a esse perigo.

Então a senhora Smith fez uma pequena pausa; mas Anne não tinha uma palavra a dizer, por isso ela continuou:

— Era sob essa luz que a situação era vista por aqueles que conheciam a família, muito antes de você se juntar a ela. E o coronel Wallis tinha um olhar sobre seu pai a fim de se sensibilizar em relação à questão, embora ele na época não visitasse Camden Place; porém sua afeição pelo senhor Elliot lhe instigava um interesse em tudo o que estava acontecendo lá. E, quando o senhor Elliot veio a Bath por um dia ou dois, como costumava fazer um pouco antes do Natal, o coronel Wallis o informou sobre a aparência das coisas, e sobre os relatos que começavam a predominar. Agora, você precisa entender que o tempo provocou uma mudança muito grande nas opiniões do senhor Elliot quanto ao valor de um título de baronete. Em todos os aspectos relacionados a sangue e parentesco, ele é um homem completamente mudado. Tendo há muito tempo tanto dinheiro quanto poderia querer gastar, nada a desejar no sentido de avareza ou indulgência, ele tem gradualmente aprendido a fixar sua felicidade na importância da qual é herdeiro. Pensei que isso tivesse aparecido antes de nossa relação acabar, mas agora é um sentimento confirmado. Ele não consegue suportar a ideia de não se tornar Sir William. Você pode adivinhar, então, que as notícias que ouviu do amigo não poderiam ser muito agradáveis, e você pode adivinhar a consequência disso: a resolução de voltar a Bath o mais rápido possível e se fixar aqui por um tempo, com a ideia de renovar sua relação passada e recuperar uma posição com a família tal que lhe permita obter os meios de confirmar o grau do perigo e de contornar a dama se ele achasse que era mesmo esse o caso. Os dois amigos concordaram que essa era a única coisa a ser feita; e o coronel Wallis iria ajudá-lo do modo como pudesse. Ele lhe seria apresentado, e a senhora Wallis lhes seria apresentada, e todo mundo seria apresentado. O senhor Elliot voltou, como combinado; e, quando pediu, foi perdoado, como você sabe, e foi readmitido na família. E esse era seu objetivo constante, e seu único objetivo (até que sua chegada acrescentou outro motivo), para vigiar Sir Walter e a senhora Clay. Ele não se furtou a uma oportunidade sequer de estar junto com eles, jogou-se no caminho deles, visitou-os a qualquer hora.

Contudo, não preciso entrar em detalhes a esse respeito. Você pode imaginar o que um homem ardiloso faria; e, com este meu relato, talvez possa se lembrar do que o viu fazer.

— Sim — disse Anne. — Você não me contou nada que não esteja de acordo com o que eu sabia ou podia imaginar. Há sempre algo de ofensivo nos detalhes de uma artimanha. As manobras de egoísmo e duplicidade são sempre repugnantes, mas não ouvi nada que me surpreenda de fato. Conheço pessoas que ficariam chocadas com tal descrição do senhor Elliot, que teriam dificuldade em acreditar, mas eu nunca me convenci. Sempre achei que houvesse outro motivo além do aparente para a conduta dele. Gostaria de saber da opinião atual dele quanto à probabilidade do evento que ele teme, se considera que o perigo está diminuindo ou não.

— Está diminuindo, pelo que entendo — respondeu a senhora Smith. — Ele acha que a senhora Clay tem medo dele e, ciente de que ele percebe suas intenções, não ousa se comportar como faria na ausência dele. Porém, como ele acaba ficando longe um período ou outro, não consigo entender como ele poderia garantir seu objetivo enquanto ela sustenta a influência que tem atualmente. A senhora Wallis teve uma ideia divertida, conforme me conta a enfermeira, que seria incluir no acordo nupcial, se você e o senhor Elliot se casarem, que seu pai não pode se casar com a senhora Clay. Um plano digno da inteligência da senhora Wallis, pelo que disseram; mas minha sensata enfermeira Rooke vê o absurdo da coisa. "Porque, com certeza, senhora", disse ela, "isso não o impediria de se casar com outra pessoa." De fato, para ser sincera, não acho que a enfermeira, no seu íntimo, seja uma opositora muito fervorosa a Sir Walter casar-se uma segunda vez. Deve-se perdoá-la por ser uma entusiasta do matrimônio, sabe. E, já que estou mesmo me intrometendo, quem sabe ela tenha vislumbres de cuidar da próxima Lady Elliot por meio de uma recomendação da senhora Wallis?

— Estou muito satisfeita de saber disso tudo — comentou Anne depois de um pouco de reflexão. — Será mais doloroso para mim em alguns aspectos estar na companhia dele, mas saberei melhor o que fazer. Minha linha de conduta será mais direta. O senhor Elliot é evidentemente um homem dissimulado, fingido e mundano, que jamais teve nenhum princípio melhor para guiá-lo que o egoísmo.

Entretanto, ainda não tinham acabado de falar do senhor Elliot. A senhora Smith tinha sido afastada da direção inicial, e Anne esquecera, no interesse pelos problemas de sua própria família, quanto havia sido insinuado a respeito dele a princípio; mas sua atenção, nesse momento, foi direcionada à explicação daquelas primeiras pistas, e ela escutou uma narrativa a qual, se não justificava perfeitamente a amargura ilimitada da senhora Smith, provava que ele tinha sido muito cruel em sua conduta com ela, muito deficiente tanto em justiça quanto em compaixão.

Ela descobriu que (a intimidade entre eles prosseguiu intacta após o casamento do senhor Elliot) eles ficaram tão próximos quanto sempre foram, e o senhor Elliot conduziu o amigo a gastos muito além de sua fortuna. A senhora Smith não queria se culpar, e era muito delicada para jogar alguma culpa sobre o marido; mas Anne pôde identificar que os recebimentos deles nunca foram equivalentes ao estilo de vida, e que a princípio houvera uma quantidade grande de extravagância geral e conjunta. Do relato que a esposa fazia dele, ela podia compreender que o senhor Smith tinha sido um homem de sentimentos afetuosos, temperamento tranquilo, hábitos negligentes, e sem muita inteligência; muito mais amável que o amigo, e muito diferente dele, foi dragado com ele, e provavelmente menosprezado por ele. O senhor Elliot, elevado pelo casamento a uma grande riqueza, dispondo de toda a gratificação de prazer e vaidade que poderia ser solicitada sem comprometer a si mesmo (pois, com todo esse hedonismo, ele se tornara um homem prudente) e começando a ser rico, tanto quanto seu amigo devia ter descoberto estar pobre, pareceu não ter nenhuma preocupação com as prováveis finanças do amigo; pelo contrário, tinha incitado e encorajado despesas que só poderiam resultar na ruína; e os Smiths, consequentemente, foram arruinados.

O marido havia morrido a tempo de ser poupado de saber disso tudo. Eles tinham vivido constrangimentos anteriores o bastante para pôr à prova a amizade de seus amigos, e para saber que era melhor não pôr à prova a do senhor Elliot. Contudo, foi somente depois da morte dele que o estado lamentável dos negócios foi totalmente revelado. Com a confiança na estima do senhor Elliot, apoiada mais nos sentimentos que no julgamento dele, a senhora Smith o indicou como executor do testamento do marido; mas o senhor Elliot não aceitou, e as dificuldades e angústias que foram empilhadas sobre ela com essa recusa, somadas aos inevitáveis sofrimentos da situação dela, foram tais que não podiam ser narradas sem uma aflição no espírito nem ouvidas sem uma indignação correspondente.

Foram mostradas a Anne algumas cartas dele escritas na ocasião, respostas a pedidos urgentes da senhora Smith, todas as quais emanavam a mesma firme resolução de não se envolver em um problema infrutífero, e, sob uma cortesia fria, transparecia a mesma indiferença cruel a qualquer um dos males que isso poderia acarretar a ela. Era uma imagem terrível de ingratidão e desumanidade; e, em alguns momentos, Anne sentiu que nenhum crime flagrante teria sido pior. Ela teve muito o que escutar. Todos os detalhes de tristes cenas do passado, todas as minúcias de aflições, uma atrás da outra, as quais tinham sido apenas sugeridas em conversas anteriores, foram apresentados agora com uma indulgência natural. Anne podia compreender perfeitamente o alívio extraordinário da amiga, e sentiu ainda mais admiração a calma, habitual do seu estado de espírito.

Havia uma circunstância na história de suas queixas que provocou uma irritação particular. Ela tinha uma boa razão para acreditar que uma propriedade do marido nas Índias Orientais, que estivera por muitos anos sob um tipo de confisco pelo pagamento de sua própria hipoteca, poderia ser recuperada mediante ações adequadas; e que essa propriedade, embora não fosse grande, bastaria para deixá-la comparativamente rica. Porém não havia ninguém para cuidar disso. O senhor Elliot recusara-se a fazer qualquer coisa, e ela mesma não poderia fazer nada; encontrava-se igualmente incapaz de um esforço pessoal por causa de seu estado de fraqueza corporal, e de contratar outra pessoa por causa de sua falta de dinheiro. Ela não tinha parentes naturais que pudessem ajudá-la nem mesmo com um conselho, e não podia se dar ao luxo de pagar por uma assistência jurídica. Isso veio agravar cruelmente sua situação financeira. Sentir que ela deveria estar em uma situação melhor, que bastaria um pequeno esforço no lugar certo, e temer que uma demora poderia inclusive enfraquecer os direitos dela, era duro de suportar.

Era nessa questão que ela havia esperado envolver a gentileza de Anne com o senhor Elliot. Antes, diante da perspectiva do casamento dos dois, ela estivera bastante apreensiva de perder a amiga por causa disso; porém, estando certa de que ele não poderia fazer nenhuma tentativa dessa natureza, já que sequer sabia que ela estava em Bath, imediatamente lhe ocorreu que algo poderia ser feito a seu favor em virtude da influência da mulher que ele amava, e ela estivera precipitadamente se preparando para engajar os sentimentos de Anne, tanto quanto as observâncias devidas ao caráter do senhor Elliot permitissem, quando a refutação de Anne do suposto noivado mudou a face de tudo; e, conquanto isso tenha tirado dela a nova esperança de ser bem-sucedida no assunto que mais lhe causava ansiedade, deixou-a pelo menos com o conforto de contar a história toda do jeito dela.

Depois de ouvir essa descrição completa do senhor Elliot, Anne não pôde deixar de expressar alguma surpresa em relação ao fato de a senhora Smith ter falado tão favoravelmente dele no começo da conversa. "Ela parecia louvá-lo e elogiá-lo!"

— Minha querida — foi a resposta da senhora Smith —, não havia mais nada a fazer. Eu considerava certo o casamento entre vocês dois, embora ele talvez ainda não tivesse proposto, e eu não podia mais falar a verdade sobre ele, se ele fosse seu marido. Meu coração doeu por você enquanto eu falava de felicidade; ainda assim, ele é sensato, é agradável, e, com uma mulher como você, não é um caso absolutamente sem esperança. Ele foi muito cruel com a primeira esposa. Eles eram infelizes juntos. Mas ela era ignorante e frívola demais para ser respeitada, e ele nunca a amou. Eu estava disposta a esperar que você se saísse melhor.

Anne pôde reconhecer internamente a possibilidade de ter sido induzida a se casar com ele, o que a fez estremecer diante da ideia da miséria que se seguiria. Era bem possível que ela talvez fosse persuadida por Lady Russell! E, sob tal suposição, qual delas teria sido a mais infeliz quando o tempo revelasse tudo, tarde demais?

Era bastante desejável que Lady Russell não fosse mais enganada; e um dos acordos finais dessa discussão importante, que as conduziu durante a maior parte da manhã, foi que Anne tinha total liberdade de comunicar à amiga tudo o que estava relacionado à senhora Smith que envolvesse a conduta dele.

Capítulo XXII

Anne foi para casa pensar sobre tudo o que tinha ouvido. Num ponto, seus sentimentos foram aliviados por tomar conhecimento sobre o senhor Elliot. Não havia mais nenhuma ternura devida a ele. Ele era o oposto do capitão Wentworth, com toda a sua intromissão inoportuna; e o mal causado por suas atenções na noite anterior, o prejuízo irremediável que ele talvez tivesse provocado, foram refletidos com sensações inclassificáveis, inconfundíveis. A pena que sentia dele desaparecera por completo. No entanto esse foi o único ponto de alívio. Em todos os outros aspectos, olhando ao redor dela ou perscrutando o futuro, ela viu mais motivos para receio e apreensão. Ela estava preocupada com a decepção e a dor que Lady Russell sentiria, com as humilhações que pairavam sobre o pai e a irmã dela, e sentia toda a aflição de prever muitos males sem saber como prevenir nenhum deles. Ela se sentia muito agradecida pelo exato conhecimento que tinha sobre ele agora. Ela nunca havia considerado que merecia um prêmio por não ter desprezado uma antiga amiga como a senhora Smith, mas ali estava o prêmio, de fato, emergindo disso! A senhora Smith tinha sido capaz de lhe contar o que ninguém mais foi. Será que a informação poderia ser repassada à família dela? Porém essa era uma ideia inútil. Ela precisava falar com Lady Russell, contar-lhe, consultá-la, e, tendo feito seu melhor, aguardar pelo evento com a maior tranquilidade possível; e, afinal, sua maior falta de delicadeza estaria naquele um quarto de informação que não poderia ser aberto a Lady Russell — naquela corrente de ansiedades e temores que deveriam ser guardados para si mesma.

Ao chegar em casa, ela descobriu que tinha, conforme pretendia, escapado de ver o senhor Elliot; que ele havia passado ali e feito uma longa visita matinal; mas ela mal havia se congratulado e se sentido segura quando soube que ele iria voltar à noite.

— Eu não tinha a menor intenção de convidá-lo — contou Elizabeth, com uma indiferença afetada —, mas ele fez muitas insinuações de que queria sê-lo. Ou ao menos é o que diz a senhora Clay.

— De fato, eu digo isso. Nunca vi ninguém na minha vida solicitar tanto um convite. Coitado do homem! Eu fiquei com dó dele, de verdade. Sua insensível irmã, senhorita Anne, parece disposta à crueldade.

— Oh! — exclamou Elizabeth. — Estou habituada demais a esse jogo para me submeter tão cedo às insinuações de um cavalheiro.

Contudo, quando vi que ele lamentava excessivamente não ter encontrado meu pai esta manhã, cedi de imediato, pois eu jamais omitiria uma oportunidade de uni-lo a Sir Walter. Eles parecem obter muitas vantagens da companhia um do outro. Cada um se comportando tão agradavelmente. O senhor Elliot demonstra tanto respeito.

— É muito encantador! — disse a senhora Clay, não ousando, porém, voltar os olhos para Anne. — Exatamente como pai e filho! Querida senhorita Elliot, não devo dizer pai e filho?

— Oh, não coloco embargos nas palavras de ninguém. Se quiser, tenha tais ideias! Porém, dou minha palavra, não notei que a cortesia dele é maior que a de qualquer outro homem.

— Minha querida senhorita Elliot! — exclamou a senhora Clay, erguendo as mãos e os olhos, e afundando todo o resto de sua perplexidade num silêncio conveniente.

— Bem, minha querida Penelope, não precisa ficar tão agitada por causa dele. Eu o convidei, sabe. Ele foi embora com sorrisos. Quando descobri que ele iria mesmo a Thornberry Park com os amigos durante o dia inteiro amanhã, tive compaixão por ele.

Anne admirou a boa atuação da amiga, em ser capaz de demonstrar tanto prazer, como fez, na expectativa e na chegada exatamente da pessoa cuja presença devia estar mesmo interferindo no seu objetivo principal. Era impossível que a senhora Clay não odiasse a visão do senhor Elliot; ainda assim, ela podia assumir um semblante dos mais complacentes e plácidos, e aparentar estar bem satisfeita com a licença restrita de devotar-se a Sir Walter somente metade do tempo que, de outro modo, lhe reservaria.

Para Anne, foi muito aflitivo ver o senhor Elliot adentrar a sala; e bem doloroso que ele se aproximasse e falasse com ela. Ela estava acostumada antes a sentir que talvez ele não fosse sempre totalmente sincero, mas agora ela via falsidade em tudo. A deferência dele ao pai dela, em contraste com sua linguagem anterior, era odiosa; e, quando ela pensava na conduta cruel dele para com a senhora Smith, mal podia suportar ver seus sorrisos e indulgências, ou expressão de seus artificiais bons sentimentos. Ela pretendia evitar qualquer alteração em seus modos que pudesse provocar uma queixa do lado dele. Era um grande objetivo seu escapar de todos os questionamentos ou distinções, mas era sua intenção ser o mais decididamente fria com ele quanto fosse compatível com o relacionamento que tinham; e retroceder, tão discretamente quanto possível, os poucos passos de intimidade desnecessária que ela gradualmente dera. Assim, ela se comportou de uma maneira mais resguardada e mais tranquila que na noite anterior.

Ele queria reanimar a curiosidade dela no que se referia a como e onde poderia tê-la ouvido ser elogiada anteriormente; queria muito ser contentado com mais perguntas; porém o encanto havia sido quebrado: ele descobriu que o calor e a animação de uma sala pública eram necessários para estimular a vaidade de sua modesta prima; ele percebeu, por fim, com as tentativas que arriscou fazer em meio às exigentes solicitações dos outros, que não deveria fazer isso no momento. Ele mal supôs que era uma questão que agora atuava exatamente contra o interesse dele, pois dirigia os pensamentos dela para todas aquelas partes de sua conduta que eram as mais imperdoáveis.

Ela teve alguma satisfação ao descobrir que ele de fato deixaria Bath na manhã seguinte, que sairia bem cedo, e que ficaria longe durante a maior parte dos próximos dois dias. Ele foi convidado novamente para ir a Camden Place na mesma noite de seu retorno; mas de quinta-feira até sábado à noite, sua ausência era certa. Era ruim o suficiente que a senhora Clay estivesse sempre ali; mas que um hipócrita ainda maior fosse adicionado ao grupo parecia a destruição de tudo relativo a paz e conforto. Era tão humilhante refletir sobre a fraude constante praticada contra o pai dela e Elizabeth; considerar as fontes variadas de constrangimentos que se preparavam para eles! O egoísmo da senhora Clay não era nem tão complicado nem tão revoltante; e Anne teria aceitado o casamento de pronto, com todos os males que viriam juntos, para se livrar das argúcias do senhor Elliot na tentativa de impedi-lo.

Na manhã da sexta-feira, ela pretendia ir bem cedo até a casa de Lady Russell para fazer a comunicação necessária; e teria ido logo depois do café da manhã se a senhora Clay não estivesse saindo também para fazer um favor e livrar a irmã dela da obrigação, o que a convenceu a aguardar até que estivesse segura de tal companheira. Ela viu que a senhora Clay já estava distante, portanto, antes de começar a falar que iria passar a manhã em Rivers Street.

— Muito bem — disse Elizabeth. — Não tenho nada a enviar além do meu amor. Oh! Você poderia devolver aquele livro cansativo que ela me emprestou, e fingir que eu o li inteiro. Não posso mesmo me afligir para sempre com todos esses novos poemas e textos ficcionais que saem. Lady Russell me aborrece bastante com as novas publicações que adquire. Não precisa lhe dizer isso, mas achei o vestido dela horroroso na outra noite. Eu costumava achar que ela tinha bom gosto para vestidos, mas fiquei envergonhada por ela no concerto. Tinha algo de muito formal e artificial em seu aspecto! E ela se senta tão ereta! Envie-lhe meu amor, é claro.

— E o meu — acrescentou Sir Walter. — Meus cumprimentos mais gentis. E pode lhe dizer que pretendo visitá-la em breve. Repasse um recado cortês, mas devo somente enviar meu cartão. Visitas matinais nunca são justas para mulheres da idade dela, que se maquiam tão pouco. Se ela ao menos usasse ruge, não precisaria temer ser vista. No entanto, na última vez em que a visitei, reparei que as persianas foram todas baixadas imediatamente.

Enquanto o pai dela falava, houve uma batida à porta. Quem poderia ser? Anne, lembrando-se das visitas inesperadas do senhor Elliot, julgaria ser ele, não fosse o compromisso que o mantinha a sete milhas de distância. Depois do período usual de suspense, os sons habituais de aproximação foram ouvidos, e "o senhor e a senhora Charles Musgrove" foram conduzidos à sala.

Surpresa foi a emoção mais forte criada pela aparição deles, mas Anne estava realmente feliz de vê-los, e os outros não lamentavam senão o fato de não terem podido fingir um semblante decente de boas--vindas; e, assim que ficou claro que eles, seus parentes mais próximos, não tinham chegado com intenção de se instalar naquela casa, Sir Walter e Elizabeth puderam se elevar em cordialidade e fazer as devidas honras muito bem. Eles vieram a Bath passar alguns dias com a senhora Musgrove, e ficariam em White Hart. Isso foi logo entendido, mas, até que Sir Walter e Elizabeth levassem Mary até a outra sala de estar e se regalassem com a admiração dela, Anne não conseguiu extrair de Charles a verdadeira razão da vinda deles, ou uma explicação para algumas sorridentes insinuações de um negócio particular que tinham sido ostensivamente dadas por Mary, além de haver uma aparente confusão sobre com quem eles tinham vindo.

Ela então descobriu que o grupo consistia na senhora Musgrove, em Henrietta e no capitão Harville, além deles dois. Ele lhe fez um relato bastante direto e inteligível da coisa toda; uma narração na qual ela viu bastante do procedimento típico dos Musgroves. O esquema recebera seu primeiro impulso pela necessidade do capitão Harville de vir a Bath a negócios. Ele tinha começado a falar disso uma semana antes; e para fazer alguma coisa, já que a temporada de caça tinha se encerrado, Charles propusera vir junto, e a senhora Harville parecera ter gostado muito da ideia, como uma vantagem para o marido; Mary, porém, não suportara ser deixada para trás e ficara tão triste por causa disso que, durante uns dois dias, tudo pareceu ter sido suspenso ou cancelado. Mas então o plano foi adotado pelo pai e pela mãe dele. A mãe tinha alguns velhos amigos em Bath que desejava ver; e pensaram que esta era uma boa oportunidade de Henrietta vir e comprar o enxoval para ela e para a irmã; em suma, acabou se tornando uma viagem da mãe dele, de modo que tudo ficou confortável e fácil para o capitão Harville; e ele e Mary foram incluídos no grupo por uma questão de conveniência geral. Eles tinham chegado tarde na noite anterior. A senhora Harville, seus filhos e o capitão Benwick permaneceram com o senhor Musgrove e Louisa em Uppercross.

A única surpresa de Anne foi que o noivado estivesse adiantado o suficiente para que se falasse do enxoval de Henrietta. Ela tinha imaginado que existissem dificuldades financeiras a ponto de evitar que o casamento estivesse ao alcance das mãos; mas ela descobriu por intermédio de Charles que, bem recentemente (desde a última carta que Mary tinha lhe enviado), Charles Hayter foi recomendado por um amigo a assumir a residência paroquial de um jovem que só poderia ocupá-la dali a muitos anos; e que, diante da força dos rendimentos atuais dele e da quase certeza de algo mais permanente muito antes do fim do prazo em questão, as duas famílias consentiram os desejos dos dois jovens, e o casamento deles provavelmente ocorreria em poucos meses, quase tão em breve quanto o de Louisa.

— E é uma bela residência — acrescentou Charles. — Fica a somente vinte e cinco milhas de Uppercross, e numa área muito boa; na melhor parte de Dorsetshire. No centro de algumas das melhores reservas do reino, cercada por três grandes proprietários, cada um mais cuidadoso e mais invejoso que o outro; e de dois desses, no mínimo, Charles Hayter poderá obter uma licença especial. Não que ele fosse valorizar isso como deveria — observou ele. — Charles é tranquilo demais para caçar. Isso é o que ele tem de pior.

— Estou extremamente contente, de fato — disse Anne. — Particularmente contente que isso esteja acontecendo; e que duas irmãs que merecem ficar igualmente bem e sempre foram tão boas amigas não vejam as boas perspectivas de uma reduzir as da outra. Que elas gozem de igual prosperidade e conforto. Espero que seu pai e sua mãe estejam bem felizes em relação às duas.

— Oh, sim! Meu pai ficaria mais feliz se os cavalheiros fossem ricos, mas não consegue encontrar outra falha. Dinheiro, você sabe, ter de gastar dinheiro, e com duas filhas de uma só vez, não deve ser uma operação muito agradável, e o limita em muitas coisas. Contudo, não quero dizer que elas não tenham direito a isso. É bem adequado que elas recebam seus dotes como filhas; e tenho certeza de que ele tem sido um pai muito gentil e liberal. Mary não aceita muito a união de Henrietta. Ela nunca aceitou, você sabe. Mas ela não faz justiça a ele nem pensa direito sobre Winthrop. Não consigo fazê-la ver o valor da propriedade. É uma união bem justa conforme passa o tempo; e durante toda a minha vida gostei de Charles Hayter, não vai ser agora que vou excluí-lo.

— Pais tão excelentes quanto o senhor e a senhora Musgrove — exclamou Anne — merecem se sentir felizes com o casamento de seus filhos. Eles fazem de tudo para provocar felicidade, tenho certeza. Que bênção para jovens estar em tais mãos! Seu pai e sua mãe parecem totalmente livres de todos aqueles sentimentos ambiciosos que conduzem a tantas impropriedades e tristezas, tanto em jovens quanto em velhos. Espero que Louisa esteja perfeitamente recuperada agora.

Ele respondeu com certa hesitação.

— Sim, acredito que sim. Está bem recuperada, mas está mudada; não corre nem salta para lá e para cá, não ri nem dança. Está bem diferente. Se acontece de alguém bater à porta um pouco mais forte, ela se assusta e se contorce como um filhotinho de mergulhão na água; e Benwick se senta ao seu lado, lendo versos ou sussurrando, o dia todo.

Anne não pôde evitar a risada.

— Não tem como você gostar disso, eu sei — disse ela. — Mas acredito mesmo que ele seja um rapaz excelente.

— Com certeza é. Ninguém duvida. E espero que não me ache tão limitado a ponto de querer que todo homem tenha os mesmos objetivos e prazeres que eu. Valorizo bastante Benwick; e, quando alguém consegue fazê-lo falar, ele tem muito a dizer. A leitura dele não lhe causou nenhum mal, pois ele lutou tanto quanto leu. É um camarada valente. Eu o conheci melhor no domingo passado, mais do que jamais conhecera antes. Tivemos um famoso combate de caça aos ratos durante toda a manhã nos grandes celeiros do meu pai; e ele cumpriu tão bem seu papel que gosto bem mais dele desde então.

Nesse momento, eles foram interrompidos pela necessidade absoluta de que Charles seguisse os outros para admirar os espelhos e as porcelanas; mas Anne tinha ouvido o suficiente para compreender a situação atual de Uppercross e se alegrar com a felicidade daquela residência; e, embora ela tivesse suspirado ao se contentar, seu suspiro não tinha nada de má vontade ou inveja. Ela certamente teria partilhado suas venturas se pudesse, mas não desejava reduzir as delas.

A visita se passou em geral com bastante bom humor. Mary estava muito animada, apreciando a alegria e a mudança; e tão satisfeita com a viagem na carruagem de quatro cavalos da sogra, e com sua própria completa independência de Camden Place, que se manteve muito tranquila para apreciar tudo como deveria e para aceitar prontamente todas as superioridades da casa conforme lhe eram detalhadas. Ela não tinha exigências a fazer ao pai ou à irmã, e sua própria importância foi aumentada por aquelas belas salas de estar.

Durante um breve período, Elizabeth sofreu bastante. Ela sentia que a senhora Musgrove e todo o grupo dela deveriam ser convidados para jantar, mas não seria capaz de suportar que a diferença no estilo de vida e a redução na quantidade de criados, as quais um jantar revelaria, fossem testemunhadas por quem sempre tinha sido tão inferior aos Elliots de Kellynch. Era uma batalha entre decência e vaidade. No entanto a vaidade se saiu melhor, o que fez Elizabeth ficar feliz de novo. Estes eram seus convencimentos internos: "Noções antiquadas; hospitalidade provinciana; nós não oferecemos jantares; poucas pessoas em Bath o fazem; Lady Alicia nunca o faz; ela sequer convidou a família da própria irmã, que esteve aqui durante um mês; e arrisco dizer que seria muito inconveniente para a senhora Musgrove; a tiraria de seu caminho. Tenho certeza de que ela preferiria não vir; ela não pode se sentir à vontade conosco. Vou convidá-los para passar uma noite aqui, vai ser bem melhor; vai ser uma novidade e um divertimento. Eles nunca viram salas de estar como estas duas. Ficarão encantados de vir amanhã à noite. Deverá ser uma festa normal: pequena, mas muito elegante." E isso satisfez Elizabeth; quando o convite foi feito aos dois que estavam presentes e estendido à ausente, Mary ficou completamente satisfeita. Ela foi particularmente convidada a conhecer o senhor Elliot e a ser apresentada a Lady Dalrymple e à senhorita Carteret, que felizmente já estavam combinadas de vir; e não poderia ter recebido uma atenção mais gratificante. A senhorita Elliot teria a honra de visitar a senhora Musgrove pela manhã, e Anne saiu com Charles e Mary, para ver Henrietta pessoalmente.

O plano de se reunir com Lady Russell deveria ser adiado por ora. Eles três fizeram uma visita a Rivers Street por alguns minutos; mas Anne se convenceu de que um dia de atraso na conversa almejada não teria importância, e apressou-se rumo a White Hart, para rever os amigos e companheiros do último outono, com uma ansiedade e ternura que inumeras recordações contribuíram para fomentar.

Eles encontraram a senhora Musgrove e a filha dentro de casa e sozinhas, e Anne recebeu as boas-vindas de modo muito gentil por parte delas. Henrietta, com as perspectivas para seu futuro recentemente melhoradas e sua atual felicidade, estava repleta de afeto e interesse por todos aqueles de quem já tinha gostado antes; e a afeição verdadeira da senhora Musgrove tinha sido conquistada pela utilidade que demonstrara quando estavam aflitos. Era uma cordialidade, um entusiasmo e uma sinceridade com os quais Anne se deleitava, ainda mais em razão da triste falta de tais bênçãos em casa. Suplicaram que lhes cedesse o máximo de seu tempo possível, convidaram-na para vir todos os dias e passar o dia todo, e a reivindicaram como parte da família; em retribuição, ela naturalmente caiu em seus modos habituais de atenção e auxílio, e, quando Charles as deixou, ficou ouvindo a história de Louisa contada pela senhora Musgrove, e a história de Henrietta contada por ela mesma, dando opiniões nos assuntos e recomendações de lojas; nos intervalos, ajudava Mary em tudo o que esta lhe solicitava, desde trocar a fita dela a acertar suas contas, desde achar as chaves dela e organizar suas bugigangas a tentar convencê-la de que ninguém estava se aproveitando dela; o que Mary, embora distraída em seu posto à janela, observando a entrada para o Salão da Bomba D'água,[46] não podia deixar de imaginar em alguns momentos.

Era de esperar uma manhã de completa confusão. Um grupo grande num hotel garantia uma cena dinâmica e agitada. Em cinco minutos, receberam um bilhete; em mais cinco, um pacote; e Anne não estava ali havia meia hora quando a sala de jantar deles, espaçosa como era, parecia ter ultrapassado a metade da capacidade; um grupo de velhos e regulares amigos estava sentado ao redor da senhora Musgrove, e Charles retornou com os capitães Harville e Wentworth. A aparição do último não poderia ser mais que a surpresa do momento. Era impossível para ela deixar de sentir que a chegada de seus amigos em comum logo os uniria novamente. O último encontro que tiveram havia sido muito importante na exposição dos sentimentos dele; ela havia passado disso para uma convicção prazerosa; mas ela temia, em virtude do semblante dele, que a mesma ideia infeliz que o fizera se precipitar porta afora do Salão

---

46. *Pump Room*: salão onde se localizava a fonte das famosas águas medicinais de Bath.

de Concertos ainda o governasse. Ele não parecia querer estar perto o suficiente para uma conversa.

Ela tentou se acalmar e deixar as coisas seguirem seu caminho, e tentou se sustentar muito num argumento racional: "É claro que, se houver uma afeição constante de cada lado, nossos corações deverão compreender um ao outro sem demora. Não somos um menino e uma menina, para ficar caprichosamente irritados, enganados pela inadvertência de todo momento, e brincando despreocupados com nossa própria felicidade". Ainda assim, poucos minutos depois, ela sentiu que estarem na companhia um do outro nas atuais circunstâncias só poderia expô-los às mais perniciosas inadvertências e a más interpretações.

— Anne — chamou Mary, ainda à janela. — Ali está a senhora Clay, tenho certeza, parada debaixo da colunata, junto a um cavalheiro. Eu os vi virar a esquina da Bath Street agora mesmo. Eles parecem imersos numa conversa. Quem será que ele é? Venha e me diga. Minha nossa! Eu me lembro. É o próprio senhor Elliot.

— Não — emendou Anne rapidamente. — Não pode ser o senhor Elliot, garanto-lhe. Ele iria sair de Bath às nove da manhã de hoje, e não volta antes de amanhã.

Conforme falava, ela sentiu que o capitão Wentworth a estava olhando, e a consciência disso a contrariou e constrangeu, e a fez se arrepender de ter dito tanto, embora não tivesse sido nada de mais.

Mary, ressentida por supostamente não conseguir reconhecer o próprio primo, começou a falar com muita intensidade sobre os traços da família e a protestar que era, sim, o senhor Elliot, chamando Anne novamente para vir e olhar ela mesma, mas Anne não pretendia ceder e tentou ficar calma e despreocupada. Sua aflição retornou, porém, ao perceber os sorrisos e os olhares maliciosos que se passaram entre duas ou três das visitantes mulheres, como se acreditassem estar a par do segredo. Era evidente que a informação relativa a ela tinha se espalhado, e a breve pausa que se sucedeu parecia garantir que ela agora se espalharia ainda mais.

— Venha, Anne — chamou Mary. — Venha e olhe com seus olhos. Vai ser tarde demais se você não se apressar. Eles estão se despedindo, estão apertando as mãos um do outro. Ele está se virando. Eu não ser capaz de reconhecer o senhor Elliot, por favor! Você parece ter se esquecido de Lyme.

Para apaziguar Mary, e talvez ocultar o próprio embaraço, Anne foi tranquilamente até a janela. Ela chegou bem a tempo de confirmar que era mesmo o senhor Elliot, embora não tivesse acreditado, antes que ele desaparecesse de um lado enquanto a senhora Clay andava depressa para o outro. Controlando a surpresa que ela não podia deixar de sentir diante daquele encontro amigável entre duas pessoas de interesses tão completamente opostos, ela calmamente falou:

— Sim, é o senhor Elliot, com certeza. Ele alterou o horário de saída, suponho, é só isso, ou eu talvez estivesse enganada, não sei dizer.

— E voltou à sua cadeira, recomposta, e com uma esperança satisfatória de ter se saído bem.

Os visitantes foram embora; e Charles, então, tendo educadamente os observado sair, fez uma careta para eles e os insultou por terem vindo, e começou a falar:

— Bem, mamãe, eu tenho algo para você de que vai gostar. Fui ao teatro e reservei um camarote para amanhã à noite. Não sou um bom menino? Sei que você adora uma peça, e tem espaço para nós todos. Tem capacidade para nove pessoas. O capitão Wentworth já confirmou presença. Anne não lamentará se juntar a nós, tenho certeza. Todos nós gostamos de uma peça. Não fiz bem, mamãe?

A senhora Musgrove começava a alegremente expressar sua perfeita boa vontade para com a peça, caso Henrietta e os demais gostassem da ideia, quando Mary ansiosamente a interrompeu, exclamando:

— Minha nossa! Charles, como pode pensar numa coisa dessas? Conseguir um camarote para amanhã à noite! Esqueceu que combinamos de ir a Camden Place amanhã à noite? E que fomos particularmente convidados a conhecer Lady Dalrymple e a filha dela, e o senhor Elliot, todas as principais relações familiares, com o propósito de sermos apresentados a eles? Como pode ser tão esquecido?

— Ora! Ora! — replicou Charles. — O que é uma festa noturna? Nunca é digna de ser lembrada. Seu pai teria nos convidado para jantar se quisesse nos ver, penso eu. Você pode fazer como quiser, mas eu irei à peça.

— Oh, Charles! Será abominável demais se você fizer isso, tendo prometido comparecer.

— Não, eu não prometi. Só sorri e fiz uma reverência, e disse a palavra "feliz". Não houve promessa.

— Mas você precisa ir, Charles. Seria imperdoável faltarmos. Fomos convidados com o objetivo de sermos apresentados. Sempre houve uma grande relação entre os Dalrymples e nós. Nada nunca aconteceu de cada lado que não fosse imediatamente anunciado. Éramos parentes bem próximos, sabe; e o senhor Elliot também, o qual você deve particularmente conhecer! Qualquer atenção é devida ao senhor Elliot. Pense que se trata do herdeiro do meu pai... do futuro representante da família.

— Não me fale de herdeiros e representantes — retrucou Charles.

— Não sou desses que negligenciam o poder reinante para me curvar ao sol nascente. Se eu não vou por causa do seu pai, acho escandaloso ir por causa do herdeiro dele. Que importância tem o senhor Elliot para mim?

O tom descuidado do comentário fez Anne despertar; ela viu que o capitão Wentworth estava muito atento, observando e escutando com toda a concentração; e que as últimas palavras fizeram o foco de seus olhos inquisidores mudar de Charles para ela.

Charles e Mary seguiram falando no mesmo estilo: ele, meio sério e meio zombeteiro, mantendo o plano de ir à peça, e ela, invariavelmente séria, opondo-se fervorosamente, sem deixar de se fazer saber que, embora estivesse determinada a ir a Camden Place, consideraria não estar sendo bem tratada se eles fossem ver a peça sem ela. A senhora Musgrove interveio:

— É melhor adiarmos. Charles, seria bem melhor se você voltasse lá e mudasse o camarote para terça-feira. Seria uma pena nos separarmos, e também ficaríamos sem a senhorita Anne, já que a festa é na casa do pai dela; e tenho certeza de que nem Henrietta nem eu ligaríamos muito para a peça se a senhorita Anne não pudesse estar conosco.

Anne sentiu-se verdadeiramente agradecida por tamanha gentileza; e quase o mesmo tanto pela oportunidade que isso lhe deu para dizer em tom decidido:

— Se dependesse somente da minha vontade, senhora, a festa em casa (exceto por consideração à Mary) não seria o menor impedimento. Não tenho o menor prazer nesse tipo de encontro, e ficaria bem feliz de trocá-lo por uma peça, e na companhia de vocês. Mas talvez seja melhor nem tentar.

Ela havia falado; mas estremeceu depois, consciente de que suas palavras foram ouvidas, e sem ousar sequer tentar observar o efeito delas.

Logo todos concordaram com a data de terça-feira; somente Charles guardou a vantagem de seguir provocando a esposa ao insistir que iria à peça no dia seguinte mesmo que ninguém mais fosse.

O capitão Wentworth levantou-se de seu assento e caminhou até a lareira, provavelmente com o objetivo de se afastar dali pouco depois e tomar um lugar, de um modo menos descarado, ao lado de Anne.

— Você não está há tempo o suficiente em Bath — disse ele — para apreciar as festas noturnas da cidade.

— Oh, não! O estilo habitual delas não me interessa em nada. Não gosto de jogar cartas.

— Sei que não gostava antes. Você não costumava gostar de cartas, mas o tempo provoca muitas mudanças.

— Ainda não mudei tanto assim — replicou Anne; então ela parou de falar, temendo uma interpretação errada de algo que ela mal sabia identificar o que era. Depois de aguardar alguns momentos, ele disse, como se fosse o resultado de um sentimento espontâneo:

— É um período e tanto! Oito anos e meio é um muito tempo!

Se ele pretendia se aprofundar no assunto, foi algo que ficou a cargo da imaginação de Anne ponderar numa hora mais tranquila, pois, enquanto ainda ouvia os sons que ele havia proferido, sua atenção foi chamada a outros assuntos por Henrietta, que, ansiosa de fazer uso do tempo livre que tinham para sair, chamou os companheiros para que não perdessem tempo, com receio de que mais alguém entrasse ali.

Eles foram obrigados a se mover. Anne falou que estava perfeitamente pronta e tentou fazer parecer que sim; mas sentiu que, se Henrietta pudesse saber o desgosto e a relutância do seu coração para se levantar da cadeira, para se preparar para deixar a sala, ela teria descoberto, nos sentimentos que ela tinha pelo primo, na própria segurança da afeição dele, algo pelo que se apiedar dela.

Os preparativos, porém, foram interrompidos cedo. Sons alarmantes foram ouvidos; outros visitantes se aproximavam e a porta foi escancarada por Sir Walter e a senhorita Elliot, cuja entrada pareceu causar um calafrio generalizado. O conforto, a liberdade, a alegria da sala acabaram, transformados depressa numa compostura fria, num silêncio determinado, numa conversa insípida, para estar à altura da elegância dura do pai e da irmã dela. Que humilhante era sentir isso!

Seu olhar encuimado teve uma satisfação em particular. O capitão Wentworth foi cumprimentado de novo pelos dois, e por Elizabeth mais graciosamente que antes. Ela até se dirigiu a ele uma vez, e o olhou mais de uma vez. Elizabeth tinha, de fato, um grande ato em vista. O que se seguiu explicou tudo. Após desperdiçarem alguns minutos dizendo as bobagens apropriadas, ela começou a fazer o convite que deveria incluir todos os Musgroves remanescentes.

— Amanhã à noite, para encontrar alguns amigos; não será uma festa formal. — Isso foi dito com muita graciosidade, e os cartões com os quais ela se munira, em que se liam "Na casa da senhorita Elliot", foram deixados sobre a mesa com um sorriso cortês e abrangente a todos, e com um sorriso e um cartão mais decididamente para o capitão Wentworth. A verdade era que Elizabeth já estava em Bath tempo o bastante para entender a importância de um homem com tal aspecto e tal aparência. O passado nada significava. O presente era que o capitão Wentworth ficaria muito bem na sala de estar dela. O cartão foi claramente entregue, e Sir Walter e Elizabeth levantaram-se e desapareceram.

A interrupção fora curta, embora austera, e bem-estar e animação retornaram à maioria daqueles que os dois tinham deixado para trás quando a porta se fechou, mas não a Anne. Ela só conseguia pensar no convite que, com muita perplexidade, ela havia testemunhado ser entregue, e no modo como ele havia sido recebido: um convite que trouxera dúvida quanto ao seu significado, que trazia surpresa em vez de satisfação, que continha reconhecimento educado em vez de aceitação. Ela o conhecia; ela viu o desdém em seus olhos, e não se atrevia a acreditar que ele estivesse determinado a aceitar tal proposta como uma reparação por toda a insolência do passado. O ânimo dela afundou. Ele segurou o cartão depois que os dois foram embora como se o estivesse levando em profunda consideração.

— Imagine que Elizabeth incluiu todo mundo! — sussurrou bem alto Mary. — Não me admira que o capitão Wentworth esteja encantado! Veja que ele não consegue largar o cartão.

Anne captou o olhar dele, viu suas bochechas enrubescerem e sua boca se contorcer numa expressão momentânea de desprezo; então, lhe deu as costas para que não pudesse ver nem ouvir mais nada que a aborrecesse.

O grupo se separou. Os cavalheiros tinham seus próprios objetivos, e as damas seguiram com seus propósitos e não voltaram a se encontrar com eles enquanto Anne esteve em sua companhia. Fervorosamente lhe imploraram para voltar e jantar, e passar o restante do dia com elas, mas seus ânimos tinham sido tão exigidos por tanto tempo que agora ela não se sentia apta a mais nada exceto a ficar em casa, onde poderia ter a garantia de ficar em quanto silêncio desejasse.

Prometendo estar com elas durante toda a manhã do dia seguinte, ela pôs fim àquele momento conturbado com uma caminhada penosa até Camden Place, e ali passou a tarde principalmente ouvindo as conversas sobre os muitos preparativos de Elizabeth e da senhora Clay para a festa do dia seguinte, a enumeração frequente das pessoas convidadas e o detalhamento contínuo de todos os enfeites que tornariam esta a mais elegante festa do gênero em Bath, enquanto secretamente se perturbava com a dúvida eterna a respeito de o capitão Wentworth vir ou não. As duas tomavam como certa a presença dele, mas para ela era uma ansiedade corrosiva, que não apaziguava nem por cinco minutos. Na maior parte do tempo, ela achava que ele viria, porque na maior parte do tempo ela achava que ele deveria vir; mas este era um caso que não se moldava como um evidente ato de dever ou cortesia, de modo a inevitavelmente desafiar as sugestões de sentimentos muito opostos.

Ela somente emergiu das meditações dessa turbulenta controvérsia para informar a senhora Clay de que ela tinha sido vista com o senhor Elliot três horas depois do horário que ele supostamente estaria fora de Bath. Por ter aguardado em vão que a própria dama soltasse alguma indicação do encontro, ela resolveu mencioná-lo; e lhe pareceu que havia culpa no rosto da senhora Clay conforme ouvia. Foi efêmera: sumiu num instante; mas Anne pôde imaginar ter lido ali a consciência de ter, por alguma complicação de um ardil conjunto, ou alguma arbitrariedade imperiosa dele, sido obrigada a escutar (talvez por meia hora) as censuras e restrições dele quanto aos objetivos dela em relação a Sir Walter. Entretanto, ela exclamou com uma imitação bem razoável de naturalidade:

— Oh, minha nossa! É verdade. Imagine só, senhorita Elliot, a minha grande surpresa ao encontrar o senhor Elliot em Bath Street. Nunca fiquei tão atônita. Ele deu meia-volta e me acompanhou até o Pátio da Bomba D'água. Ele não tinha conseguido sair para Thornberry, mas me esqueci de qual era o motivo. Eu estava com pressa e não podia ficar muito, e só posso dizer que ele estava determinado a não se atrasar em seu retorno. Ele queria saber quão cedo poderia chegar amanhã. Ele não parava de falar "amanhã", e é bem evidente que eu também não paro de pensar nisso desde que entrei na casa e descobri a extensão do plano e tudo o que tinha acontecido, senão o fato de eu tê-lo visto não teria fugido por completo da minha mente.

Capítulo XXIII

Havia se passado apenas um dia desde a conversa de Anne com a senhora Smith; mas um assunto de maior interesse surgira, e a conduta de senhor Elliot a afetava tão pouco agora, exceto pelos seus efeitos em um determinado aspecto, que lhe foi natural na manhã seguinte protelar novamente a visita explanatória a Rivers Street. Ela havia prometido ficar com os Musgroves desde o café da manhã até o jantar. Tinha dado sua palavra, e o caráter do senhor Elliot, assim como a cabeça da sultana Sherazade, teria mais um dia de vida.

Ela não conseguiu ser pontual em seu compromisso, no entanto; o clima estava desfavorável, e ela lamentara a chuva por causa da amiga, e a sentira muito por causa de si mesma, antes de ser capaz de arriscar a caminhada. Quando chegou a White Hart e seguiu o trajeto até o aposento em questão, descobriu que não havia chegado no horário e que não tinha sido a primeira a chegar. No grupo diante dela, a senhora Musgrove conversava com a senhora Croft, e o capitão Harville, com o capitão Wentworth; e ela imediatamente ouviu que Mary e Henrietta, impacientes demais para esperar, tinham saído no instante em que a chuva cessou, mas logo mais estariam de volta, e que haviam dado ordens estritas à senhora Musgrove de manter Anne lá até que voltassem. Ela tinha somente que aceder, sentar-se, manter-se externamente serena, e sentir-se mergulhar de uma só vez em todas as agitações das quais tinha achado que provaria somente um pouco antes do fim da manhã. Não houve demora nem perda de tempo. Ela se sentiu profundamente feliz em tal infelicidade, ou infeliz em tal felicidade. Dois minutos depois de ela entrar na sala, o capitão Wentworth disse:

— Vamos escrever agora mesmo aquela carta sobre a qual estávamos falando, Harville, se você me der os materiais.

Os materiais estavam todos à mão, numa mesa separada; ele foi até lá e, quase dando as costas a todos eles, foi absorvido pela escrita.

A senhora Musgrove estava contando à senhora Croft a história do noivado da filha mais velha, e bem naquele tom de voz inconveniente que era perfeitamente audível enquanto fingia ser um sussurro. Anne sentiu que não pertencia àquela conversa, mas, ainda assim, como o capitão Harville parecia pensativo e nem um pouco disposto a falar, ela não pôde evitar ouvir muitos detalhes indesejáveis, entre eles "como o senhor Musgrove e meu irmão Hayter se encontraram diversas vezes para discutir a questão; o que meu irmão Hayter dissera um dia, e o que o senhor Musgrove propusera no outro, e o que acontecera à minha irmã Hayter, e o que os dois jovens desejaram, e eu disse a princípio que jamais poderia consentir, mas fui persuadida depois a achar que era uma coisa bem boa", e muito mais no mesmo estilo de comunicação franca: minúcias as quais, mesmo que fossem contadas com elegância e delicadeza, o que a boa senhora Musgrove não era capaz de fornecer, só seriam próprias de interessar aos envolvidos. A senhora Croft prestava atenção com muito bom humor e, quando chegava a falar algo, era com muita sensibilidade. Anne esperava que os cavalheiros estivessem compenetrados demais para escutar.

— E assim, senhora, considerando tudo — disse a senhora Musgrove com seu sussurro poderoso —, embora nós pudéssemos ter desejado que fosse diferente, ainda assim, de modo geral, não achamos que era justo que nos opuséssemos por mais tempo, pois Charles Hayter estava bem insistente, e Henrietta estava quase igual. Então pensamos que era melhor que se casassem logo de uma vez e se resolvessem da melhor maneira possível, como muitos outros fizeram antes deles. De qualquer modo, eu disse que isso seria melhor que um noivado longo.

— Isso é exatamente o que eu ia comentar — falou a senhora Croft.

— Prefiro que os jovens se acomodem com uma renda pequena logo, e enfrentem juntos algumas dificuldades, em vez de se envolverem num noivado longo. Sempre achei que um mútuo...

— Oh, cara senhora Croft! — exclamou a senhora Musgrove, incapaz de deixá-la terminar o discurso. — Não há nada que eu abomine mais para jovens que um noivado longo. Sempre protestei contra isso para meus filhos. Eu costumava dizer que tudo bem os jovens noivarem se houver uma certeza de serem capazes de se casar em seis meses, ou mesmo em doze; mas um noivado longo!

— Sim, minha cara! — disse a senhora Croft. — Ou um noivado incerto, um noivado que talvez seja longo. Penso que começar sem saber que depois de determinado tempo haverá os meios para se casar é muito perigoso e insensato, e acho que todos os pais deveriam prevenir isso o máximo possível.

Anne encontrou um interesse inesperado na conversa. Sentiu que a fala se aplicava a si mesma, sentiu-a com um arrepio nervoso que a percorreu por inteiro; e, no mesmo momento que seus olhos instintivamente miraram a mesa distante, a pena do capitão Wentworth parou de se mover, a cabeça dele se ergueu, pausando, escutando, e ele se virou no instante seguinte para olhar, de um modo rápido e consciente, para ela.

As duas damas continuaram a conversar, a reafirmar as mesmas verdades professadas e a reforçá-las com exemplos do efeito maléfico de prática contrária que tinham caído em sua observação, mas Anne não distinguia mais nada — era somente um zumbido de palavras em sua orelha; sua mente estava confusa.

O capitão Harville, que na verdade não estava ouvindo nada daquilo, então deixou seu lugar e foi até a janela, e Anne, parecendo observá-lo, embora com a mente ausente por completo, aos poucos sentiu que aqui era um convite para se juntar a ele ali. Ele a olhou com um sorriso e fez um pequeno meneio de cabeça que parecia querer expressar "venha aqui, tenho algo a lhe dizer"; e a amabilidade simples de seus modos, que revelavam os sentimentos de uma relação mais antiga do que ela era de fato, reforçou o convite. Ela se levantou e foi até lá. A janela junto à qual ele estava era do outro lado da sala em relação a onde as duas damas estavam sentadas, e, embora fosse mais próxima da mesa do capitão Wentworth, não era tão próxima assim. Quando ela chegou ao lado do capitão Harville, o semblante dele reassumiu aquela expressão séria e pensativa que parecia ser seu ar natural.

— Veja isto — disse ele, abrindo um embrulho em sua mão e mostrando uma miniatura pintada. — Sabe quem é?

— Claro. É o capitão Benwick.

— Sim. E você pode imaginar para quem seja isto. Mas — disse ele, com um tom mais profundo — não foi feito para ela. Senhorita Elliot, você se lembra da nossa caminhada em Lyme, quando lamentamos por ele? Mal pensei na época… Não importa. Isto foi pintado no Cabo. Ele conheceu um artista alemão jovem e esperto no Cabo e, para atender a uma promessa à minha pobre irmã, posou para ele e estava levando isto para casa, para ela. Agora, fui encarregado de mandá-lo emoldurar adequadamente para outra! Ele me deu essa missão! Mas a quem mais a daria? Espero que consiga, por ele. Não lamento, de fato, repassar o serviço para outro. Ele assumiu — disse, olhando para o capitão Wentworth —, está escrevendo sobre isto agora. — E, com os lábios trêmulos, ele encerrou tudo acrescentando: — Pobre Fanny! Ela não o teria esquecido tão cedo.

— Não — respondeu Anne, numa voz baixa e comovida. — Nisso consigo facilmente acreditar.

— Não seria da natureza dela. Ela o adorava.

— Não seria da natureza de qualquer mulher que amasse de verdade.

O capitão Harville sorriu e disse:

— Você credita isso ao seu sexo?

E ela respondeu à questão sorrindo também:

— Sim. Nós certamente não nos esquecemos de vocês tão rápido quanto vocês se esquecem de nós. É, talvez, nosso destino, e não nosso mérito. Não podemos evitar. Vivemos dentro de casa, tranquilas, confinadas, e nossos sentimentos nos rondam. Vocês são forçados ao emprego. Sempre têm uma profissão, tarefas, negócios de um tipo ou de outro, para puxá-los de volta ao mundo imediatamente, e ocupação e mudanças contínuas logo enfraquecem as impressões.

— Ainda que eu concorde com a sua afirmação de que o mundo faz isso mais depressa para os homens (com que, no entanto, não acho que concorde), ela não se aplica a Benwick. Ele não foi forçado a exercer nenhuma função. A paz o colocou em terra firme naquele exato momento, e ele tem vivido conosco, em meio ao nosso pequeno círculo familiar, desde então.

— Verdade — concordou Anne. — É bem verdade, eu não me lembrava disso. Mas o que devemos dizer agora, capitão Harville? Se a mudança não acontece por circunstâncias externas, deve vir de dentro; deve ter sido a natureza, a natureza do homem, que a provocou no capitão Benwick.

— Não, não. Não é da natureza do homem. Não vou permitir que seja mais da natureza do homem que da natureza da mulher ser inconstante e se esquecer daqueles a quem amam ou amaram. Acredito no contrário. Acredito numa analogia verdadeira entre nossas estruturas físicas e as mentais; e que, quanto mais forte está nosso corpo, assim também estará nosso sentimento, capaz de suportar as mais árduas privações e de superar as tempestades mais terríveis.

— Seus sentimentos podem ser mais intensos — replicou Anne —, mas o mesmo espírito de analogia me autorizará a afirmar que os nossos são mais ternos. O homem é mais robusto que a mulher, mas não vive tanto quanto ela; o que explica exatamente meu ponto a respeito da natureza das afeições. Não, seria dolorido demais para vocês se fosse o contrário. Vocês têm dificuldades e privações e perigos o suficiente para enfrentar. Estão sempre trabalhando e labutando, expostos a todo risco e empecilho. Seu lar, seu país, seus amigos, tudo fica para trás. Tempo, saúde, vida... nada disso vocês podem chamar de seus. Seria dolorido demais, de fato — completou, com a voz hesitante —, se os sentimentos de uma mulher fossem somados a tudo isso.

— Nunca concordaremos nesse assunto — o capitão Harville começava a dizer isso quando um som leve chamou a atenção deles para a área da sala onde o capitão Wentworth estava até então em perfeito silêncio. Não foi nada mais que a queda da pena dele, mas Anne se assustou ao descobri-lo mais perto do que tinha suposto, e ficou meio inclinada a suspeitar que a pena tivesse caído somente porque ele estivera ocupado com eles, esforçando-se para captar sons, os quais ela ainda assim não acreditava que ele pudesse ter captado.

— Terminou a carta? — perguntou o capitão Harville.

— Ainda não, faltam alguns linhas. Devo terminá-la em cinco minutos.

— Não há pressa de minha parte. Estarei pronto quando você estiver. Estou numa boa ancoragem aqui — disse ele, sorrindo para Anne —, bem abastecido, não falta nada. Não há pressa alguma para um sinal. Bem, senhorita Elliot — ele baixou a voz —, como eu estava dizendo, nunca concordaremos, suponho, nesse assunto. Nenhum homem e nenhuma mulher iriam concordar provavelmente. Mas deixe-me observar que todas as histórias estão contra você; todas as histórias, em prosa e em verso. Se eu tivesse uma memória como a de Benwick, poderia declarar num instante cinquenta citações a favor do meu argumento, e acho que nunca na minha vida abri um livro que não tivesse algo a dizer a respeito da inconstância da mulher. Canções e provérbios, todos falam da volubilidade da mulher. Mas talvez você vá dizer que tudo isso foi escrito por homens.

— Talvez eu vá. Sim, sim, por favor, sem referências a exemplos de livros. Os homens tiveram todas as vantagens sobre nós para contar as próprias histórias. A educação tem sido usufruída por eles num grau muito mais elevado; a pena tem estado em suas mãos. Não permitirei que livros provem qualquer coisa.

— Mas como então vamos provar alguma coisa?

— Não vamos. Não podemos nunca esperar provar nada a respeito de tal assunto. É uma diferença de opinião que não admite prova. Cada um de nós começa, provavelmente, com certa propensão para o nosso próprio sexo; e sobre essa propensão construímos todas as circunstâncias favoráveis a ela que tenham ocorrido dentro no nosso círculo; muitas dessas circunstâncias (talvez os exatos casos que nos causam mais

espanto) talvez sejam precisamente aquelas que não podem ser revela-
das sem que se traia a confiança, ou, em algum aspecto, sem que se diga
o que não deveria ser dito. — Ah! — exclamou o capitão Harville num tom de forte emoção.
— Se ao menos eu pudesse fazê-la compreender o que um homem sofre
quando olha a esposa e os filhos pela última vez e observa o barco no
qual os embarcou partir, pelo tempo que se mantém à vista, então vira
as costas e diz "Sabe lá Deus se nos veremos novamente!". Se eu pudesse
transmitir a você o brilho na alma dele quando os reencontra; quando,
retornando depois de uma ausência de doze meses, talvez, e obrigado a
parar em outro porto, ele calcula quão rápido seria possível trazê-los até
ali, fingindo enganar-se e dizendo "eles não conseguem chegar antes de
tal dia", mas o tempo todo com a esperança que cheguem doze horas
antes, e vendo-os enfim chegar, como se os Céus lhes tivessem dado
asas, muitas horas antes mesmo! Se eu pudesse lhe explicar tudo isso,
e tudo o que um homem pode suportar e fazer, e se orgulhar por fazer,
só por causa desses tesouros de sua existência! Falo, como sabe, apenas de homens que têm coração! — E ele pressionou o próprio coração,
emocionado.

— Oh! — disse Anne ansiosamente. — Espero fazer jus a tudo o
que é sentido por você e por aqueles que se assemelham a você. Deus
me perdoe menosprezar os sentimentos calorosos e leais de qualquer
um dos meus semelhantes! Eu mereceria desprezo absoluto se ousasse
supor que afeição verdadeira e constância fossem qualidades unicamente femininas. Não, acredito que vocês sejam capazes de tudo o que
é grande e bom em suas vidas de casado. Acredito que estejam à altura
de todos os esforços importantes e de toda a restrição doméstica, desde
que, se me permitir a expressão, desde que vocês tenham um objetivo.
Quero dizer, enquanto a mulher que vocês amam vive, e vive para vocês. Todo o privilégio que reivindico para meu próprio sexo (não é um
muito invejável, não precisa cobiçá-lo) é o de amar por mais tempo,
quando já não há mais existência ou esperança!

Ela não conseguiria pronunciar imediatamente outra frase; seu coração estava muito cheio e sua respiração, oprimida demais.

— Você é uma boa alma — falou o capitão Harville, pousando a
mão no braço dela com bastante afeição. — Não há como discutir com
você. Mas, quando penso em Benwick, minha língua trava.

A atenção deles foi voltada para a direção dos outros. A senhora
Croft estava se despedindo.

— Aqui, Frederick, você e eu nos separamos, acredito — disse ela.

— Estou indo para casa, e você tem um compromisso com seu amigo. Hoje à noite teremos o prazer de nos encontrarmos todos de novo em sua festa — falou ela, virando-se para Anne. — Recebemos o cartão da sua irmã ontem, e soube que Frederick também tem um cartão, embora eu não o tenha visto. E você está livre, Frederick, não é mesmo, assim como nós?

O capitão Frederick estava dobrando uma carta com muita pressa, e não pôde ou não quis responder direito.

— Sim — disse ele. — É verdade. Aqui nos separamos, mas Harville e eu a seguiremos logo mais. Quer dizer, se você estiver pronto, Harville; eu estarei em meio minuto. Sei que não lamentará sair. Estarei a seu serviço em meio minuto.

A senhora Croft os deixou, e o capitão Wentworth, tendo selado a carta com muita rapidez, de fato estava pronto, e tinha até um ar apressado e agitado que parecia mostrar impaciência para ir embora. Anne não sabia o que entender disso. Ela recebeu o mais gentil "Bom dia, Deus lhe abençoe!" do capitão Harville, mas do outro nem uma palavra, sequer um olhar! Ele saíra da sala sem nem olhar para ela!

Contudo, ela só teve tempo de se aproximar da mesa onde ele estivera escrevendo quando passos foram novamente ouvidos; a porta se abriu, era ele. Ele pediu desculpa, mas tinha esquecido as luvas e, imediatamente cruzando a sala até a escrivaninha e ficando de costas para a senhora Musgrove, tirou uma carta de baixo dos papéis espalhados, depositou-a diante de Anne com os olhos brilhantes de súplica fixados nela por um tempo e, rapidamente pegando as luvas, saiu da sala de novo, quase antes de a senhora Musgrove ter notado sua presença ali; foi o trabalho de um instante!

A revolução que um instante fizera em Anne era quase inexprimível. A carta, com o destinatário "Senhorita A. E.", pouco legível, era evidentemente a que ele tinha dobrado com tanta pressa. Enquanto deveria estar escrevendo somente para o capitão Benwick, ele estivera também escrevendo para ela! Do conteúdo daquela carta dependia tudo o que este mundo poderia fazer por ela. Tudo era possível, tudo poderia ser desafiado, menos o suspense. A senhora Musgrove tinha algumas coisas para fazer em sua mesa; ela teria de confiar nisso então; ao afundar-se na cadeira que ele havia ocupado, sucedendo-o no mesmo lugar onde ele havia se inclinado para escrever, os olhos dela devoraram as seguintes palavras:

Não posso mais ouvir em silêncio. Devo lhe falar pelos meios que estão ao meu alcance. Você perfura minha alma. Sou metade agonia, metade esperança. Não me diga que é tarde demais, que esses sentimentos preciosos se foram para sempre. Ofereço-me de novo com o coração ainda mais seu do que quando você quase o partiu, há oito anos e meio. Não ouse dizer que o homem esquece mais cedo que a mulher, que o amor dele tem uma morte prematura. Eu não amei ninguém além de você. Talvez eu tenha sido injusto, fui fraco e rancoroso, porém nunca inconstante. Foi você, somente você, que me trouxe a Bath. São todos para você meus pensamentos e planos. Não percebeu isso? Não conseguiu compreender meus desejos? Eu não teria esperado nem estes dez dias se pudesse ter lido seus sentimentos como acho que você deve ter decifrado os meus. Mal consigo escrever. A todo instante ouço algo que me emociona. Você baixa sua voz, mas sou capaz de distinguir os tons dessa voz quando eles teriam se perdido para os outros. Criatura boa demais, pura demais! Você nos faz justiça, de fato, ao acreditar mesmo que há afeição e constância verdadeiras entre os homens. Creia ser esta mais fervorosa, mais invariável.

F. W.

Tenho de ir, incerto do meu destino. Mas retornarei para cá, ou seguirei para a sua festa, o mais breve possível. Uma palavra, um olhar, será suficiente para decidir se entrarei na casa de seu pai esta noite ou nunca.

Não era possível se recuperar rápido de uma carta assim. Meia hora de solidão e reflexão poderia tê-la tranquilizado; mas os dez minutos que passaram antes de ela ser interrompida, com todas as limitações de sua situação, não foram suficientes para trazer-lhe tranquilidade. Cada momento, em vez disso, trouxe nova agitação. Era uma felicidade avassaladora. E, antes que ela tivesse ultrapassado o primeiro estágio de sensação plena, Charles, Mary e Henrietta entraram na sala.

A necessidade absoluta de parecer controlada produziu então uma batalha imediata; mas depois de um tempo ela não pôde mais suportar. Começou a não compreender uma palavra do que diziam e foi obrigada a alegar indisposição e pedir licença. Eles viram que ela parecia indisposta, ficaram chocados e preocupados, e por nada no mundo sairiam sem ela. Isso era terrível. Se eles apenas tivessem ido embora e a deixado na posse silenciosa daquela sala, isso teria sido sua cura; mas tê-los todos em pé ou aguardando-a ao redor dela era confuso, e, desesperada, ela informou que iria para casa.

— Mas é claro, minha querida — disse a senhora Musgrove. — Vá direto para casa e se cuide, para que esteja disposta para a noite. Gostaria que Sarah estivesse aqui para medicar você, pois eu não sei medicar. Charles, toque a sineta e peça uma liteira. Ela não deve andar.

A liteira, porém, jamais serviria. Era pior que tudo! Perder a possibilidade de trocar duas palavras com o capitão Wentworth no curso do discurso tranquilo e solitário dela pela cidade (e ela tinha quase certeza de que o encontraria) não poderia ser suportado. A cadeira foi fervorosamente recusada, e a senhora Musgrove, que pensava somente em algum tipo de doença, tendo se assegurado, com alguma ansiedade, de que não houvera nenhuma queda nesse caso, que Anne em nenhum momento recente tinha escorregado e batido a cabeça, que ela estava perfeitamente convencida de não ter sofrido nenhuma queda, pôde se despedir dela com alegria e confiar em encontrá-la melhor à noite.

Ansiosa por não omitir uma possível prudência, Anne se esforçou em dizer:

— Receio, senhora, que não esteja perfeitamente claro. Por favor, faça a bondade de mencionar aos outros cavalheiros que esperamos ver todo o seu grupo esta noite. Temo que tenha havido algum engano, e desejo que você particularmente confirme ao capitão Harville e ao capitão Wentworth que esperamos ver os dois.

— Oh! Minha querida, está tudo bem compreendido, dou minha palavra. O capitão Harville não pensa em deixar de ir.

— Acha mesmo? Mas tenho receio, e ficaria muito triste. Prometa-me que mencionará isso quando os vir de novo? Você verá os dois novamente esta manhã, arrisco a dizer. Por favor, prometa.

— Prometo, com certeza, se é o seu desejo. Charles, se vir o capitão Harville em algum lugar, lembre-se de dar o recado da senhorita Anne. Mas, de verdade, minha querida, não precisa ficar apreensiva. O capitão Harville está muito comprometido, posso lhe garantir. E o capitão Wentworth também, arrisco a dizer.

Anne não suportava mais; contudo, seu coração profetizava algum azar, que reduziria a perfeição de sua felicidade. Não poderia durar muito, entretanto. Mesmo se ele não fosse pessoalmente a Camden Place, ela teria como enviar uma frase inteligível por intermédio do capitão Harville. Outra contrariedade momentânea ocorreu. Charles, com sua preocupação real e boa índole, a acompanharia até em casa; ele estava sacrificando um compromisso num armeiro para auxiliá-la; e ela partiu com ele, com nenhum sentimento além de gratidão aparente.

Estavam na Union Street quando um passo mais rápido vindo de trás, um som familiar, deu a ela dois segundos para se preparar para a aparição do capitão Wentworth. Ele os encontrou; porém, como se estivesse indeciso quanto a se juntar a eles ou seguir adiante, não disse nada e só os olhou. Anne conseguiu se controlar o suficiente para receber esse olhar, e sem constrangimento. As bochechas, que estiveram pálidas, agora brilhavam, e os movimentos, antes hesitantes, agora estavam decididos. Ele andou ao lado dela. Pouco depois, sobressaltado por uma ideia súbita, Charles disse:

— Capitão Wentworth, para qual lado está indo? Só até Gay Street, ou mais além na cidade?

— Não sei ao certo — respondeu o capitão Wentworth, surpreso.

— Você vai até Belmont? Vai até próximo de Camden Place? Porque, se for, não terei escrúpulos de lhe pedir que assuma meu posto e dê seu braço a Anne até a porta da casa do pai dela. Ela está bem exausta esta manhã, e não deve ir tão longe sem ajuda, e eu preciso ver aquele camarada no mercado. Ele prometeu me mostrar uma arma incrível que está para enviar; disse que iria deixar desembalada até o último momento possível, para que eu pudesse vê-la; e, se eu não der meia-volta agora, não terei chance. Pela descrição dele, parece muito aquela minha espingarda de dois canos tamanho médio com a qual você atirou um dia perto de Winthrop.

Não poderia haver nenhuma objeção. Havia somente uma alegria, uma concordância muito gentil, em público; enquanto, num êxtase privado, sorrisos controlados e almas dançantes. Em meio minuto Charles estava no fim da Union Street de novo, e os dois seguiram juntos; logo foram trocadas palavras o suficiente entre os dois para que decidissem tomar a direção do comparativamente silencioso e reservado caminho de cascalho, onde o poder da conversa tornaria aquela hora uma bênção, de fato, e a prepararia para toda a imortalidade que as reminiscências mais alegres do próprio futuro deles poderiam guardar. Ali, eles compartilharam de novo aqueles sentimentos e aquelas promessas que uma vez pareceram assegurar tudo, mas que foram seguidos de tantos e tantos anos de separação e indiferença. Ali eles voltaram ao passado, mais primorosamente felizes, talvez, em sua reunião do que tinham projetado a princípio; com mais ternura, mais confiança, mais firmes no conhecimento do caráter, da verdade e da afeição um do outro; com mais capazes de agir, mais motivados na ação. E ali, enquanto subiam vagarosamente a ladeira suave, despreocupados com todos os grupos ao redor deles, não vendo políticos passeando, nem governantas irrequietas, nem garotas namoradeiras, nem babás e crianças, eles puderam se saciar com os retrospectos e as confirmações, e especialmente com aquelas explanações do que havia precedido diretamente o momento atual, que despertavam interesse tão pungente e tão contínuo. Todas as pequenas variações da semana anterior foram repassadas, e as de ontem e hoje dificilmente teriam fim.

Ela não tinha se enganado quanto a ele. O ciúme do senhor Elliot havia sido o peso inibidor, a dúvida, o tormento. Isso tinha começado a operar na mesma hora do primeiro encontro deles em Bath; isso voltara, após uma pausa curta, para arruinar o concerto; e isso tinha influenciado tudo o que ele dissera e fizera, ou o que o impedira de dizer ou fazer, nas últimas vinte e quatro horas. O sentimento começara a ceder aos poucos e se transformar em esperanças melhores, apoiadas no encorajamento gradual de olhares, palavras ou ações dela; e fora derrotado enfim por aqueles sentimentos e aquelas palavras que o haviam alcançado enquanto ela conversava com o capitão Harville; e, sob a governança irresistível disso, ele pegou uma folha de papel e derramou seus próprios sentimentos.

Do que ele tinha escrito então, nada havia para ser retratado ou modificado. Ele afirmou que não amara ninguém além dela. Ela nunca fora superada. Ele sequer acreditava ter encontrado alguém à altura dela. Contudo, isto ele foi obrigado a admitir: que ele tinha se mantido inalterável inconscientemente… não, intencionalmente; que ele pretendera esquecê-la e acreditara ter sido bem-sucedido. Ele se imaginara indiferente, quando estivera somente bravo; e ele fora injusto com os méritos dela, pois fora um sofredor por causa deles. A personalidade dela estava agora fixada na mente dele como a epítome da perfeição, sustentando o equilíbrio mais encantador entre coragem e gentileza. Mas ele foi obrigado a admitir que somente em Uppercross ele aprendera a lhe fazer justiça, e somente em Lyme ele começara a compreender a si mesmo.

Em Lyme, ele recebera lições de mais de um tipo. A admiração passageira do senhor Elliot pelo menos o despertara, e as cenas no Cobb e na casa do capitão Harville atestaram a superioridade dela.

Sobre as tentativas prévias de ligar-se a Louisa Musgrove (as tentativas movidas por um orgulho irado), ele protestou afirmando que sempre sentira ser impossível; que ele não tinha se importado, não poderia se importar, com Louisa; embora até aquele dia, até o tempo para reflexão que o sucedeu, ele não tivesse compreendido a perfeita excelência de seu espírito, com o qual o de Louisa não poderia suportar uma comparação, ou o domínio perfeito e incomparável que o de Anne possuía sobre o dele. Ali, ele aprendera a distinguir entre a firmeza de princípios e a persistência do capricho, entre as ousadias do descuido e a resolução de uma alma serena. Ali, ele vira tudo que exaltava em sua estima a mulher que havia perdido; e ali começou a lastimar o orgulho, a tolice, a loucura do ressentimento que o haviam impedido de tentar reconquistá-la quando ela foi lançada em seu caminho. Nesse período, a penitência dele se tornara severa. Mal ele havia se libertado do horror e do remorso que dominaram os primeiros dias depois do acidente de Louisa, mal havia começado a se sentir vivo de novo, ele começara a sentir que, embora estivesse vivo, não estava livre.

— Descobri — contou ele — que Harville me considerava um homem noivo! Que nem Harville nem a esposa dele tinham nenhuma dúvida de nossa afeição mútua. Fiquei assustado e chocado. Até certo ponto, eu podia contradizer isso de imediato; mas, quando comecei a refletir que os outros talvez sentissem o mesmo... a família dela, não, talvez ela mesma, eu não estava mais à minha própria disposição. Eu seria dela em honra se ela assim desejasse. Eu não havia me resguardado. Eu não havia pensado seriamente sobre esse assunto antes. Eu não havia considerado que a intimidade excessiva de minha parte poderia causar danos de muitos tipos; e que eu não tinha o direito de experimentar se eu conseguiria me afeiçoar a qualquer uma das garotas, sob o risco de provocar até mesmo um rumor desagradável, caso não houvesse outros efeitos danosos. Eu estivera brutalmente errado, e teria de aceitar as consequências.

Em suma, ele descobriu tarde demais que tinha se embaraçado; e que, exatamente quando ele se tornou perfeitamente ciente de que não se importava nem um pouco com Louisa, ele se vira atado a ela, se os sentimentos da moça fossem o que os Harvilles achavam que eram. Isso o fez decidir deixar Lyme e aguardar em outro lugar a recuperação completa dela. Ele, de boa vontade, enfraqueceria, por qualquer meio razoável, quaisquer sentimentos ou especulações relativos a ele que pudessem existir; assim, ele foi para a casa do irmão, com a intenção de retornar a Kellynch depois de um tempo e agir conforme as circunstâncias exigissem.

— Fiquei seis semanas com Edward — disse ele —, e o encontrei feliz. Eu não podia ter nenhum outro prazer. Não mereceria nenhum. Ele perguntou de você de modo bem particular; quis saber inclusive se você tinha mudado fisicamente, sem suspeitar que, aos meus olhos, você jamais poderia mudar.

Anne sorriu e deixou passar. Era uma tolice agradável demais para ser repreendida. Significa algo para uma mulher ser assegurada, em seus vinte e oito anos, de que ela não perdeu um charme da juventude; mas o valor de tal homenagem foi inexpressivamente ampliado para Anne ao comparar com palavras pregressas e sentir que era o resultado, e não a causa, do restabelecimento da calorosa afeição dele.

Ele permanecera em Shropshire, lamentando a cegueira do próprio orgulho e os erros dos próprios planos, até que foi liberto por Louisa pela informação surpreendente e oportuna do noivado dela com Benwick.

— Aí — disse ele — encerrou-se o pior do meu estado, pois agora eu podia ao menos me colocar no caminho da felicidade; eu podia agir, eu podia fazer algo. Ter ficado tanto tempo sem ação, e esperando somente o pior, foi terrível. Nos primeiros cinco minutos eu falei "estarei em Bath na quarta-feira", e foi o que aconteceu. Foi imperdoável pensar que valia a pena vir? E chegar aqui com algum grau de esperança? Você estava solteira. Era possível que conservasse os sentimentos do passado, assim como eu; e um encorajamento eu tinha. Não poderia jamais duvidar de que você seria amada e procurada por outros, mas eu sabia com certeza que você tinha recusado um homem, ao menos, com pretensões melhores que as minhas; e não podia evitar me perguntar com frequência "Seria por minha causa?".

O primeiro encontro deles em Milsom Street proveu muito do que se falar, mas o concerto ainda mais. Aquela noite pareceu ter sido composta de momentos extraordinários. O instante em que ela entrou no Salão Octagonal para falar com ele, o momento da aparição do senhor Elliot para levá-la embora, e um ou dois acontecimentos subsequentes marcados por esperança recuperada ou abatimento intensificado foram discutidos com energia.

— Vê-la — insistiu ele — em meio àqueles que não poderiam desejar meu sucesso; vê-la próxima a seu primo, conversando e sorrindo, e perceber todas as terríveis vantagens e conveniências desse casamento! Considerar que isso era um desejo certo de todos os seres que poderiam esperar influenciar você! Mesmo que seus próprios sentimentos fossem relutantes ou indiferentes, imagine os apoios poderosos que ele teria! Não era suficiente para que eu fosse tão tolo quanto pareci? Como poderia contemplar sem agonia? Não estava a amiga sentada atrás de você, não estava a lembrança do que se passara, o conhecimento da influência dela, a impressão indelével e inalterável do que a persuasão fizera antes... não estava tudo isso contra mim?

— Você devia ter notado a diferença — respondeu Anne. — Não devia ter suspeitado de mim agora. A situação é bem diferente, e minha idade é bem diferente. Se eu errei em ceder à persuasão antes, lembre-se de que era uma persuasão exercida no sentido de segurança, e não de risco. Quando cedi, pensei que cumpria meu dever, mas dever nenhum poderia ser colocado em causa agora. Se eu me casasse com um homem que me fosse indiferente, todos os riscos teriam sido corridos e todos os deveres, violados.

— Talvez eu devesse ter raciocinado assim — retrucou ele —, mas não consegui. Não conseguia obter benefício do conhecimento que tinha adquirido mais recentemente do seu caráter. Não conseguia trazer isso ao jogo; estava soterrado, enterrado, perdido naqueles sentimentos anteriores que me fizeram sofrer durante anos e anos. Eu só conseguia pensar em você como alguém que tinha cedido, que tinha desistido de mim, que tinha sido influenciado por qualquer outra pessoa que não eu. Eu a vi com a pessoa que a havia guiado naquele ano de infelicidade. Não tinha motivo para acreditar que ela tivesse menos autoridade agora. A força do hábito deveria ser levada em conta.

— Eu imaginava — disse Anne — que meus modos com você pudessem tê-lo poupado de muito ou de tudo isso.

— Não, não! Seus modos foram o único alívio que o seu noivado com outro homem poderia proporcionar. Eu a deixei lá com essa crença; ainda assim, estava determinado a vê-la de novo. Meus ânimos recobraram as forças pela manhã, e senti que ainda tinha uma razão para ficar aqui.

Por fim, Anne chegou em casa, e mais feliz do que qualquer um ali poderia conceber. Com toda a surpresa e todo o suspense, e qualquer outra parte dolorosa da manhã, dissipados com esta conversa, ela entrou novamente na casa tão feliz que foi obrigada a encontrar um equilíbrio em algumas apreensões momentâneas de que aquilo era impossível de perdurar. Um intervalo de meditação séria e agradecida seria o melhor remédio para todo o perigo naquela felicidade tão elevada; e ela foi para o quarto e permaneceu inabalável e destemida na gratidão de sua alegria.

A noite chegou, as salas de estar tiveram as velas acesas e as visitas foram reunidas. Não era nada além de uma festa de jogatina, uma mistura de pessoas que nunca tinham se visto com pessoas que se viam com frequência: um negócio comum, numeroso demais para intimidade, pequeno demais para variedade; porém Anne jamais sentiu que uma noite tinha sido tão curta. Brilhando e adorável em sua sensibilidade e felicidade, e mais admirada por todos do que imaginava ou do que se importava, ela tinha sentimentos alegres e tolerantes para toda criatura à sua volta. O senhor Elliot estava ali; ela o evitou, mas podia sentir pena dele. Os Wallis... ela se divertiu aos compreendê-los. Lady Dalrymple e a senhorita Carteret logo se tornariam primas inofensivas para ela. Ela não se importava com a senhora Clay, e não tinha nada pelo que enrubescer nas maneiras públicas do pai e da irmã. Com os Musgroves, houve a conversa feliz extremamente à vontade; com o capitão Harville, a troca afetuosa de um irmão e uma irmã; com Lady Russell, tentativas de conversa que um pensamento delicioso interrompia; com o almirante e a senhora Croft, tudo relativo a uma cordialidade peculiar e um interesse ávido, que o mesmo pensamento procurava disfarçar; e com o capitão Wentworth, alguns momentos de comunicação ocorrendo continuamente, sempre com a esperança de mais, e sempre com a consciência de que ele estava ali.

Foi numa dessas conversas rápidas, quando cada um deles parecia ocupado em admirar uma bela exposição de plantas de estufa, que ela falou:

— Estive pensando no passado e tentei imparcialmente julgar o certo e o errado, quero dizer, em relação a mim mesma; e devo acreditar que eu estava certa, mesmo tendo sofrido muito por causa disso, que estava perfeitamente certa de ter me deixado guiar pela amiga de quem você ainda vai gostar mais do que gosta agora. Para mim, ela ocupava o lugar de uma mãe. Não me entenda mal, no entanto. Não quero dizer que ela não tenha se equivocado no conselho. Talvez este seja um daqueles casos em que o conselho é bom ou ruim conforme o resultado do evento; eu mesma com certeza nunca daria um conselho desses em nenhuma circunstância de vagamente semelhante. Mas quero dizer que eu estava certa em ceder a ela e que, se tivesse procedido de outra maneira, teria sofrido mais ao dar seguimento ao noivado do que sofri ao desistir dele, porque teria sofrido na minha consciência. Não tenho agora, tanto quanto tal sentimento é permitido à natureza humana, nada pelo que me repreender; e, se não estou enganada, um forte senso de dever não é uma parte ruim da sina de uma mulher.

Ele olhou para ela, depois para Lady Russell, e, voltando a olhá-la, respondeu, como se numa deliberação tranquila:

— Ainda não, mas há esperança de que com o tempo ela seja perdoada. Confio que logo farei as pazes com ela. Mas eu também estive pensando no passado, e uma pergunta se colocou: se talvez não houve uma pessoa que foi ainda mais minha inimiga que a dama. Eu mesmo. Diga-me, quando voltei à Inglaterra, no ano oito, com uns poucos milhares de libras, e fui alocado na *Laconia*, se eu tivesse então escrito a você, você teria respondido minha carta? Teria, em suma, reafirmado o noivado nessa época?

— Será que eu teria? — foi a única resposta que ela deu, mas o tom foi suficientemente conclusivo.

— Meu Deus! — exclamou ele. — Você teria! Não é que eu não tivesse pensado nisso, ou desejado isso, como se somente isso pudesse coroar todos os meus outros sucessos. Mas eu era orgulhoso, orgulhoso demais para propor de novo. Eu não entendia você. Fechava meus olhos e não a compreendia nem lhe fazia justiça. Esta é uma lembrança capaz de me fazer perdoar todo mundo antes de conseguir perdoar a mim mesmo. Seis anos de separação e sofrimento podiam ter sido evitados. É um tipo de dor, também, que é nova para mim. Eu estava acostumado à satisfação de acreditar que receberia qualquer bênção que desejasse. Eu me valorizava por meio de trabalhos honrosos e recompensas justas. Assim como outros grandes homens sob reveses — acrescentou ele com um sorriso —, devo me esforçar para subjugar minha mente à minha sorte. Devo aprender a me permitir ser mais feliz do que mereço.

Capítulo XXIV

Quem poderia duvidar do que aconteceu a seguir? Quando duas pessoas jovens botam na cabeça a ideia de se casar, têm muita certeza de que, pela perseverança, atingirão esse objetivo, mesmo que sejam muito pobres, ou muito imprudentes, ou muito pouco adequados ao futuro conforto do outro. Talvez esta conclusão seja uma moral ruim, mas acredito ser verdadeira; e, se tais pessoas foram bem-sucedidas, como um capitão Wentworth e uma Anne Elliot, com a vantagem da maturidade da mente, da consciência dos seus direitos e de uma fortuna que lhes garantiria a independência, falhariam em superar qualquer oposição? Talvez eles tenham se preparado para lidar com muito mais do que encontraram de fato, pois houve pouco que os afligisse além da falta de benevolência e entusiasmo. Sir Walter não fez objeções, e Elizabeth não fez nada pior que parecer fria e despreocupada. O capitão Wentworth, com vinte e cinco mil libras, e tão elevado em sua profissão quanto o mérito e a atividade permitiriam, já não era mais um ninguém. Ele agora era considerado bem digno de prestar sua atenção à filha de um baronete tolo e perdulário, que não tivera princípio ou senso o bastante para mantê-lo na posição em que a Providência o colocara, e que no momento podia dar à filha somente uma pequena parte das dez mil libras que deveriam ser dela posteriormente.

Sir Walter, de fato, embora não tivesse afeição por Anne e sua vaidade não fosse adulada a ponto de deixá-lo realmente feliz na ocasião, estava muito longe de considerar que fosse uma união ruim para ela. Ao contrário, quando ele observou melhor o capitão Wentworth, viu-o repetidamente sob a luz do dia e o olhou muito bem, ficou bem espantado com suas qualidades físicas, e sentiu que a superioridade da aparência dele talvez não se desequilibrasse tão injustamente com a superioridade de classe dela; e tudo isso, acompanhado do nome sonoro dele, permitiu que Sir Walter enfim preparasse sua pena, com bastante graciosidade, para a inserção do casamento no volume de honra.

A única pessoa entre aqueles cuja oposição de sentimento poderia instigar alguma ansiedade importante era Lady Russell. Anne sabia que Lady Russell devia estar sofrendo para compreender e renunciar ao senhor Elliot, e devia estar se esforçando para conhecer de verdade e fazer justiça ao capitão Wentworth. Isso, entretanto, era o que Lady Russell tinha para fazer agora. Ela devia aprender a sentir que estivera errada quanto aos dois; que ela fora injustamente influenciada pelas aparências em cada caso; que, pelo fato de os modos do capitão Wentworth não combinarem com as ideias dela, ela fora precipitada demais em suspeitar que eles indicassem um caráter de impetuosidade perigosa; e que, pelo fato de os modos do senhor Elliot terem precisamente lhe agradado com sua propriedade e correção, com sua cortesia e suavidade geral, ela fora precipitada demais em recebê-los como o resultado certo das opiniões mais corretas e da mente mais equilibrada. Não havia mais nada para Lady Russell fazer a não ser admitir que estivera completamente errada e admirar um novo conjunto de opiniões e esperanças.

Existe uma agilidade de percepção em algumas pessoas, um esmero no discernimento de caráter, uma penetração natural, em resumo, a que experiência nenhuma de outras pessoas consegue se equiparar, e Lady Russell fora menos dotada nessa questão de compreensão que sua amiga mais jovem. No entanto ela era uma mulher muito boa, e se seu segundo objetivo era ser sensível e fazer bons julgamentos, seu primeiro objetivo era ver Anne feliz. Ela amava Anne mais do que amava os próprios dons; e, quando o constrangimento do início terminou, ela descobriu que havia pouca dificuldade em se afeiçoar como uma mãe ao homem que estava garantindo a felicidade de sua filha.

De toda a família, Mary foi provavelmente a que primeiro se contentou com a circunstância. Era por ter uma irmã casada, e ela poderia se deleitar com o fato de ter sido muito importante para a união, por ter mantido Anne com ela no outono; e porque a sua própria irmã deveria ser melhor que as irmãs do marido, era muito agradável que o capitão Wentworth fosse um homem mais rico que o capitão Benwick e que Charles Hayter. Ela teve motivo para sofrer, talvez, quando elas retomaram o contato, ao ver Anne restaurada aos direitos de filha mais velha e dona de uma *landaulette*[47] bem bonita; mas ela tinha um futuro pelo qual ansiar e que era um poderoso consolador. Anne não tinha um Uppercross Hall à vista, nenhuma propriedade de terra, nenhuma chefia de família; e, se eles pudessem evitar que o capitão Wentworth se tornasse um baronete, ela não teria sua posição em relação a Anne alterada.

Teria sido bom para a irmã mais velha se ela tivesse ficado igualmente satisfeita com sua situação, pois uma alteração não era muito provável ali. Ela logo sentiu a humilhação de ver o senhor Elliot se afastar,

---

47. Também grafado *landaulet*, trata-se de um modelo muito elegante de carruagem de quatro rodas para duas pessoas com uma cobertura conversível.

e desde então ninguém de uma condição apropriada se apresentou para erguer nem mesmo as esperanças infundadas que tombaram com ele.

A notícia do noivado da prima Anne chegou aos ouvidos do senhor Elliot de um modo muito inesperado. Desfez seu grande plano de felicidade doméstica, sua grande esperança de manter Sir Walter solteiro pela vigilância que os direitos de um genro lhe teriam concedido. Contudo, embora frustrado e desapontado, ele ainda podia fazer algo para seu interesse e divertimento pessoais. Logo ele foi embora de Bath; e, passado pouco tempo, partiu a senhora Clay, que em seguida foi vista estabelecida sob a proteção dele em Londres, o que deixou evidente o jogo duplo com que ele estivera ocupado e quão determinado estava em não se deixar derrotar por uma mulher ardilosa.

As afeições da senhora Clay superaram o interesse dela, e ela havia sacrificado, por causa do rapaz, a possibilidade de seguir com seu plano em relação a Sir Walter. Ela tinha habilidades, porém, tanto quanto afeições; e agora era um ponto duvidoso se seria a astúcia dele, ou se seria a dela, a ter sucesso no fim; se, depois de evitar que ela se tornasse a esposa de Sir Walter, ele não seria bajulado e afagado a ponto de torná-la a esposa de Sir William.

Não há dúvida de que Sir Walter e Elizabeth ficaram chocados e humilhados com a perda da companheira deles e com a descoberta da fraude que ela era. Eles tinham as excelentes primas, era verdade, a quem recorrer como consolo; mas por muito tempo sentiriam que adular e seguir os outros, sem ser adulados e seguidos, é uma situação de divertimento parcial.

Anne, bem cedo satisfeita pela intenção de Lady Russell de amar o capitão Wentworth como deveria, não tinha nada que atrapalhasse sua felicidade futura exceto a certeza de não poder lhe oferecer familiares os quais um homem de bom senso poderia valorizar. Nesse aspecto, ela sentia intensamente sua própria inferioridade. A desproporção da fortuna deles não tinha importância: isso não lhe causava nenhuma mágoa; mas não ter uma família que o recebesse e o estimasse apropriadamente, nenhuma respeitabilidade, harmonia ou boa vontade para oferecer em troca da dignidade e da acolhida imediata que ela encontrou nos irmãos e nas irmãs dele, era uma fonte de dor tão viva quanto a que a mente dela poderia sentir diante de circunstâncias que, não fosse isso, seriam de imensa felicidade. Ela tinha somente duas amigas no mundo para acrescentar à lista dele: Lady Russell e a senhora Smith. A essas, porém, ele estava muito disposto a se afeiçoar. Lady Russell, apesar das transgressões pregressas, ele agora conseguia apreciar com o coração. Ainda que ele não fosse obrigado a declarar que acreditava que ela estivesse certa ao separá-los, a princípio, ele estava pronto para declarar quase qualquer outra coisa favorável a ela. Quanto à senhora Smith, ela tinha qualidades variadas que a favoreciam de um modo imediato e permanente.

Seus bons serviços recentes para Anne tinham sido suficientes por si só, e o casamento deles, em vez de privá-la de uma amiga, garantiu-lhe dois amigos. Ela foi a primeira visitante da vida de casados deles, e o capitão Wentworth, ao colocá-la no caminho de recuperar a propriedade do marido nas Índias Ocidentais, escrevendo em seu nome, agindo por ela e auxiliando-a em todas as dificuldades triviais do caso com a energia e o empenho de um homem destemido e um amigo determinado, retribuiu plenamente os serviços que ela tinha prestado, ou pretendera prestar, à esposa dele.

Os divertimentos da senhora Smith não foram abalados por essa melhoria na renda, ou por algum progresso na saúde e pela aquisição de amigos assim, com os quais poderia se encontrar frequentemente, pois a alegria e o entusiasmo não a deixaram; e, enquanto esses suprimentos primordiais de bondade permanecessem, ela poderia ter desafiado até mesmo as maiores aquisições de prosperidade material. Ela poderia ter sido absolutamente rica e perfeitamente saudável, e ainda assim feliz. Sua fonte de felicidade estava no brilho de sua alma, assim como sua amiga Anne estava no calor do seu coração. Anne era a ternura em pessoa, e ela recebia a retribuição integral disso nas afeições do capitão Wentworth. Só a profissão dele poderia fazer com que as amigas dela desejassem que o amor fosse mais brando, medo de uma futura guerra que poderia ofuscar o brilho do sol dela. Ela exultava em ser a esposa de um marinheiro, mas deveria pagar o imposto de uma preocupação contínua por pertencer a essa profissão que é, se possível, mais distinta por suas virtudes domésticas que por sua importância nacional.

Sobre a autora

Jane Austen teve seis romances publicados entre 1811 e 1818. Com essa curta mas relevante produção, marcou seu nome na história da literatura. Sua obra se centralizou no cotidiano da aristocracia rural inglesa da virada do século XVIII para o século XIX.

Nascida em Steventon, em 1775, era a sétima filha do reverendo anglicano George Austen, membro da nobreza agrária local. Por meio de cartas trocadas entre Jane e sua irmã Cassandra, sabe-se que a família era formada por ávidos leitores e que seu pai tinha uma vasta biblioteca.

Talvez estimulada por esse ambiente, Jane Austen produziu os seus primeiros textos para o divertimento familiar, ainda na adolescência. Aos 22 anos, em 1797, tentou publicar seu primeiro romance: seu pai ofereceu os originais de *Orgulho e preconceito* a um editor local, que recusou a obra.

Foi somente em 1803 que Jane conseguiu vender sua primeira obra: *A abadia de Northanger*. Este livro, entretanto, seria publicado apenas em 1818, postumamente, junto com *Persuasão*, quando a autora já gozava de um bom prestígio entre os críticos. Sua estreia aconteceria em 1811, com *Razão e sensibilidade*, publicado em anonimato. Logo suas obras caíram no gosto popular, e Austen chegou a escrever o romance *Emma* em homenagem ao príncipe regente.

Em 1815, no auge de seu sucesso, ela começou a sentir-se mal e dois anos depois mudou-se para Winchester, para receber tratamento. Hoje, especula-se que a autora sofria da doença de Addison (decorrente de uma produção insuficiente de hormônios esteroides), que acabou causando a sua morte naquele mesmo ano. Ainda que o casamento tenha sido um tema central de suas obras, Austen morreu em 1817, aos 41 anos, sem nunca ter se casado. Suas últimas palavras foram: "Não quero nada mais que a morte".

Este livro foi impresso pela RR Donnelley Editora e Gráfica
em fonte Arno Pro sobre papel Norbrite Cream 67 g/m^2
para a Edipro no verão de 2019.